W0325541

Zum Buch:

Das zweite Opfer wird im Tullianum gefunden, einem antiken Gefängnis auf dem Kapitolshügel. Es ist ein umstrittener Politiker, exakt genauso erdrosselt wie vor zweitausend Jahren Feinde des römischen Staats. Unterstützt von der jungen Polizeipsychologin Alessandra, versuchen Diana und Riccardo, die Gedankenwelt des Täters zu begreifen. Und in der Geschichte des von ihm glorifizierten Römischen Reiches finden sie auch schnell einen unheilvollen Anhaltspunkt: Nach den zwei bereits verübten Taten verbleiben noch vier weitere antike Hinrichtungsmethoden …

Zum Autor:

Rafael Kühn ist Autor und Regisseur mit Wohnsitz in Dresden. Er hat zahlreiche Kurzfilme verschiedener Genres realisiert, bevor 2008 sein Spielfilmdebüt »Das Verhör« deutschlandweit zur Aufführung kam. In seinen Stoffen reflektiert er gern aktuelle gesellschaftliche Themen und menschliche Widersprüche.

Rafael Kühn

Mord am Tiber

Kriminalroman

HarperCollins

1. Auflage 2021
Originalausgabe
© 2021 by HarperCollins in der
Verlagsgruppe HarperCollins Deutschland GmbH, Hamburg
Dieses Werk wurde durch die
Literaturagentur Langenbuch und Weiss vermittelt.
Umschlaggestaltung von Zero Werbeagentur, München
Umschlagabbildung von 7polina_danielsson, Nuk2013 / shutterstock
Gesetzt aus der Stempel Garamond
von GGP Media GmbH, Pößneck
Druck und Bindung von GGP Media GmbH, Pößneck
Printed in Germany
ISBN 978-3-7499-0134-0
www.harpercollins.de

Klimaneutral
Druckprodukt
ClimatePartner.com/15109-2009-1001

MIX
Papier
FSC FSC® C014496

Agostino Bernardi verließ den kühlen Innenraum der Kirche Santa Maria della Consolazione, und bereits nach einem Schritt hinaus auf die Piazza umfing ihn die stickige Wärme Roms mit all ihrer hochsommerlichen Intensität. Dabei war die Sonne gerade erst aufgegangen; sie würde auf ihrem Weg zum Zenit noch viel größere Hitze bringen, genau wie an jedem anderen Tag in den vergangenen regenlosen Wochen. Aus diesem Grund genoss der Kapuzinermönch seinen allmorgendlichen Spaziergang zu einer Zeit, in der die Temperaturen zumindest noch im Ansatz erträglich waren und er seine Gedanken für die Aufgaben des Tages ordnen konnte.

Agostino stieg die Treppen der Ordenskirche hinab und wandte sich nach rechts, schlenderte eine Weile im Schatten des ehrwürdigen Gebäudes entlang auf der Straße, deren Name ebenfalls dem göttlichen Trost gewidmet war. Einem Trost, den zu erfahren sich auch Agostino wünschte. Es fehlte ihm nicht an Glauben an seine Berufung und seine Arbeit – das war nie der Fall gewesen in den über dreißig Jahren, in denen er nun schon die Ordenstracht trug. Aber dennoch waren die Frustrationen in letzter Zeit so zahlreich geworden, dass er alles gegeben hätte für selbst das kleinste Zeichen, dass die Mühen seiner Bruderschaft tatsächlich noch das Wohlwollen des Allmächtigen fanden.

Agostino verweilte kurz, blickte geradeaus in Richtung des antiken römischen Forums, das um diese Zeit noch still und verlassen lag. Von hier würde ihn sein gewohnter Morgenspaziergang nach links führen, auf die Via Monte

Tarpeo, die in Schlangenlinien den Kapitolshügel hinauf verlief. Der kleine Park auf dem Gipfel hatte dem Mönch schon an vielen Tagen eine spektakuläre, beglückende Sicht auf die erwachende Stadt geboten. Doch heute waren seine Gedanken zu schwer, um Vorfreude auf den Anblick zu empfinden.

Sein Orden war traditionell der Arbeit mit den Armen und sozial Ausgegrenzten verbunden, und es war gerade dieser Aspekt, der Agostino ursprünglich dazu bewogen hatte, den Kapuzinern beizutreten. Er hatte viel Freude dabei empfunden, Menschen in Not zu helfen, ihnen frische Perspektiven und neue Hoffnung zu schenken. Die Hilfsprojekte für die Obdachlosen Roms lagen in seiner besonderen Verantwortung, und er hatte stets alles in seinen Kräften Stehende getan, um dieser Aufgabe gerecht zu werden. Doch in jüngster Zeit waren die bürokratischen Hürden so vielfältig geworden, hatte es so oft Fälle gegeben, in denen Borniertheit und Korruption selbst die einfachsten Unternehmungen der Nächstenliebe zu Fall brachten, dass sich Agostino fragte, wie viel Zeit er in den letzten Jahren in den Büros desinteressierter Amtsdiener verbracht hatte und wie viele Stunden tatsächlich an der Seite jener Menschen, denen zu helfen er sich zum Lebenszweck gemacht hatte.

Der Mönch lief weiter, die Straße zum Kapitol hinauf, und wie aus der Ferne hörte er seine Sandalen auf dem Pflaster des Gehwegs; das Geräusch schien ihm mehr ein Echo seines aufgewühlt klopfenden Herzens zu sein. Ein Auto passierte ihn auf der angrenzenden Straße, doch er nahm es kaum wahr, blieb weiter in seine Gedanken vertieft.

Es war nicht nur die Gleichgültigkeit des Staates, die ihn immer öfter Verzweiflung fühlen ließ. Ebenso bedrückend war die ständig schwindende Anzahl seiner Ordensbrüder, denn vielleicht gerade jeder dritte Todesfall wurde von einem neuen Novizen aufgefangen. Agostino war sich bewusst, dass ein Leben als Mönch mit großem Verzicht und Entbehrungen verknüpft war und dass diese Tugenden in der modernen Gesellschaft kaum noch Stellenwert besaßen. Aber wurde ein Leben für die Bedürftigen, oder auch nur das grundlegende Interesse am Schicksal fremder Menschen, wirklich so gering geschätzt in dieser Zeit? Waren die Herzen vieler Kinder Gottes so hart und verschlossen, Abschottung und Hass weiter verbreitet als Offenheit und Güte?

Agostino schüttelte den Kopf, versuchte, sich von der Last seiner düsteren Grübelei zu befreien. Er hatte die erste Haarnadelkurve der Straße erreicht, warf kurz noch einmal einen Blick nach links in Richtung seiner Ordenskirche – und stoppte abrupt.

Genau vor ihm, am Ende der Kurve, ragte das steile Kliff des Tarpejischen Felsens empor, jener geschichtsträchtigen Erhebung, von der im antiken Rom Verurteilte in den Tod gestoßen worden waren. Eine kleine Treppe verband die Straße mit der Piazza darunter, machte dabei einen Knick genau vor der äußersten Kante der Felswand. Und in ebendieser Biegung lag etwas auf den Stufen, ein Körper, gekleidet in Schwarz und Rot, bedeckt von einem weiteren Rot, das nie Teil seiner Gewänder gewesen war. Agostino spürte trotz der Hitze eine Gänsehaut über seinen Körper wandern. Er machte einen zögernden Schritt nach vorn, die erste der Stufen hinab, dann einen weiteren Schritt, schneller schon, und nahm die letzten Stufen in solcher Hast, dass er kurz um sein Gleichgewicht ringen musste.

Der Mönch blieb stehen, sah fassungslos nach unten und hörte nur noch seinen eigenen Atem. Vor ihm lag ein toter Mensch, seiner Kleidung nach ein katholischer Kardinal. Die rote Schärpe seiner Tracht hatte sich gelöst und lag teils auf den Stufen unter ihm, ähnelte dem Blut, das aus dem geborstenen Schädel des Toten ebenfalls seinen Weg abwärts gefunden hatte. Die weit geöffneten Augen starrten zur Seite, ihr Blick war unendlich leer. Agostino zitterte. Er wandte sich ab, schaute nach oben, den steilen Hang des Felsens hinauf, und noch weiter, in den azurblauen, fast wolkenlosen Himmel. In diesem Moment sah er endgültig nur noch Leere dort.

Der Koffer, der vor Diana Brandt auf dem Tisch lag, war leer. Neben ihr auf dem Sofa und ebenso auf dem Teppich davor verteilten sich sorgfältig angeordnet verschiedene Kleidungsstücke, für jedes Wetter und fast jeden Anlass. Jetzt ging es nur noch darum, eine Auswahl zu treffen. Es war der erste Koffer von insgesamt drei, und obwohl die Aufgabe so einfach und die vor ihr liegenden Reisevorbereitungen noch so umfangreich waren, saß sie nun schon seit über zehn Minuten auf der Couch, ohne dass sie ein einziges Teil eingepackt hätte.

Diana schüttelte den Kopf, rollte sich eine Zigarette. Auf dem Weg zum Balkon passierte sie die Musikanlage, drehte die Musik ihrer neuesten Entdeckung Mobina Galore ein

Stück lauter. Ihre Hand mit dem Feuerzeug zitterte leicht, als sie sich draußen die Kippe anzündete. Diana schaute hinaus und hinunter auf Berlin, ohne die Stadt wirklich wahrzunehmen; vielmehr versuchte sie, ihre widersprüchlichen Gefühle zu verstehen. Sie wollte weg, einmal heraus aus ihrem gewohnten Umfeld, dessen war sie sich sicher. Warum also schien sie plötzlich kalte Füße zu bekommen – vor einer Reise, die nun schon seit Monaten beschlossene Sache war?

Zudem hatte sich die Kommissarin freiwillig für das Austauschprogramm gemeldet. Ein halbes Jahr Abstand vom stressigen Dienst in der Hauptstadt, stattdessen Arbeit auf einem kleinen Revier im italienischen Trento. Sie hatte Bekannte in der Nähe, konnte die Stadt also an freien Tagen gegen die Bergwelt Südtirols tauschen. Es würde nicht so schlimm sein, dass ihr Italienisch nicht mehr bis ins Detail perfekt war, denn in dieser nördlichsten Region Italiens kam man in den meisten Fällen auch mit Deutsch weiter. Kurzum, es würde eine entspannte Zeit werden, der Tapetenwechsel, den sie so dringend brauchte, und das in einem Land, mit dem sie seit ihrer Kindheit vertraut war. Zudem … Tirol war weit weg von Sizilien. Fast eine andere Welt. Und doch …

Es war eben auch das Land ihres Vaters. Des Vaters, dessen Schatten unweigerlich über jedem Tag liegen würde, den sie in seiner Heimat verbrachte. In einem Land, in dem sie sich wohlfühlte, aber nicht verwurzelt, und dessen Menschen ihr zu einem gewissen Grad immer fremd geblieben waren. Sie hatte sich eher das ruhige, besonnene Gemüt ihrer deutschen Mutter zum Vorbild genommen, deren analytisches Denken, das Diana in ihrem Beruf so unverzichtbare Dienste leistete. Das Temperament und die Leidenschaft ihrer italienischen Verwandten waren ihr sympathisch, aber die Art, wie sich diese oft von Emotionen steuern ließen, war weit entfernt von ihrer eigenen Natur. Oder wollte sie das nur glauben?

Diana schüttelte den Gedanken ab, nahm einen Zug von der Zigarette, sah nun bewusst hinaus auf Berlin. Der Blick aus ihrer Wohnung im Dachgeschoss reichte weit, besonders an diesem klaren, warmen Sommertag. Diana kannte alle Viertel und Milieus der Stadt, und das war gut; aber genauso waren mittlerweile zahlreiche Straßen von Erinnerungen gesäumt – viele von ihnen beruflich, die meisten davon schrecklich –, und das war eine Bürde, derer sie sich gern für einige Zeit entledigen würde. Von den noch immer präsenten Gedanken an Sabine ganz zu schweigen …

Warum?

Da war sie wieder, die Frage, die wie ein Messer in ihre Seele stach. Die Unklarheit, die Unerklärlichkeit … Warum, wo doch alles so frei und befreiend gewesen war, sie sich so geliebt, sich gegenseitig so gutgetan hatten?

Nein. Nicht heute. Nie mehr diese Frage.

Die Kommissarin straffte sich, drückte die Zigarette im Aschenbecher aus. *Positiv bleiben. Nach vorne schauen, nicht zurück. Freu dich auf das Abenteuer, auf neue Bekanntschaften, und mal dir vor allem keine Probleme aus, bevor sie überhaupt entstanden sind.*

Mit frischer Entschlossenheit ging sie zurück ins Wohnzimmer, setzte sich aufs Sofa, studierte den ersten Kleiderstapel. Ein paar Blusen, Tops, auch eine Handvoll T-Shirts … Sie fragte sich, ob eines darunter war, von dem die italienischen Kollegen unter Umständen geschockt sein würden. Eine kleine Provokation konnte ein probates Mittel sein, um den Charakter unbekannter Menschen abzuschätzen. Ja, eines ihrer Punkrock-Shirts würde definitiv mitkommen.

In dem Moment, in dem sie ihre Wahl getroffen hatte, schrillte das Telefon. Diana zog den Arm zurück, fischte das Handy aus ihrer Hosentasche – und stockte kurz. »Ulbricht« stand auf dem Display. Der Polizeipräsident persönlich. Das war unerwartet.

Sie führte das Smartphone zum Ohr.

»Diana Brandt.«

»Guten Tag, Diana«, antwortete am anderen Ende die stets ruhige, natürliche Autorität ausstrahlende Stimme Ulbrichts. »Ich nehme an, Sie sind bereits am Packen?«

»Das stimmt«, antwortete die Kommissarin nahezu wahrheitsgetreu.

»Es gibt eine neue Entwicklung«, hörte sie den Polizeipräsidenten sagen, und sein ernster Ton ließ einen Funken Unsicherheit in ihrem Innersten aufglimmen.

»Was für eine Entwicklung?«

»Ich würde den Ort Ihres Aufenthalts in Italien gern ändern. Zumindest vorübergehend.«

Diana versteifte sich, stand auf, dachte nach. Aber ihr fiel spontan keine Erklärung ein. Ulbricht füllte die Lücke aus.

»Es war noch nicht in den deutschen Nachrichten«, fuhr ihr Vorgesetzter fort. »Aber das wird sich bald ändern. In Rom wurde die Leiche eines Kurienmitglieds des Vatikans gefunden. Kardinal Raimund Schorlemmer.«

»Mord«, folgerte Diana. Sie brauchte es nicht als Frage zu formulieren.

»Und ein einigermaßen spektakulärer«, kam Ulbrichts Bestätigung. »Er wird Staub aufwirbeln.«

»Der Kardinal war Deutscher?«

»Ja. Und deshalb hätte die Politik auch gern einen deutschen Ermittler vor Ort.«

Diana schluckte. Ihre Gedanken rasten. Rom? Im Auge der Öffentlichkeit? Das genaue Gegenteil von allem, worauf sie sich eingestellt hatte. Was konnte sie tun?

»Die italienische Polizei wird nicht begeistert sein«, versuchte sie einzuwenden.

»Sie würden mehr als Beobachterin fungieren … oder sagen wir, Beraterin.«

Die Tatsache, dass Ulbricht nach Worten suchte, legte nahe, dass auch er sich mit der Situation nicht gänzlich wohlfühlte.

Diana entschied sich für Ehrlichkeit. »Zur Beratung können Sie auch jemand anderes schicken.«

»Niemand sonst hat Ihr Profil.«

»Meinen Sie meine Referenzen – oder meine Abstammung?«

Für einen Moment herrschte Schweigen am anderen Ende der Leitung.

»Beides«, antwortete Ulbricht schließlich. Zumindest machte er ihr nichts vor. »Verstehen Sie es als kurzen Umweg. Wahrscheinlich handelt es sich nur um ein, zwei Wochen.«

»Und dann Trento?«

»Und dann Trento.«

»Für die Politik?«

»Für mich. Als persönlichen Gefallen.«

Diana atmete aus. Nun gab es keine Alternative mehr. Ulbricht hatte ihr mehr als einmal unschätzbaren Beistand geleistet.

»Dann nur noch eine Frage«, sagte sie.
»Bitte.«
»Wann geht mein Flug?«

Rom war heiß, laut und stank. Diana saß auf der Rückbank des Taxis, mit einer Hand auf dem Griff ihres kleineren Koffers. Die beiden großen hatte der Fahrer mehr schlecht als recht in den Kofferraum gezwängt, und Diana drehte sich in regelmäßigen Abständen um, um sicherzugehen, dass der hektische Fahrstil des *tassista* den Inhalt nicht hinter ihnen auf der Straße verteilte.

Der Mann war vielleicht Mitte vierzig, etwas korpulent und schwitzte massiv. Trotzdem redete er gestenreich und nahezu ohne Unterlass, wobei er fließend von einem an Diana gerichteten Monolog zu Flüchen in Richtung anderer Autofahrer überging.

»E poi mi han detto che non avrebbero – ehi, che cazzo fai, non sai guardare, stronzo? – comunque, mi han detto …«

Diana quittierte die Anekdoten des Mannes mit einem gelegentlichen knappen Lächeln und ignorierte sie ansonsten; die Geschichten waren ebenso belanglos wie sein Akzent schwer verständlich. Nebenbei bemerkte sie ein altes Foto, das rechts vom Lenkrad über dem Fenster klebte und eine Frau in der Kleidung der 1930er-Jahre vor den ägyptischen Pyramiden zeigte. Die Frau hatte eine charismatische Ausstrahlung, lächelte auf geheimnisvolle Art; Diana fragte sich kurz, welche Bewandtnis es wohl mit diesem Erinnerungsstück hatte. Aber ihr fehlte das Interesse an einem aktiven Gespräch mit dem Taxifahrer, und so konzentrierte sich die Kommissarin darauf, einen Eindruck von ihrer Umgebung zu gewinnen.

Sie war nur einmal in Rom gewesen, als Teenager, und hatte keine wirklich tiefer gehenden Erinnerungen an die Stadt. Heute lag die uralte Metropole unter einer Dunstglocke aus Smog, was angesichts des dichten Verkehrs nicht verwunderte. Der Weg vom Flughafen zum Polizeihauptquartier führte mitten durch die Innenstadt, vorbei an den Ruinen des Palatins und in diesem Moment entlang des wuchtigen weißen Nationalmonuments, vor dem sich mehrere Hauptstraßen trafen. Hier drängte sich ein hupendes Auto ans nächste, gleich einem Schwarm wütender Wespen, während Menschentrauben über die Zebrastreifen walzten. Durch die offenen Fenster des Taxis strömte heiße, schwere Luft, vermengt mit Abgasen. Diana gab das Vorhaben auf, unter diesen Umständen einen aussagekräftigen Eindruck von der Hauptstadt gewinnen zu wollen, und verlor sich stattdessen für einen Moment in ihren Gedanken.

Sie hatte nur grobe Informationen zu dem Mordfall erhalten, den sie bearbeiten sollte; die Vorstellung, den lokalen Kollegen derart schlecht vorbereitet gegenübertreten zu müssen, bereitete ihr schon jetzt Unbehagen. Kardinal Schorlemmer hatte seit zwölf Jahren in Rom gelebt, galt als ein einflussreicher Meinungsmacher im Vatikan und besaß durch sein Engagement für verschiedene soziale Projekte zudem einen guten Leumund in der Bevölkerung. Aber die Eckdaten seines Lebenslaufs waren auch schon so ziemlich das Einzige, worauf ihr Ulbricht kurzfristig hatte Zugriff verschaffen können. Keine Details zum Tathergang außer dem Umstand, dass jemand den Kardinal vom Tarpejischen

Felsen gestoßen hatte – jenem Felskliff, von dem man im antiken Rom Verräter und andere Schwerverbrecher zu werfen pflegte. Dass der Mörder die uralte Hinrichtungsmethode imitieren wollte, war offensichtlich, und in der Tat hatte es nicht lange gedauert, bis auch die Medien die Idee erkannten. Diana schielte zu der Tageszeitung auf ihrem Schoß. *»Omicidio in modo antico«* titelte der *Corriere della Sera* – Mord auf antike Art. Es würde Staub aufwirbeln, hatte Ulbricht gemeint. Kein Witz.

Eine Viertelstunde später hielt das Taxi endlich vor der Questura der Staatspolizei auf dem Quirinalshügel. Diana führte ein kurzes Gespräch mit einem der Wachposten, wies sich aus. Der junge Polizist nickte.

»Commissario Fiorentini erwartet Sie«, sagte er und zeigte in Richtung des Innenhofs, um anzudeuten, dass das Taxi passieren dürfe. Der Fahrer wirkte im Inneren des Präsidiums sichtlich nervös, bemühte sich nicht, Diana aus dem Wagen zu helfen, lud stattdessen recht ruppig ihr Gepäck aus dem Kofferraum und verabschiedete sich lediglich mit einem knappen *»Grazie«* für das Trinkgeld.

Diana blieb allein auf dem zugeparkten, aber ansonsten menschenleeren Hof zurück und kam sich, umgeben von ihren drei Koffern, einigermaßen dumm vor. Aber da sie noch nicht einmal wusste, wo sie in Rom unterkommen würde, war ihr keine andere Wahl geblieben, als direkt zum Präsidium zu fahren. Was nun? Ihr fiel ein, dass sie sich nicht erkundigt hatte, in welchem Zimmer Kommissar Fiorentini überhaupt saß. *Na großartig.*

Diana griff sich die zwei großen Koffer, bugsierte sie in eine Ecke des Hofes. Für einen kürzeren Aufenthalt in Rom hätte sie nicht so viel Gepäck gebraucht, aber sie hatte trotz allem für das halbe Jahr in Trento gepackt. Sie musste einfach daran glauben, dass sie bald dort sein und dass es hier keine Probleme geben würde.

Die Kommissarin ging zurück in die Mitte des Hofes, um auch den kleinen Koffer zu holen. Dabei bemerkte sie einen Mann Ende dreißig mit dunkelbraunen Haaren und einem kurzen Bart, der auf der anderen Seite des Hofes neben einer Tür lehnte und sie amüsiert beobachtete. Diana blieb stehen, versteifte sich. *Bitte, lass das nicht Fiorentini sein …*

»Diana Brandt?«, fragte der Mann mit den typisch italienischen Schwierigkeiten, das Ende ihres Nachnamens korrekt auszusprechen. Die Kommissarin nickte. Ihr Gegenüber lächelte, kam ein paar Schritte auf sie zu und streckte seine Hand aus.

»Riccardo Fiorentini. *Piacere.*«

Mist. Diana tat ihr Bestes, um Haltung zu bewahren, und schüttelte die Hand ihres Kollegen.

»*Molto lieta.*«

»Hatten Sie einen guten Flug?« fragte der Commissario. Zum Glück war sein Italienisch gut verständlich.

»Es gab keine Probleme«, antwortete Diana und hoffte, dass wiederum ihr Italienisch fehlerfrei war.

»Können Sie mir sagen, wo …«, fuhr die Kommissarin fort, doch Fiorentini unterbrach sie mit einer kurzen Geste.

»Einen Moment.« Er schaute zu einem offenen Fenster in der ersten Etage und pfiff einmal laut. »Michele!«, rief der Commissario hinauf. In dem Fenster erschien das Gesicht eines jungen Polizisten, vielleicht gerade Mitte zwanzig, der seinen Vorgesetzten fragend ansah. Fiorentini machte nur eine kurze, kreisende Geste in Richtung von

Dianas Koffern, woraufhin der junge Mann nickte und wieder im Inneren verschwand.

»Wollen wir?«, fragte der Commissario, wieder in Richtung Diana gewandt. Die Kommissarin konnte ihre Unsicherheit nur schwer verbergen.

»Was genau?«, fragte sie. Fiorentini deutete auf einen der im Innenhof parkenden Polizeiwagen.

»Man hat mir gesagt, Sie sind hier, um zu beobachten«, hielt er fest. »Ich dachte mir, Sie wollen vielleicht gleich einmal den Tatort ›beobachten‹?«

Diana war überrascht, aber nicht unangenehm. Von einem peinlichen Moment direkt zu einer Teilnahme an den Ermittlungen? Ohne langwieriges Briefing und Kompetenzgerangel? Das lief nicht schlecht.

»Con piacere«, antwortete sie, und es war ihr auf gewisse Art tatsächlich ein Vergnügen.

Diana betrachtete die Steintreppe zu ihren Füßen, auf der man den Leichnam Kardinal Schorlemmers gefunden hatte. Nur einige Markierungen der Spurensicherung und das polizeiliche Absperrband deuteten noch darauf hin, dass sich hier ein Verbrechen ereignet hatte. Die Kommissarin ließ einige der Tatortfotos durch ihre Hände gleiten, auf denen das Opfer in der vorgefundenen Position zu sehen war, schaute dann den steilen Felsen hinauf. Der obere Teil des Hügels war mit einer Mauer verkleidet; auf dem Gipfel selbst konnte sie einige Bäume ausmachen. Es war ein Sturz von vielleicht fünfundzwanzig Metern, und in Anbetracht der Tatsache, dass der Kardinal auf Stein geprallt war, auch die wahrscheinliche Todesursache. Dennoch – gleich links der Stufen befand sich ein Stück Rasen, einige Felsvorsprünge hätten den Fall bremsen können … Die Möglichkeit war sicher gering, aber Diana konnte sich vorstellen, dass der Absturz mit viel Glück auch überlebbar gewesen wäre.

Sie drehte sich zu Commissario Fiorentini, der einige Schritte neben ihr stand und sie aus seinen wachen grünblauen Augen beobachtete.

»Was war die Todesursache?«, fragte sie ihn.

»Genickbruch«, kam die Antwort mit einer leichten Verzögerung, die sie sich nicht ganz erklären konnte. Sie übersetzte kurz den Fachbegriff in ihrem Kopf, nickte dann.

»Gibt es oben Spuren eines Kampfes?«

Der Commissario blieb ihr eine direkte Entgegnung zunächst schuldig, deutete stattdessen in Richtung der Straße, die rechter Hand den Hügel hinaufführte.

»Kommen Sie.«

Er nahm die Tatortfotos wieder an sich, steckte sie in seinen Ordner mit Untersuchungsmaterial und lief dann los. Diana folgte ihm, bückte sich ebenfalls unter dem Absperrband hindurch, ging neben Fiorentini den Bürgersteig hinauf.

»Wann wurde der Kardinal zuletzt lebend gesehen?«, hakte sie nach.

»Am Abend seiner Ermordung«, antwortete ihr Kollege. »Gegen sieben Uhr dreißig. Er hatte ein Waisenhaus besucht, für das er sich engagiert hat.«

»Was wissen wir generell über ihn?«

Fiorentini warf Diana einen etwas berechnenden Blick zu.

»Abgesehen von den offiziellen Stichpunkten, die Sie schon kennen?«

»Abgesehen davon.«

»Wir haben mit dem Staatssekretär des Vatikans gesprochen«, erwiderte der Commissario. »Der Staatssekretär ist Diplomat.«

Die vage Antwort frustrierte Diana.

»Aber was hat er gesagt?«

»Er wird sich erkundigen.«

»Wird er seine Erkenntnisse auch teilen?«

Fiorentini lächelte leicht, musterte sie dabei ein weiteres Mal sehr aufmerksam.

»Das wird sich zeigen.«

Diana wurde klar, dass die freundliche Art des Commissarios täuschte. Lächeln war letztendlich seine Art, Distanz zu halten; sein Blick hingegen stellte ihr kritische Fragen und erwartete die korrekten Antworten. Bevor sie sich für eine Gegenstrategie entscheiden konnte, lenkte ihr Kollege das Gespräch in eine neue Richtung.

»Ich habe ein wenig recherchiert. Ihre Erfolge in Deutschland sind beeindruckend.«

Diana wollte sich im ersten Moment bedanken, hielt dann aber inne und beschloss, stattdessen zum Angriff überzugehen.

»Meinen Sie, ich hätte dortbleiben sollen?«

Der Commissario blieb stehen, und sein Blick verriet Überraschung – nur für einen Moment, aber es war genug, dass Diana erkannte, dass es keine negative war. Seine Erwiderung formulierte er mit großer Sorgfalt.

»Wir können zusammenarbeiten.«

»Sofern ich alle Ihre Tests bestehe?«

»Meine Meinung ist nie vorgefertigt«, antwortete Fiorentini schlagfertig. »Trotzdem muss ich sie mir erst bilden.«

»Sagen Sie mir Bescheid, wenn Sie zu dem Ergebnis kommen, dass Sie mit mir zusammenarbeiten *möchten*?«

Der Commissario lächelte, diesmal mit ehrlicher Anerkennung.

»Auf jeden Fall.«

Er deutete nach links, weiter den Kapitolshügel hinauf, und ging ohne weitere Worte voran. Diana streifte mit ihrem Blick kurz das Forum Romanum, das sich rechts unterhalb der nächsten Straßenkurve erstreckte und zwischen dessen Ruinen sich zahlreiche Besucher drängten; aus dieser Perspektive glichen sie Ameisen. Dann folgte die Kommissarin ihrem italienischen Kollegen, ging mit ihm eine etwas engere Gasse hinauf. An deren Ende erreichten sie ein Plateau mit einer Piazza, die auf allen Seiten von Gebäuden flankiert wurde – außer zu Dianas Linken, wo einerseits die Straße weiterverlief und des Weiteren ein Zaun die gefährlichen Klippen des Tarpejischen Felsens abgrenzte. Das Absperrband der Polizei befand sich an einem Tor einige Schritte weiter, wo jemand die Kette durchtrennt hatte, die mit ihrem Schloss das einzige tatsächliche Hindernis gewesen war. Sich Zutritt zu dem abgesperrten Areal zu verschaffen dürfte dem Täter also leichtgefallen sein – aber etwas anderes ganz und gar nicht. Nämlich unerkannt zu bleiben.

Diana ließ ihren Blick über die Außenwände der benachbarten Gebäude schweifen, und augenblicklich fielen ihr die zahlreichen Überwachungskameras auf, die Straße und Platz in alle Richtungen im Blick hatten.

Die Kommissarin schaute zu Fiorentini, der ihre Überraschung offensichtlich erwartet hatte.

»Das dort sind die Kapitolinischen Museen«, erklärte er. »Nahezu der gesamte Hügel ist videoüberwacht.«

»Also haben wir eine Aufzeichnung?«, fragte Diana etwas ungläubig. Das schien zu einfach.

Der Commissario lächelte bitter, öffnete seinen Ordner und drückte ihr einige weitere Fotos in die Hand. Sie zeigten Standbilder aus dem Material der Überwachungskameras – und Diana verstand schnell, warum sie von dieser Beweisquelle nicht gleich als Erstes erfahren hatte. Es gab zwar Aufnahmen eines schwarzen Transporters, der den Hügel hinauffuhr, doch der Fahrer trug auf dem leicht verpixelten Bild einen Overall, Mütze und Skimaske, die eine Identifizierung unmöglich machten. Und den Laster hatte er anschließend so vor dem Tor geparkt, dass für die einzige in diese Richtung weisende Kamera alle Aktivitäten hinter dem Wagen verdeckt blieben.

»Er wusste genau, wie er vorgehen würde«, hielt die Kommissarin fest. Fiorentini nickte.

»Das parkende Fahrzeug ist in dem Moment niemandem aufgefallen«, bestätigte er ihre Vermutung. »Es gab keine Aktivität am Museum an sich, und dass der Mörder das Tor aufbrach, konnte man nicht einsehen.«

»Was ist mit dem Auto passiert?«, stellte Diana die nächste logische Frage.

»Er ist damit den Felsen wieder hinuntergefahren und hat es dann ein Stück weiter abgestellt. Mehr wissen wir nicht. Wahrscheinlich ist er in ein anderes Fahrzeug umgestiegen, aber an der Stelle gab es keine Kameras.«

»Und …« Sie musste kurz überlegen. *Nein, die Abkürzung ist auf Italienisch dieselbe.* »Und DNA-Spuren?«

Der Commissario schüttelte leicht frustriert den Kopf.

»Nur die des Kardinals. Wir gehen davon aus, dass der Täter unter seiner Vermummung Schutzkleidung getragen hat.«

Dianas Gedanken rasten. Wenn sie mit einem nicht gerechnet hatte, dann mit einem so perfekt geplanten und eiskalt durchgeführten Verbrechen. Hier musste etwas gänzlich anderes passiert sein, als es für sie zunächst den Anschein gehabt hatte.

»Wie genau ist Schorlemmer nun gestorben?«, setzte die Kommissarin wieder bei ihrer ursprünglichen Frage an.

Fiorentini hob das Absperrband vor dem Eingangstor hoch. Diana folgte der Einladung und betrat zusammen mit ihrem Kollegen das Plateau des Felsens, auf dem sich nur Bäume und vergraste Wege befanden. Sie liefen bis zu der Mauer am Rand – und plötzlich fiel der Kommissarin die wichtigste Frage ein, die sie vergessen hatte zu stellen.

»Wann war der Todeszeitpunkt?«

Der Commissario warf ihr einen anerkennenden Blick zu. Er trat an den Rand des Kliffs, schaute über die Absperrung. Diana tat es ihm gleich.

»Es ist hoch«, formulierte Fiorentini denselben Gedanken, der ihr zuvor gekommen war. »Aber mit sehr viel Glück kann man es auch überleben. Das Risiko ist der Mörder nicht eingegangen.«

»Schorlemmer war schon tot«, hielt Diana das nunmehr Offensichtliche fest. Der Commissario bestätigte ihre Vermutung mit einem Nicken.

»Jemand hat ihn auf dem Weg zu seinem Auto niedergeschlagen. Wir haben auf dem Parkplatz des Waisenhauses Blutspuren gefunden.«

»Und dann hat man ihm das Genick gebrochen?«

»Ja, aber erst einige Zeit später. Wie gesagt, das Waisenhaus hat er gegen sieben Uhr dreißig verlassen. Der Todeszeitpunkt liegt zwischen zehn und elf Uhr. Und die Videoaufzeichnung hier ist kurz nach Mitternacht entstanden.«

Diana schaute zurück zu dem Zaun, ordnete dabei ihre Gedanken, indem sie sie laut aussprach.

»Das heißt, der Täter hat den Kardinal verschleppt, ihn getötet, hierher transportiert – und dann quasi vor laufenden Kameras das Tor aufgebrochen, die Leiche bis zur Brüstung getragen und hinuntergeworfen. Und am Schluss ist er einfach wieder weggefahren.«

»Ein eiskalter Hurensohn«, kommentierte Fiorentini sarkastisch, aber treffend.

Diana konnte sich keinen wirklichen Reim darauf machen. Bei all ihrer Berufserfahrung war ihr noch kein Mord untergekommen, bei dem jemand einen derartig massiven Aufwand betrieben hatte. Die Tat musste akribisch geplant gewesen sein. Aber was war das Motiv? Und, vielleicht noch wichtiger, der Zweck?

»Hier ging es nicht nur darum, den Kardinal zu töten«, fasste die Kommissarin ihre Überlegungen in Worte. »Jemand wollte ein Zeichen setzen.«

»Esatto«, stimmte ihr Kollege zu.

»Dieser Felsen war im alten Rom eine Hinrichtungsstätte«, hielt Diana fest. »Aber nur selten, richtig?«

»Vor allem für Hochverräter«, bestätigte der Commissario. »Hier zu sterben war die größte denkbare Schande.«

»Wen hat Schorlemmer verraten?«

Fiorentini zog die linke Augenbraue leicht hoch.

»Das müssen wir herausfinden … Signora Commissaria.«

Der Besprechungsraum der Questura erwies sich als klein und stickig. In ihm drängten sich vierzehn Mitglieder des Ermittlungsteams, doch trotzdem kam sich Diana vor, als stünde sie ganz allein auf einem weiten Feld. Die italienischen Kollegen hatten sich in zwei Gruppen zusammengefunden, diskutierten mit einer Geschwindigkeit, die es ihr schwer machte, einem der Gespräche zu folgen. Sie selbst stand in der Nähe des Fensters, tat ab und zu, als würde sie draußen etwas beobachten, und versuchte so gut wie möglich, ihre Frustration zu verbergen. Hier nun war alles so, wie sie es erwartet und befürchtet hatte. Die Kollegen, meist Männer, aber auch drei Frauen, gingen hin und wieder an ihr vorbei; einige hatten kurz gegrüßt, aber es überwogen skeptische, fragende oder direkt abwertende Blicke in ihre Richtung. Sie war die Fremde, ein Eindringling, und kaum jemand hatte ein Problem damit, sie das merken zu lassen.

Auch Fiorentini hatte sich schnell einer der Diskussionsrunden angeschlossen, ohne sie seinem Stab extra vorzustellen. Diana konnte nicht sagen, ob er die Brücke für sie unter diesen Umständen nicht schlagen konnte oder ob er es nicht wollte. Die Kommissarin fühlte sich hilflos. Sollte sie einfach an die Gruppe um den Commissario herantreten, auf diese Art eine Einbindung einfordern? Doch was, wenn sie trotzdem ignoriert würde und gleichzeitig den vielleicht einzigen Verbündeten, den sie hier in Rom bisher hatte, zu sehr unter Druck setzte?

Die Entscheidung wurde ihr abgenommen, als ein groß gewachsener, hagerer Mann Mitte fünfzig den Raum betrat. Er trug eine Brille mit dünnem Rahmen, war elegant gekleidet mit Anzug und teuer aussehenden Lederschuhen; sein grau meliertes Haar gab ihm eine leicht vornehme Ausstrahlung. Die Aufmerksamkeit aller Anwesenden verlagerte sich augenblicklich auf den Neuankömmling, und Diana war sich sicher, dass es sich um den Polizeichef handeln musste. Er hatte die natürliche Autorität Ulbrichts, wobei es dem Blick seiner graublauen Augen jedoch an der greifbaren Empathie ihres eigenen Vorgesetzten fehlte.

Der Mann blieb vor dem Pult nahe der Tür stehen, legte auf einem Tisch die Dokumente ab, die er in der Hand gehalten hatte.

»Signori«, grüßte er kurz die Anwesenden. Sein Blick fand Diana, verharrte kurz. Dann kam er auf sie zu, streckte die Hand aus. Die Kommissarin schüttelte sie.

»Salvatore Marchetti, Questore«, stellte er sich knapp vor, Dianas Annahme hinsichtlich seines Dienstgrades bestätigend. Ohne weitere Worte ging er zurück zum Pult und konzentrierte sich auf seinen Ermittlerstab.

»Ich muss Ihnen nicht sagen, dass die Politik in dieser Angelegenheit eine schnelle Aufklärung wünscht«, stellte er fest. »Genauso ist klar, dass der Fall sowohl kompliziert als auch delikat ist. Commissario Fiorentini – gibt es neue Erkenntnisse?«

Der Angesprochene straffte sich.

»Die Spurensicherung hat auch an der Leiche keinerlei DNA-Reste gefunden«, vermeldete er. »Da das Opfer über eine größere Strecke transportiert und auch getragen wurde, muss der Täter entsprechend gekleidet gewesen sein.«

Diana visualisierte das Gesagte noch einmal vor ihrem geistigen Auge und kombinierte es gleichzeitig mit den

Bildern der Überwachungsvideos. Ganzkörperkleidung, so wie sie in Krankenhäusern und Laboren getragen wurde. Und darüber normale Sachen, um nicht aufzufallen, sowie spätestens beim Erreichen des Kapitols eine Gesichtsvermummung für die Kameras. Sie hatten es ganz sicher nicht mit einem Mörder zu tun, der leichtfertig oder spontan handelte.

Derweil hakte Marchetti nach: »Was ist mit dem Lieferwagen? Konnten wir ihn identifizieren?«

Eine blonde Polizistin meldete sich zu Wort.

»Leider nein. Es ist ein altes Modell, weit verbreitet, und alle Seriennummern wurden entfernt.«

»Haben Sie das Videomaterial von der Verkehrsüberwachung ausgewertet?«, fragte Fiorentini dieselbe Kollegin.

»Wir sind alle Aufnahmen im Tatzeitraum durchgegangen«, erwiderte die Frau. »Zwischen dem Waisenhaus und dem Kapitol gibt es keine Aufzeichnungen des Tatfahrzeugs. Der Mörder muss alle Hauptstraßen konsequent gemieden haben.«

Questore Marchetti rückte etwas umständlich seine Brille zurecht, in einer Geste, die dazu gedacht war, eine Denkpause zu kaschieren.

»Wie sehen die nächsten Schritte aus?«, erkundigte er sich.

»Wir haben morgen einen weiteren Termin mit Staatssekretär de Biasi im Vatikan«, entgegnete Fiorentini. »Aufgrund der historischen Bezüge der Tat haben wir Ermittlungen an den lokalen Universitäten begonnen, und wir vernehmen weiterhin aktenkundige Personen, die für radikale antiklerikale Positionen bekannt sind.«

Diana musste sich die letzte Aussage ihres Kollegen in ihrem Kopf einen Moment lang zusammenreimen – denn einerseits enthielt sie mehrere nicht alltägliche Wörter, und andererseits redete er hier in seinem normalen Tempo, nicht bewusst etwas langsamer wie im Gespräch mit ihr.

»Gab es im Waisenhaus keine nützlichen Zeugenaussagen?«, brachte Marchetti einen weiteren Punkt zur Sprache.

»Nichts Konkretes«, kommentierte Fiorentini. Die Blicke des Commissarios und seines Vorgesetzten kreuzten sich kurz, und auch Diana erkannte die unausgesprochene Aufforderung. »Ich gehe morgen noch einmal persönlich vorbei«, ergänzte ihr Kollege.

Der Polizeichef nickte.

»Also gut«, hielt er fest. »Dann setzen wir das nächste Briefing für morgen Abend um achtzehn Uhr an. Die bisherige Aufgabenteilung bleibt bestehen. Gibt es noch Fragen?«

Diana spannte sich an. Sie hatte erwartet, dass Marchetti zumindest ein paar Worte zu ihrer Person und ihrer Einbindung in die Ermittlungen sagen würde. Auch von ihm keine offizielle Unterstützung zu erhalten, war mehr Demütigung, als sie bereit war hinzunehmen. Sie machte einen Schritt nach vorn und hob ihre Hand.

»Signor Questore …«, setzte sie an, aber bereits in diesem Moment stoppte sie der Polizeichef.

»Solo un momento, Signora Brandt«, sagte er freundlich, aber bestimmt. Diana senkte ihre Hand und kam sich vor wie eine zurechtgewiesene Schülerin. Derweil sah sich Marchetti unter den Umstehenden um, von denen keine weiteren Reaktionen kamen.

»*Va bene*«, schloss er ab. »Ich erwarte, dass jeder von Ihnen sein Bestes gibt. Bis morgen.«

Nach der formalen Auflösung der Besprechung verließen mehrere der italienischen Kollegen direkt den Raum, während sich andere erneut in einer Gruppe zusammenfanden. Der Questore griff nach seinen Unterlagen, setzte sich dann in Richtung Dianas in Bewegung und bedeutete Fiorentini im selben Atemzug mit einem kurzen Winken zweier Finger, es ihm gleichzutun. Beide Männer blieben vor der Kommissarin stehen, die Mühe hatte, ihrem Ärger nicht mit einem bissigen Kommentar Ausdruck zu verleihen. Der Polizeichef musterte sie kurz über den Rand seiner Brille.

»Entschuldigung«, sagte er dann. Diana war überrascht.

»Wofür?«, fragte sie nach, obwohl ihr klar war, was er meinte. Marchetti zog kurz die Mundwinkel hoch, was die denkbar humorloseste Variante eines Lächelns war und genauso knapp und präzise bemessen wie alle anderen Gesten, die sie an ihm bisher beobachtet hatte.

»Dem Präsidium wurde von Seiten der Politik nahegelegt, mit Ihnen zusammenzuarbeiten«, hielt er fest. Diana musste nur kurz darüber nachdenken, was ihr Gegenüber damit sagen wollte.

»Und vor Ihren Leuten wollen Sie nicht die Schwäche zeigen, sich von der Politik etwas sagen zu lassen«, resümierte sie trocken.

Fiorentini musste leicht schmunzeln, während Marchetti nur pragmatisch nickte.

»Dann verstehen Sie den offiziellen Aspekt.«

»Und inoffiziell?«, fragte Diana, ihren Blick mit dem des Questores kreuzend.

»Inoffiziell wird Ihnen Commissario Fiorentini jede nötige Unterstützung gewähren«, kam die Erwiderung. »Er ist während der gesamten Ermittlungen Ihre direkte Liaison.«

Diese positive Aussage überraschte Diana.

»Sieht so aus, als wären wir Partner«, kommentierte Fiorentini.

»Ich werde mein Bestes tun, um die Ermittlungen mit voranzubringen«, erwiderte Diana in Richtung Marchettis, bemüht, zum Ausdruck zu bringen, dass sie seinen Vertrauensvorschuss schätzte. Dass sie sich mit ihrer Einschätzung geirrt hatte, realisierte sie einen Moment später, als der Blick des Polizeichefs plötzlich schneidend kühl wurde.

»Wir haben viele sehr gute Leute hier«, wies er sie zurecht, nicht unhöflich, aber mit einer neutralen Sachlichkeit, die trotzdem verletzen konnte. »Und um ehrlich zu sein, glaube ich nicht, dass Ihre Anwesenheit hier irgendeinen Unterschied machen wird.«

»Warum unterstützen Sie mich dann?«

Der Questore sah ihr tief in die Augen.

»Ich kannte Ihren Vater.«

Diana fror innerlich ein, doch schon im selben Moment griffen die Automatismen, die sie sich seit so vielen Jahren antrainiert hatte. Sie fing das instinktive Zähnefletschen ab, bevor es sichtbar werden konnte, und formte es zu einem Lächeln um; gleichzeitig atmete sie konzentriert ein, um ihren sich verkrampfenden Körper zu entspannen. *Weniger als eine Sekunde. Ich bin gut darin.*

»Und die Tochter von Adolfo Ferretti verdient in jedem Fall mein Entgegenkommen«, fuhr der Polizeichef fort, bevor er sich mit einem kurzen Nicken verabschiedete. »Viel Erfolg.«

Er drehte sich um und verließ das Zimmer. Diana riskierte Augenkontakt mit Fiorentini und sah deutlich die noch immer anhaltende Überraschung, mit der sie der Commissario betrachtete. *Er hat es nicht gewusst.* Diana stand kaum der Sinn nach einer Vertiefung der Thematik.

»Ich bin ein wenig müde«, log sie, zumindest zum Teil.

Fiorentini fing sich, nickte. »Natürlich«, antwortete er. »Ihr Apartment liegt im Süden, in Trastevere. Michele hat Ihr Gepäck schon im Kofferraum, er bringt Sie hin.«

»Das ist nett«, bedankte sich Diana. »Wann soll ich morgen hier sein?«

»Sparen Sie sich die Mühe. Ich kann Sie abholen.«

Es war ehrliche Freundlichkeit, aber Diana legte Wert auf ihre Unabhängigkeit.

»Ich mache mir gern die Mühe.«

Fiorentini zuckte mit den Schultern. Er wirkte nach wie vor leicht verunsichert, auch wenn er es zu kaschieren suchte.

»Wenn Sie möchten. Aber Ihre Unterkunft liegt genau zwischen hier und dem Waisenhaus.«

Diana atmete aus. Gegen praktische Logik ließ sich nicht argumentieren.

»Also gut. Wann kommen Sie vorbei?«

Ihr Kollege wirkte unbefriedigt, schien noch etwas sagen zu wollen, aber fand wohl nicht die richtigen Worte. Daher beschränkte er sich auf die direkte Antwort.

»Gegen acht.«

Diana nickte nur. Der Commissario winkte Michele heran, gab ihm kurz ein paar Anweisungen, und der freundliche junge Polizist geleitete sie aus dem Raum. Diana wusste, dass Fiorentini ihr nachsah, und ebenso, was er sich fragte.

Zum ersten Mal seit Langem streckte die verhasste Vergangenheit ihre Tentakel in die Gegenwart aus, und die Kommissarin hoffte aus tiefster Seele, dass ihr Griff nicht noch fester werden würde.

Diana zündete die Zigarette an, lehnte sich nach vorn auf die Fensterbank und schaute hinunter auf die kleine Piazza, an die ihre Unterkunft angrenzte. Sie schien wie eine vereinfachte Miniaturausgabe der großen, berühmten Plätze Roms – mit einer schlichten barocken Kirche direkt gegenüber, einem kreisrunden, schmucklosen Brunnen in der Mitte und einer einzelnen Trattoria, die jetzt, am frühen Abend, recht gut frequentiert war. Trastevere unterschied sich von den meisten anderen Stadtteilen Roms, ähnelte mit seinen engen Gassen eher kleineren historischen Städten wie Perugia oder Viterbo und erhielt durch Streetart aus Graffiti, Postern und Stickern zudem einen angenehm alternativen Touch, der Diana sehr sympathisch war. Die Kommissarin zog an ihrer Kippe, stieß den Rauch dann hinaus in die noch junge Nacht. Leicht verzerrt drangen die Stimmen der Gäste und Passanten zu ihr hinauf, im Wasser des Brunnens spiegelte sich der Halbmond …

Genau wie letzten Sommer, am Ufer der Spree mit Sabine, die Arme fest umeinandergeschlungen, ein Körper, Kopf an Kopf, ein Denken, ein Wollen …

Scheiße, nein. Sie durfte sich nicht von den Erinnerungen einholen lassen. Es brachte nichts, nichts außer Schmerzen und keine Antworten, genauso wenig wie in den letzten zwölf Monaten. Es war nun schon so lange her, und doch … Die sommerliche Wärme, die helle Nacht, es war alles so gleich, und sie konnte nicht anders, als so zu fühlen wie damals.

War es denn wirklich eine Illusion gewesen? Niemals echt? Wie hatte es von einem Tag zum nächsten enden können? Was hatte sie getan? Warum nur? Warum?

Diana warf die erloschene Zigarette hinunter auf die Straße, klammerte sich mit beiden Händen so fest an die Fensterbank, dass ihre Fingergelenke weiß hervortraten. Sie war weit weg von Berlin. Sie war auf niemanden angewiesen. Und sie hatte eine Aufgabe. *Konzentrier dich auf deinen Job, Kommissarin.*

Sie lehnte den Fensterladen an, stand kurz unschlüssig neben dem Bett, auf dem ihr halb ausgepackter Koffer mit Sommerkleidung lag. Was tun mit dem Rest des Abends? Ja, sie war erschöpft, aber allein in dem kleinen Apartment zu hocken – allein mit ihren Gedanken –, das war keine Perspektive. Außerdem hatte sie den ganzen Tag noch nichts Warmes gegessen, und ihr Magen knurrte. Sie könnte hinuntergehen in die kleine Trattoria, die eigentlich recht gemütlich aussah. Ein wenig unter Leuten sein, dabei über den Fall nachdenken … Ja, das schien eine gute Option.

Diana griff nach ihrer Lederjacke und steckte ihr Portemonnaie in die Innentasche. Sie machte einen ersten Schritt Richtung Tür – und zuckte zusammen, als es im selben Moment klingelte. Wer konnte …? *Nein. Dumme Frage.*

Diana legte die Jacke aufs Bett, ging zur Tür und begrüßte ihren Besucher schon beim Öffnen.

»Buona sera, commissario.«

Fiorentini wirkte nicht überrascht. Er lächelte.

»Haben Sie noch keine anderen Freunde in Rom?«

Diana musterte ihn herausfordernd.

»*Habe* ich Freunde in Rom?«

Der Commissario nickte.

»Ja.« Er hob seine rechte Hand. *»Ecco.«*

Diana betrachtete übertrieben skeptisch die beiden Pizzaschachteln, die sie natürlich schon vorher aus dem Augenwinkel wahrgenommen hatte.

»Pizza«, bemerkte sie trocken. »Das ist ein Freundschaftsdienst?«

»Mehr noch«, erwiderte Fiorentini. »Ich halte Sie davon ab, ein Verbrechen zu begehen.«

Die Kommissarin legte fragend den Kopf schief.

»In der furchtbaren Trattoria da unten auf der Piazza zu essen.«

Jetzt musste auch Diana lächeln.

»Würden Sie mich verhaften, wenn ich es täte?«

»Das wäre meine traurige Pflicht.«

»Also ein Polizist und ein Samariter«, hielt die Kommissarin fest. Fiorentini hob seine Linke, die eine Flasche Rotwein hielt.

»Wie die Amerikaner sagen: *To protect and to serve*.«

Diana lachte. Natürlich würde sie das Angebot annehmen. Es war genau die Ablenkung, die sie brauchte. Nur ein kleiner Schachzug noch.

»Solange Sie nicht so amerikanisch sind, eine Pizza Hawaii mitzubringen …«

Fiorentini reagierte mit ehrlicher Entrüstung auf den Kommentar, den viele Italiener als tödliche Beleidigung empfinden würden.

»Also bitte!«, stieß er aus.

Diana grinste, trat zur Seite und machte den Weg frei. »Komm rein.«

Riccardo war aufmerksam genug gewesen, eine Pizza mit und eine ohne Salami mitzubringen; da Diana keine Vegetarierin war, hatten sie beschlossen, beide Pizzen zu teilen.

»Du hattest recht«, hielt die Kommissarin zwischen zwei Bissen fest. »Das ist eine richtig gute Pizza.«

»Und du hattest auch recht«, erwiderte Riccardo. »Deine Küche ist verdammt eng.«

Beide lachten, während sich der Commissario zum wiederholten Male auf dem Stuhl am anderen Ende des kleinen Tisches neu arrangierte. Die Küche war nichts als ein länglicher, schmaler Korridor, in dem zwei Menschen nicht ohne größere Intimität aneinander vorbeinavigieren konnten. Dazu war es noch nicht gekommen, und Diana verzichtete gern darauf. Wobei sie instinktiv nicht daran glaubte, dass Riccardo sich in Bezug auf sie irgendwelche Illusionen machte.

Die Kommissarin wurde kurz vor ihrem Kollegen fertig, lehnte sich zurück und atmete aus.

»Satt?«, fragte Riccardo nach, während er sich selbst noch eines der letzten Pizzastücke in den Mund schob.

»Satt«, erwiderte Diana, nippte an ihrem Weinglas und nahm sich einen Moment Zeit, ihr Gegenüber zu betrachten. Der Commissario war zweifellos attraktiv; in seiner Ausstrahlung mischte sich reife Männlichkeit mit einem gewissen jungenhaften Charme. Und trotzdem war da noch etwas anderes, verborgenes, in seinen Augen oder vielmehr hinter seinem Blick, das Diana noch nicht genau benennen konnte. Zeit für ein paar Fragen – vor allem auch, weil sie sich vor dem fürchtete, wonach er sich erkundigen könnte.

»Wie kommt es, dass du Zeit dafür hast, abends ausländische Kolleginnen vor kulinarischen Fehltritten zu bewahren?«

Riccardo lächelte, aber nur mit den Lippen.

»Meine Tochter ist gerade bei ihrer Mutter.«

»Oh. Seid ihr …«

Riccardo schüttelte den Kopf, bevor Diana ihre zu indiskrete Frage selbst abwürgen konnte.

»Wir kannten uns gut genug, um nie zu heiraten.«

»Und deine Tochter …«

»Francesca.«

»Wohnt sie weit weg?«

»Neapel.«

»Wie alt ist sie?«

»Acht Jahre.«

Diana nickte. Riccardo musterte sie einen Moment lang.

»Hast du Kinder?«

Ihr Inneres verkrampfte sich leicht.

»Nein.«

Riccardo musste ihren Unterton registriert haben, denn er hakte nicht weiter nach. Stattdessen schob er seinen leeren Teller ein Stück zur Seite und streckte die Arme aus, um die entstandene Pause zu überbrücken. Diana suchte nach einem neuen Gesprächsthema, aber der Commissario kam ihr zuvor.

»Bist du zum ersten Mal in Rom?«, fragte er.

»Ich war schon einmal hier«, erwiderte Diana vorsichtig. »Aber es ist lange her.«

Riccardo nickte, wirkte kurz etwas nachdenklich.

»Die Stadt hat ihre schönen Seiten.«

»Die offensichtlichen?«

»Nicht nur.«

In Riccardos Blick und seinen Worten lag eine gewisse Melancholie, die Diana an ihm zum ersten Mal wahrnahm.

»Woher stammst du ursprünglich?«, fragte sie.

»Calvanico. Eine kleine Bergstadt in Kampanien. Du wirst nie davon gehört haben.«

»Das stimmt«, antwortete Diana ehrlich. Sie ahnte, was als Nächstes kommen würde, und dementsprechend war sie gewappnet, als Riccardo seine Gegenfrage stellte.

»Und woher kommst du?«

Diana sah ihm direkt in die Augen.

»Du weißt, woher ich komme.«

Der Commissario nickte.

»Trapani.«

»Davon *hat* man gehört.«

»Wir müssen nicht darüber reden.«

Die Empathie in der Stimme ihres Kollegen brachte Diana kurz aus dem Konzept, denn sie konnte sich nicht recht erklären, woher sie stammte.

»Warum glaubst du, dass ich nicht darüber reden will?«

Riccardo zögerte, blickte kurz nach unten auf die Tischplatte, sah ihr dann wieder in die Augen.

»Deine Reaktion, als Marchetti deinen Vater erwähnte … Es war dir unangenehm.«

Diana gelang es, äußerlich neutral zu bleiben, aber innerlich fror sie ein. *Eine Sekunde oder weniger. Eine Maske, die ich so oft aufgesetzt habe. Und er hat sie durchschaut.*

»Du bist ein guter Polizist«, hielt sie fest. Ihre Gedanken rasten, und sie war unsicher, wie sie sich verhalten sollte. *Also nach Instinkt gehen.* Besser, es einmal abzuhandeln, als die Frage länger unausgesprochen stehen zu lassen.

»Was weißt du über meinen Vater?«

Riccardo hob leicht die Arme, eine Geste, die klar sagte: Wo soll man anfangen? Diana musste sich zusammenreißen, um nicht verächtlich zu schnaufen.

»Adolfo Ferretti hat quasi im Alleingang den Velardi-Clan zu Fall gebracht. Er war ein Held.«

Sie hatte es schon so oft gehört, und trotzdem tat es immer noch weh.

»Und was hat es gebracht?«, kommentierte Diana ausweichend. »Das Machtvakuum wurde von einem Mann gefüllt, der inzwischen zehnmal mächtiger ist, als es die Velardis jemals waren.«

Riccardo nickte nachdenklich.

»Natürlich ist Orsino Licata ein skrupelloser Mafioso.« Er sprach den Namen aus, den Diana nicht einmal denken wollte. »Aber zumindest hält er eine Art Ordnung. Unter ihm gibt es keine Blutbäder mehr.«

Der Commissario hielt inne, fügte dann die gebotene Ergänzung an.

»Jedenfalls nicht seit seiner Vergeltung für das Attentat gegen ihn.«

Diana ignorierte den letzten Satz, der ihr einen kalten Schauer über den Rücken jagte, und versuchte stattdessen eine rationale Antwort auf Riccardos vorheriges Argument.

»Ist ein Feind, der im Verborgenen lauert, ohne dass irgendjemand das ganze Ausmaß seines Einflusses kennt, nicht viel beängstigender?«

Wieso redest du überhaupt darüber? Ist es der Reiz, sich etwas nahe zu fühlen, von dem man genau weiß, wie zerstörerisch es ist?

Riccardo schaute sie an, zuckte schließlich mit den Schultern.

»Damit hast du sicher recht«, meinte er. »Aber wie dem auch sei … Licata kam später. Er ändert nichts an dem, was dein Vater geleistet hat. Und … ehrlich gesagt war Adolfo Ferretti meine Inspiration, diesen Beruf zu wählen.«

Diana hätte Riccardo vieles sagen können, und einiges sagen wollen. In diesem Moment tat er ihr leid. Aber sie hatte keine Wahl, und wählte die Lüge, die sie selbst zu sehr glauben wollte, als dass er sie würde durchschauen können.

»Ja, er war ein guter Polizist«, erwiderte die Kommissarin kühl. »Aber das heißt nicht, dass er auch ein guter Vater war.«

Riccardo nickte verständnisvoll.

»Die Arbeit kam zuerst?«

Das Prasseln des Feuers, der Tabakgeruch in seiner Weste, die Geschichte, die er erzählte und in der sie sich verlor …

»Genau. Immer die Arbeit«, log Diana, und die Erinnerung ließ nur in ihrem Inneren eine Träne fließen.

»Darf ich fragen …« Riccardo brach ab, zögerte.

»Frag ruhig.«

»Warum bist du dann auch Polizistin geworden?«

Um es besser zu machen. Und auch, um glauben zu können, dass ich ein besserer Mensch bin als mein Vater. Aber das konnte sie nicht antworten. Also entschied sich Diana für eine andere Wahrheit.

»Weil ich fand, dass es in der Welt Gutes gibt, das es wert ist, beschützt zu werden.«

Riccardo trank einen Schluck Wein, dachte nach.

»Bist du noch immer dieser Meinung?«

»Sonst wäre ich nicht hier.«

»Aber es gibt selten ein klares Gut oder Böse.« Der Commissario musterte sie so kritisch wie aufmerksam. »Die Welt ist nicht Schwarz und Weiß. Und jeder macht einmal Kompromisse.«

»Das mag stimmen«, entgegnete Diana, und danach sprach sie aus Überzeugung. »Aber es gibt immer eine Wahrheit. Es gibt immer ein Warum.«

Außer … Nein. Hier geht es um den Job. Und dort habe ich das Warum bisher noch immer gefunden.

Diana war sich nicht sicher, ob der Ausdruck in Riccardos Augen Mitleid oder Bewunderung war. Vielleicht ein wenig von beidem.

»Ich hoffe, Rom wird dich nicht enttäuschen«, hielt er bewusst neutral fest, lächelte gleichzeitig mild. Es war der letzte wirklich relevante Satz, den sie an diesem Abend sprachen, und sein Echo hallte noch bis in Dianas Träume hinein.

Es war ein weiterer schöner Sommertag, und die Kommissarin fand sich umgeben von lachenden Kindern. Vor allem die jüngsten vergnügten sich auf dem Spielplatz des Waisenhauses, kletterten über die Metallgerüste, wippten und schaukelten oder bauten Sandburgen. Etwas weiter weg spielten die größeren Jungen und Mädchen Fußball auf dem bräunlichen Rasen des Feldes. Alles schien unerwartet positiv und harmonisch – zumindest in diesem Moment, auf den ersten Eindruck.

Diana hatte sich in ihrer Fantasie ein altes, düsteres Gebäude ausgemalt und war angenehm überrascht gewesen, bei ihrer Ankunft hier in der Vorstadt ein offenes grünes Gelände vorzufinden, in dessen Mitte ein vergleichsweise moderner Komplex lag. An das Haupthaus schloss sich ein kleines Besucherzentrum an, und darum herum arrangiert befanden sich der Spielplatz und das Fußballfeld, zudem noch ein Gemüsegarten mitsamt Insektenhotel. Die Anlage bot den Waisen viele Möglichkeiten zum gemeinsamen Zeitvertreib, vor allem auch draußen im Freien. Hier auf dem Spielplatz, ebenso wie bereits im Inneren, machten die Kinder einen in Anbetracht ihrer Umstände recht unbeschwerten Eindruck, was Diana bemerkenswert fand.

Die Kommissarin wandte ihren Blick hin zu Riccardo und Signora Costanza Bellini, der Heimleiterin, die sie durch die Anlage führte.

»Sie haben hier ein echtes Refugium geschaffen«, kommentierte Diana. Bellini, eine hochgewachsene, elegante Frau Mitte vierzig von eher reservierter Ausstrahlung, deren blondes Haar schon leicht ergraut war, lächelte knapp.

»Wir tun unser Bestes«, erwiderte sie. »Zumindest ist es nicht das triste Gemäuer, das viele Leute vor Augen haben, wenn sie an ein Waisenhaus denken.«

Diana biss sich beinahe schuldbewusst auf die Lippen.

»Kommen Sie, ich zeige Ihnen noch unsere Werkstatt«, offerierte die Signora und führte sie in ein flaches Gebäude, das wie alle anderen von den Kindern mit bunten, oft fantasievollen Zeichnungen bemalt worden war. Im Inneren gab es mehrere Werkbänke, an denen Jungen und Mädchen aller Altersgruppen mit verschiedensten Dingen beschäftigt waren. Einige bastelten oder reparierten Spielsachen, andere bauten unter Anleitung einer Erzieherin Vogelhäuschen, einige der Kleineren wiederum bemalten Tierfiguren.

»Wie Sie sehen, versuchen wir, den Kindern ein möglichst kreatives Freizeitangebot zu schaffen«, erläuterte Bellini. »Und ihnen nach Möglichkeit auch einige praktische Fähigkeiten zu vermitteln.«

»Das scheint Ihnen gut zu gelingen«, hielt Riccardo fest. Der Anblick der Kinder zauberte ein Lächeln auf die Lippen des Commissarios, das Diana als unverfälschter wahrnahm als alle anderen Emotionen, die er bisher hatte durchblicken lassen. Auch sie war sehr angetan, wollte dabei aber nie vergessen, dass eben gerade der erste Eindruck auch täuschen konnte. Die Kommissarin sah sich um und bemerkte in der Werkstatt dieselben kleinen Anzeichen des Verfalls, die ihr bereits während des bisherigen Rundgangs aufgefallen waren. Hier und da blätterte die Farbe von den Wänden ab, einige Türklinken klemmten leicht, ein offenes Fenster hing schräg in den Scharnieren. All das könnte möglicherweise auf Geldprobleme hindeuten.

»Wie finanziert sich das Heim?«, erkundigte sich Riccardo im selben Moment bei der Signora, und Diana fragte sich kurz, ob er denselben Gedanken gehabt hatte.

»Aus staatlichen Zuschüssen, privaten Spenden ... und natürlich der Unterstützung der Kirche.«

»Der Vatikan bringt dabei wie viel auf?«, hakte der Commissario nach. Bellini musterte ihn kurz, bevor sie antwortete.

»Den Großteil.«

Riccardo nickte. Er wollte eine weitere Frage stellen, wurde aber von einem kleinen Mädchen unterbrochen, das mit einer frisch bemalten Tierfigur in der Hand auf sie zulief.

»Signora, signora, guardi!«, rief sie und hielt Bellini einen blau bemalten Ochsen entgegen. Die Heimleiterin lächelte.

»Aber Chiara«, sagte sie. »Dein Ochse ist ja ganz blau.«

Das Mädchen sah sie aus seinen großen braunen Augen etwas unsicher an.

»Aber das ist doch schön, oder?«, fragte sie.

»Natürlich.« Bellini streichelte Chiara über ihr Haar. »Er ist perfekt.«

Das Mädchen lachte und rannte zu den anderen Kindern zurück. Die Heimleiterin sah ihr kurz nach, blickte dann seitwärts zu den beiden Polizisten.

»Wir haben Chiara hier, seit sie ein Baby war. Ein Müllmann hat sie in einer Abfalltonne gefunden.«

Die ganze Grausamkeit des von Bellini mit eher abgestumpfter Sachlichkeit formulierten Satzes ging Diana tief unter die Haut. Wie konnten Eltern nur ... Und doch hatte Chiara Glück gehabt. *Ähnlich wie ...*

Nein. Sie durfte sich von ihren Gefühlen nicht von ihrer Arbeit abbringen lassen. Und so versuchte sie, ihre Gedanken wieder gänzlich auf den Fall zu konzentrieren, während sie zusammen mit Riccardo der Heimleiterin nach draußen folgte, in Richtung des Fußballplatzes.

»Wie genau sah denn die Zusammenarbeit mit Kardinal Schorlemmer aus?«, lenkte der Commissario auch ohne Dianas Zutun das Gespräch wieder in die gewünschte Richtung. Bellini verfolgte das Hin und Her des Balls auf dem Spielfeld, während sie antwortete.

»Er kam in regelmäßigen Abständen vorbei, um sich nach dem Zustand des Projektes zu erkundigen. Wo aktuell Bedarf bestand, ob alle Gelder ausgezahlt wurden ... Solche Dinge.«

»Wie oft kam er her?«, erkundigte sich Riccardo.

»Meistens einmal pro Monat.«

»An festen Tagen?« Eine wichtige Frage.

»Nein. Aber oft in der ersten Kalenderwoche.«

Diana schaute zurück zu den spielenden Kindern. Sie gehörten nicht nur verschiedenen Altersgruppen, sondern auch unterschiedlichen Ethnien an. Es gab einige mit offenkundig afrikanischen Wurzeln und mehrere mit arabischem Erscheinungsbild.

»Gibt es auch Flüchtlingskinder hier?«, fragte die Kommissarin. Bellini nickte.

»Ja. Meistens sind ihre Eltern bei der Überfahrt ums Leben gekommen ... oder danach in einem der Auffanglager.«

»Haben Sie ausreichend Platz für alle?«

Bellini lächelte sehr knapp und eher bitter.

»Wie gesagt«, entgegnete sie. »Wir tun unser Bestes.«

Diana bewunderte das Engagement der Heimleiterin. Über das von Schorlemmer hätte sie indes gern noch etwas mehr erfahren.

»Hatte der Kardinal bei seinen Besuchen auch mit den Waisen zu tun?«

Diana warf Riccardo einen kurzen Blick zu, denn sie wollte sichergehen, dass er sich von ihrem Nachfragen nicht in seiner Autorität untergraben sah. Aber auch er war auf die Signora fokussiert und erwartete mit sichtlichem Interesse deren Antwort.

»Selbstverständlich«, erwiderte Bellini. »Er nahm großen Anteil am Schicksal der Kinder.«

Riccardo setzte die Befragung mit derselben Frage fort, die auch Diana gestellt hätte.

»Gab es Waisen, zu denen der Kardinal ein besonderes Verhältnis hatte?«

»Er hat immer versucht, mit möglichst vielen von ihnen zu reden.« Bellinis Antwort schien etwas langsamer gesprochen als ihre bisherigen Sätze. Wog sie die Worte vorsichtiger ab? »Gelegentlich berührte ihn eine Geschichte besonders. Dann versuchte er, dem betreffenden Kind zusätzlich zu helfen.«

»Inwiefern?«

»Nun, er spendete privat ein paar Euro extra für Kleidung oder Spielsachen. Und den Jungen vermittelte er oft eine Arbeit als *chierichetto* in einer der umliegenden Kirchen.«

Diana kannte das Wort nicht, erkundigte sich bei Riccardo. Der Commissario dachte kurz nach, lieferte ihr dann die englische Entsprechung.

»Altar boy.«

Aha – als Ministrant.

»Können wir mit einem dieser Jungen reden?«, fragte Riccardo die Signora.

Diana erwartete zunächst eine abweisende Antwort von Bellini, wurde aber positiv überrascht. Die Heimleiterin nickte, wandte sich dem Fußballplatz zu und rief einen Namen.

»Vincenzo!«

Ein schlanker, brünetter Junge von vielleicht zwölf Jahren stoppte in seinem Lauf, sah zu ihnen. Bellini winkte ihn heran. Der Junge kam herüber, wobei sein Blick etwas misstrauisch zwischen den drei Erwachsenen hin und her wanderte.

»Vincenzo, das sind Commissario Fiorentini und Commissaria Brandt von der Polizei«, stellte Bellini Riccardo und Diana vor. »Sie möchten dich gern etwas über Kardinal Schorlemmer fragen.«

Vincenzo sah abwartend zu ihnen auf. Riccardo warf Diana einen kurzen Blick zu, der nahelegen sollte, dass sie als Frau wohl die bessere Ansprechpartnerin sei. Die Kommissarin war sich nicht sicher, ob das zutraf, nahm die Rolle aber dennoch an.

»Hallo, Vincenzo«, sagte sie zur Begrüßung. »Ich bin Diana. Wundere dich nicht über meinen Akzent, ich komme aus Deutschland.«

Der Junge reagierte nicht auf ihren Versuch, der Situation etwas Spannung zu nehmen, und sah sie weiterhin fragend an. Diana befeuchtete sich die Lippen. Dann eben direkt.

»Signora Bellini hat uns gesagt, dass Kardinal Schorlemmer dich als …« Sie musste sich kurz das Wort in Erinnerung rufen. »… als *chierichetto* für eine der Kirchen hier ausgewählt hat.«

»Das stimmt.«

»Bist du stolz darauf?«

Vincenzo überlegte einen Moment lang.

»Bleibe ich jetzt auch weiter dort?«

Diana war verwundert über die Frage.

»Wie meinst du das?«

»Jetzt, wo der Kardinal tot ist.«

Die Kommissarin schaute zu Bellini.

»Ja«, beantwortete die Signora Vincenzos Frage. »Es gibt keinen Grund, warum du nicht Ministrant bleiben solltest.«

Der Junge nickte. Diana betrachtete ihn einen Moment lang. Der kühle Pragmatismus, mit dem er vom Tod des Geistlichen gesprochen hatte, war ihr nicht entgangen. Auch sein Gesicht verriet keinerlei konkrete Emotion.

»Mochtest du den Kardinal?«, hakte sie nach.

»Er war immer gut zu uns.«

Mehrzahl, nicht Einzahl. Und es war keine Antwort auf ihre Frage.

»Hat er dich oft besucht?«

»Ich habe hier im Heim nur dreimal mit ihm gesprochen.«

Die Antworten waren zu ausformuliert, und sie kamen den Bruchteil einer Sekunde zu früh. Diana war sich jetzt sicher, dass sie einstudiert waren. Und in ihr keimte zunehmend ein schlimmer Verdacht.

»Der Kardinal traf die Kinder immer im Gemeinschaftsraum«, fügte Bellini erklärend hinzu.

»Nicht unter vier Augen?«, fragte Riccardo.

»Warum sollte er?«

Der Kommentar der Signora kam ebenfalls sehr schnell, und ihre Stimme war dabei leicht brüchig. Sie räusperte sich, um im Nachhinein eine Erklärung dafür zu liefern, doch dieses Manöver war nur allzu durchschaubar.

»Kann ich weiterspielen?«, erkundigte sich Vincenzo ungeduldig.

Diana nickte ihm zu. Der Junge drehte sich ohne ein weiteres Wort um und lief zurück aufs Spielfeld. Etwas stimmte nicht mit ihm – und auch Bellini war für die Kommissarin nicht länger glaubwürdig. Aber diese Meinung basierte aktuell nur auf ihrer Intuition, und Spekulationen konnte sie sich nicht erlauben.

»Ich muss dann langsam zurück an die Arbeit«, stellte die Heimleiterin fest. »Haben Sie noch weitere Fragen?«

»Nur kurz zu dem fraglichen Abend«, entgegnete Riccardo. »Können wir dabei ein paar Schritte in Richtung Tor laufen?«

»Natürlich.«

Bellini und der Commissario setzten sich in Bewegung. Diana warf noch einen letzten Blick in Richtung der spielenden Kinder. Sie wirkten nach wie vor unbekümmert und unschuldig, und vieles in ihr hoffte, dass ihr erster Eindruck keine Täuschung gewesen war. Die Kommissarin atmete aus und folgte den beiden anderen.

»Gab es irgendwelche besonderen Vorkommnisse an dem Abend des Mordes?«, hörte sie Riccardo fragen.

Die Signora schüttelte den Kopf. »Wie ich Ihren Kollegen bereits erklärt habe: Wir hatten eine normale Diskussion, und zwar über die Finanzierung eines Anbaus mit zusätzlichen Betten. Der Kardinal verließ uns gegen neunzehn Uhr dreißig. Mehr kann ich leider nicht sagen.«

Riccardo schaute zurück zum Hauptgebäude, dann nach vorn. Sie passierten gerade eine Stelle, wo der Weg eine

Kurve machte und durch ein kleines Wäldchen im Inneren des Geländes führte.

»Und ich nehme an, aufgrund der Bäume und des Buschwerks hat niemand gesehen, was sich draußen auf dem Parkplatz ereignet hat«, hielt der Commissario resignierend fest.

»Bedauerlicherweise«, erwiderte Bellini.

»Wieso ist der Kardinal nicht direkt bis vors Haus gefahren?«, fragte Diana.

»Wir öffnen das Tor nur für Lieferfahrzeuge«, kam die Antwort der Heimleiterin. »Besucher parken üblicherweise draußen.«

Sie blieben an dem eisernen Tor stehen. Riccardo reichte Bellini die Hand.

»Ich danke Ihnen für Ihre Zeit, Signora«, sagte er. Bellini lächelte knapp.

»Es tut mir leid, dass ich Ihnen nicht weiterhelfen konnte«, erwiderte sie und streckte ihrerseits die Hand in Richtung Diana aus. Aber die Kommissarin zögerte. Sie wollte noch mehr herausfinden, aber wusste nicht recht, wie sie an den benötigten Punkt gelangen sollte.

»Nur eine weitere Frage, wenn Sie gestatten«, improvisierte sie. Bellini senkte ihre Hand wieder, musterte ihr Gegenüber leicht angespannt.

»Bitte.«

»Wie genau kam es zu Kardinal Schorlemmers Engagement für Ihr Projekt?«

Die Signora schien kurz zu überlegen, worauf die Kommissarin mit ihrer Frage hinauswollte.

»Die ursprüngliche Verbindung zum Vatikan kam über Kardinal Grimaldi zustande«, erwiderte Bellini schließlich.

»Er hat dieses Waisenhaus mit aufgebaut, schon als er noch Bischof der Diözese war. Ein herzensguter Mann.« Sie lächelte leicht, schien einen kurzen Moment lang in Erinnerungen verloren, fing sich jedoch schnell und wurde wieder ernst. »Als er dann vor zwei Jahren starb, hat Kardinal Schorlemmer seine Position in der Kurie übernommen. Und viele seiner gemeinnützigen Projekte.«

Diana hatte früh gelernt, dass Menschen manchmal am meisten sagten, wenn sie etwas nicht sagten. Und genau hier war der Ansatzpunkt, auf den sie gehofft hatte.

»War auch Kardinal Schorlemmer ein herzensguter Mensch?«

Bellini war vielleicht auf eine Frage dieser Art vorbereitet gewesen, aber nicht auf die Direktheit, mit der Diana sie stellte. Und so versteifte sich die Heimleiterin merklich, und der Blick, mit dem sie die Kommissarin diesmal bedachte, war kalt und taxierend.

»Er hat dafür gesorgt, dass die Fördergelder sogar noch größer wurden. Wir haben ihm viel zu verdanken.« Sie schaute kurz zwischen Diana und Riccardo hin und her. »Und jetzt entschuldigen Sie mich. Ich muss wirklich zurück zu den Kindern.«

Sie ging weg, ohne Diana ein zweites Mal ihre Hand anzubieten. Die Kommissarin drehte sich um, tauschte einen Blick mit Riccardo aus. Auch ihr Kollege wirkte nachdenklich – es lag nahe, dass er ihre düstere Ahnung teilte. Diana ging voraus auf den Parkplatz, holte dabei ihre Tabaktasche hervor und fing an, sich eine Zigarette zu drehen. Währenddessen sah sie sich noch einmal um. Der Platz war von einigen Garagen und Werkstätten umgeben, zudem befand sich an einer Seite ein überwuchertes Brachgelände; ein Stück weiter weg standen unansehnliche Wohnkomplexe aus Beton. Es war eine Umgebung, in der man leicht ungesehen einen Überfall begehen konnte. Riccardo trat neben Diana, als sie den ersten Zug nahm.

»Du hast das gleiche Gefühl«, hielt er fest. Die Kommissarin vermerkte, dass er sie bereits gut genug einschätzen konnte, um den Satz nicht als Frage formulieren zu müssen.

»Bellini verschweigt etwas«, fasste sie ihre Intuition in Worte. »Und jemand hat mit dem Jungen einstudiert, was er sagen soll.«

»Reden wir darüber, dass der Kardinal ihn vielleicht missbraucht hat?«

»Es würde passen. Überleg dir, was Bellini gesagt hat. Indirekt hat sie zugegeben, dass sie Schorlemmer nie mit einem der Kinder allein gelassen hätte.«

»Das würde bedeuten, er hätte sich nicht hier an ihnen vergangen.«

»Vielleicht in den Kirchen, in die er die Ministranten vermittelt hat. Oder auf dem Weg zu den Gottesdiensten dort.«

Diana stieß eine weitere Wolke Rauch aus. Es war auf seine Art ekelhaft, sich ausmalen zu müssen, wie ein Kinderschänder wohl am besten vorgegangen wäre. Aber es war Teil des Jobs, Teil der Suche nach der Wahrheit, und die Wahrheit war das Wichtigste.

»Ich schicke ein paar Kollegen in die betreffenden Kirchen«, formulierte Riccardo seinen Folgeschluss.

»Und ich rufe in Berlin an«, fügte Diana ihrerseits an. »Ich will wissen, ob Schorlemmer in der Vergangenheit schon einmal mit Kindern zu tun hatte.«

»Gute Idee.« Riccardo wirkte angespannt. Natürlich, das Thema musste ihm besonders nahegehen – immerhin hatte er eine Tochter. Der Commissario schaute auf ihre Zigarette.

»Darf ich aufrauchen?«, fragte er nach einem Moment des Zögerns.

»Klar.« Diana gab ihm die Kippe, aus der vielleicht noch drei Züge herauszuholen waren. »Ich kann dir das nächste Mal auch eine mitdrehen.«

Riccardo lächelte leicht.

»Eigentlich habe ich vor Jahren aufgehört.« Er inhalierte, ließ seinen Blick über den Parkplatz wandern. »Wenn unser Verdacht stimmt, hätten wir ein Motiv.«

Diana sah sich ebenfalls um, erinnerte sich dabei an das Tatortfoto. Der Mercedes des Kardinals hatte relativ mittig gestanden. Zwischen Tor und Wagen fanden sich die Blutspuren. Wo hatte der Täter gelauert? Sein Transporter musste gleich in der Nähe des Mercedes geparkt haben, sodass er eine Möglichkeit gehabt hatte, sich zu verstecken. Reifenspuren waren auf dem geteerten Untergrund nicht zu finden gewesen. Alles nachvollziehbar. Und doch … Irgendetwas passte nicht ganz in dieses Bild, das Diana gerade in ihrem Kopf entstehen ließ. Aber sie konnte partout nicht sagen, was.

»Das stimmt«, führte sie stattdessen Riccardos Gedanken fort. »Ein Motiv wäre es. Aber eins, das viele Fragen aufwirft.«

»Woher wusste der Mörder von dem Missbrauch?«

»Richtig. Und woher kannte er den Tag, an dem Schorlemmer hier sein würde?«

»Vielleicht hat er einfach das Gelände observiert und abgewartet?«

»Möglich. Aber eine so aufwendige Tat mit so vielen genau zu befolgenden Schritten, und dann ein zufälliges Datum? Es fällt mir schwer, das zu glauben.«

Riccardo nickte zustimmend, schaute dann auf seine Uhr und warf die aufgerauchte Zigarette weg.

»Zeit, zum Vatikan zu fahren«, sagte er an. Diana folgte ihm in Richtung des Autos. An der Fahrertür angekommen, hielt der Commissario inne.

»Diana?«

»Ja?«

»Ich schätze deine Direktheit. Sie macht dich zu einer guten Polizistin. Aber wenn wir gleich den Staatssekretär treffen ... Wir können unseren Verdacht nicht erwähnen, bevor wir Beweise haben.«

Die Kommissarin fühlte sich geschulmeistert und reagierte entsprechend.

»Im Beruf muss ich die Wahrheit finden. Und privat hasse ich Heuchelei.«

Riccardo setzte zu einer Erwiderung an, aber Diana ließ ihn nicht dazu kommen.

»Was den Verdacht angeht: Das ist mir klar.«

»Dann ist es gut.« Riccardo nickte und holte den Autoschlüssel hervor. Doch so leicht wollte ihn Diana nicht von der Leine lassen.

»Aber was ist, wenn ich etwas anderes wissen möchte?«, wandte sie ein. Riccardo schaute wieder zu ihr, schwankte scheinbar zwischen einem gewissen Schuldbewusstsein und dem Bedürfnis, seine Autorität zu wahren.

»Der Vatikan ist ein besonderes Spielfeld«, stellte er fest. »Und der Staatssekretär ist der wichtigste Mann nach dem Papst. Wir müssen diplomatisch sein.«

»Auch wenn es auf Kosten unserer Ermittlungen geht?«

Der Commissario schaute sie einen Moment lang an, atmete dann hörbar aus.

»Frag, was du fragen musst. Nur … die Art und Weise. Nuancen, okay?«

Diana lächelte bewusst knapp.

»*Va bene*. Nuancen.«

Es herrschte eine dumpfe Stille im Wartezimmer des Staatssekretariats, die gut zu der seltsam entrückten Atmosphäre des Raums passte. Da waren die antiken Möbel, die teils so gepflegt wirkten, als wären sie erst vor kurzer Zeit gefertigt; die feinen Staubpartikel, die behäbig im Licht der durch das Fenster fallenden Sonnenstrahlen tanzten; und dann eben die Ruhe, geschaffen vom dicken Glas der Scheiben, trotz der regen Betriebsamkeit, die Diana vor dem Gebäude beobachtet hatte. Am Tor des Palazzos passierten Autos in beide Richtungen die Sicherheitsschranken, oft Luxuslimousinen, teils mit Diplomatenkennzeichen, und im Innenhof gaben sich Kardinäle und Politiker die Klinke in die Hand, öffneten und schlossen Chauffeure die Wagentüren ihrer hochrangigen Fahrgäste, wurde gehupt, geredet und gestikuliert. Doch nichts von all diesem Treiben drang nach innen. Hier, hinter den altehrwürdigen Mauern, hätte man genauso gut an einem völlig anderen Ort sein können, oder in einer anderen Zeit.

Diana fühlte sich deplatziert inmitten all des Prunks – den Tischen und Schränken aus Edelholz, den teuren Tapeten, den vergoldeten Bilderrahmen. Sie selbst war kein materieller Mensch, versuchte generell, mit dem Nötigsten auszukommen, und brauchte weder ein schickes Auto noch das neueste Smartphone – solange die Dinge ihre zugedachten Funktionen erfüllten, war ihr der Rest egal. Und auch die riesigen Dimensionen katholischer Kirchen hatte sie immer eher als autoritär und bedrückend empfunden. Sie wusste noch, wie sie während ihres ersten Besuchs in Rom in der Sixtinischen Kapelle gestanden und die Deckengemälde betrachtet hatte; doch so kunstvoll die Werke Michelangelos auch waren, so fern und unerreichbar blieben sie, und ihre Geschichten und der dahinterstehende Glaube schienen ihr wenig greifbar.

Viel klarer erinnerte sie sich dagegen an die winzig kleine Kirche, die in Sizilien nahe dem Hof ihrer Großmutter stand, inmitten eines Olivenhains. Als Kind war es für sie ein magischer Ort gewesen mit den verblassten Wandmalereien, deren Inhalt man sich mit viel Fantasie erschließen musste; mit dem weißen Kalk der Außenwand und den darin eingeritzten Namen und Sätzen aus vielen Jahrhunderten; und schließlich dem kleinen Innenraum, der Platz für vielleicht gerade einmal fünfzehn Gläubige bot, aber in der brütenden Hitze des sizilianischen Sommers stets angenehme Kühle spendete. Obgleich so winzig und unscheinbar, war die Kirche doch fast tausend Jahre alt, und in all der Zeit war sie ein Ort geblieben, den die lokalen Olivenbauern aufsuchten, um für eine gute Ernte zu beten. Dies war eine intime, menschliche Art gelebter Religion, wie sie Diana verstehen und wertschätzen konnte. Die Kathedralen und Paläste der Kirche als Institution der Macht hingegen blieben ihr fremd.

Riccardo saß links neben ihr, ebenfalls auf einem mit rotem Samt bespannten Holzstuhl. Er hatte die Hände leicht ineinandergefaltet, und hin und wieder trommelte sein rechter Zeigefinger auf die Seite des linken. Sie hatten auf der Fahrt zum Vatikan nicht viel miteinander gesprochen. Diana konnte sich vorstellen, dass der Commissario ebenso wie sie über die Folgen ihres Verdachts gegen Schorlemmer nachgedacht hatte. Wobei es für sie noch ein weiteres Element gab – und zwar diese unbestimmbare Sicherheit in ihrem Innersten, irgendetwas übersehen zu haben. Eine Gewissheit, die immer stärker wurde, je öfter sie sich im Geiste das Szenario vorstellte, wie der Killer auf dem Parkplatz des Waisenhauses dem Kardinal aufgelauert haben musste. Aber was fehlte nur in diesem Bild?

Diana wurde aus ihren Gedanken gerissen, als der ihnen gegenübersitzende Sekretär, ein kleiner und rundlicher Mann mit einer Nickelbrille, sich dezent räusperte, aufstand und auf die Tür zum Büro deutete. Die Lampe auf seinem Schreibtisch musste ihm angezeigt haben, dass sein Vorgesetzter jetzt bereit war, seine Gäste zu empfangen. Diana und Riccardo standen auf und gingen durch die Tür, die von dem Sekretär für sie geöffnet und mit dezentem Klicken wieder hinter ihnen geschlossen wurde.

De Biasis Büro war hell und geräumig, entsprach in seiner Ausstattung den anderen Räumen, die Diana bisher gesehen hatte. Die Tapeten waren aus goldenem Brokat, und auf dem kunstvoll gewebten Teppich stand eine Sitzgruppe aus üppig gepolsterten Sesseln, arrangiert um einen flachen Holztisch mit marmorner Oberfläche. Dominiert wurde der Raum von dem massiven antiken Schreibtisch des Staatssekretärs, dessen dunkles Holz einen starken Kontrast zu den eher hellen Elementen der restlichen Einrichtung bildete und der somit die Aufmerksamkeit jedes Besuchers automatisch auf sich zog.

Der Mann, der hinter dem Schreibtisch saß, war weit entfernt von der grauen Eminenz, die Diana in diesem Umfeld vermutet hatte. De Biasi war vergleichsweise jung, vielleicht Anfang fünfzig, mit vollem schwarzen Haar, das kurz geschnitten war. Auch trug er nicht die klassische Amtstracht eines Kardinals mit roter Kappe und Bauchbinde, sondern vielmehr einen eleganten schwarzen Anzug, sodass ihn nur die weiße Halsbinde und eine goldene Kette mit Kreuz als Vertreter der Kirche auswiesen. Der Geistliche stand auf und kam ihnen entgegen, mit fließender Dynamik und gleichzeitig perfekter Haltung, streckte zuerst Diana mit einem genau kalibrierten Lächeln die Hand entgegen.

»Frau Kommissarin Brandt«, adressierte er sie in akzentfreiem Deutsch. »Es ist mir ein Vergnügen, Sie kennenzulernen.«

»Das Vergnügen ist ganz meinerseits«, erwiderte Diana leicht erstaunt und schüttelte die Hand ihres Gegenübers. De Biasi schaute hinüber zu Riccardo, das Lächeln eins zu eins beibehaltend.

»Commissario Fiorentini. *È una piacere rivederla.*«

Nachdem er auch Riccardos Hand geschüttelt hatte, deutete der Staatssekretär auf zwei der Sessel in der Mitte des Raumes. Diana setzte sich, sank leicht ein in das weiche Samtkissen. Sie bemerkte einen angenehmen Luftzug von der Seite; eines der Fenster war nur angelehnt, aber da das Büro zu einem Garten hin lag, blieb es abgeschirmt vom Trubel der Straße und des Innenhofs. De Biasi füllte aus einer Karaffe drei bereitstehende Gläser mit Wasser, schob jeweils eines den beiden Polizisten entgegen, nahm dann ihnen gegenüber Platz. Dabei lehnte er sich zurück in seinen Sessel und musterte seine Gäste abwartend.

»Wie gehen Ihre Ermittlungen voran?«, erkundigte er sich auf Italienisch.

»Es gibt noch keine konkrete Spur«, erwiderte Riccardo wahrheitsgetreu.

»Sehr bedauerlich«, kommentierte de Biasi. »Wir alle in der Kurie sind noch immer erschüttert von diesem schrecklichen Verbrechen. Auch seine Heiligkeit selbst.«

Riccardo nickte, befeuchtete sich die Lippen.

»Eure Exzellenz, in unserem letzten Gespräch hatten Sie zugesagt, weitere Erkundigungen zu Kardinal Schorlemmers Wirken hier im Vatikan anzustellen.«

»Und das habe ich getan.« De Biasi lächelte wieder, kurz und knapp, als höfliche Geste der Aufforderung. »Bitte, wenn Sie Fragen haben, stellen Sie sie. Ich werde helfen, wo ich kann.«

Die hellbraunen Augen des Mannes mit ihren recht kleinen Pupillen bewegten sich zwischen Diana und Riccardo hin und her. Die Kommissarin beschloss, ein wenig mehr Initiative zu übernehmen.

»Wir haben erfahren, dass sich ursprünglich Kardinal Grimaldi für das Waisenhaus engagiert hat«, rekapitulierte sie. »Und Kardinal Schorlemmer diese Aufgabe dann übernommen hat.«

»Das ist korrekt.«

»Hat er das auf eigenen Wunsch getan?«

De Biasis Züge bewegten sich keinen Millimeter, aber sein Blick fokussierte sich minimal stärker auf Diana. Aus den Augenwinkeln nahm sie wahr, wie auch Riccardo sich leicht anspannte und kurz zu ihr hinüberschielte.

»Ich verstehe Ihre Frage nicht ganz«, erwiderte der Staatssekretär mit nach wie vor ruhiger Stimme.

»Nun«, führte Diana aus. »Ich nehme an, wenn ein Kardinal den Posten eines anderen übernimmt, dann gilt das doch wahrscheinlich nicht automatisch auch für alle wohltätigen Engagements seines Vorgängers, oder?«

»Das stimmt«, antwortete de Biasi – ohne zu zögern, aber sichtbar überlegend, wohin Dianas Frage wohl führen könnte.

»Also hat sich Kardinal Schorlemmer freiwillig entschieden, weiter als Verbindung zwischen dem Vatikan und dem Waisenhaus von Signora Bellini zu agieren.«

Diesmal wog de Biasi seine Antwort kurz ab, behielt den Blickkontakt mit Diana aber ohne Unterbrechung bei.

»Das ist meinen Informationen nach richtig«, entgegnete er schließlich. »Und warum auch nicht? Es ist ein sozial sehr wertvolles Projekt.«

»Wem erstattete der Kardinal Bericht?« Diese Frage kam von Riccardo.

»Wenn es Gelder zu bewilligen gab, den zuständigen Ausschüssen.«

»Ansonsten sprach er mit niemandem über seine Arbeit dort?«, hakte der Commissario nach.

»Privat sicherlich«, antwortete der Staatssekretär frustrierend glatt. »Aber darüber habe ich keine näheren Informationen, wie Sie sicher verstehen werden. Sie müssen zudem berücksichtigen, dass die Kirche nur einer der Förderer des Projektes ist. Und Kardinal Schorlemmer noch viele andere Aufgaben wahrzunehmen hatte.«

»Das ist uns natürlich klar«, kommentierte Riccardo für Dianas Geschmack zu kleinlaut.

De Biasi beließ seinen Blick nun gänzlich auf dem Commissario. »Glauben Sie denn, dass die Tat etwas mit der wohltätigen Arbeit des Kardinals zu tun haben könnte?«, erkundigte er sich.

»Wie gesagt, im Moment sind wir noch dabei, alle Möglichkeiten zu recherchieren und abzuwägen.«

»Das ist nur zu verständlich.« De Biasi lächelte wieder, trank einen Schluck Wasser. Diana gefiel nicht, wie leicht der Geistliche die Kontrolle über das Gespräch zurückgewonnen hatte. Aber wie konnte sie die Fragen stellen, die sie wirklich interessierten, ohne den Verdacht zu erwähnen, der im Moment noch unhaltbar war? Durch das angelehnte Fenster, wie von ganz weit weg, wahrscheinlich aus dem Innenhof, hörte Diana das Zuschlagen einer Autotür.

»Welche anderen Schwerpunkte gab es in Schorlemmers aktueller Arbeit?«, fragte Riccardo. De Biasi antwortete, aber Diana hörte nicht mehr zu. Stattdessen hallte das Schlagen der Wagentür durch ihre Gedanken, wieder und wieder und wieder. Die Augen der Kommissarin blieben offen, aber vor ihrem geistigen Auge durchforstete sie das Gesehene der letzten Stunde, suchte in einer Collage aus vielen Bildern und Eindrücken nach genau jener Unstimmigkeit, die sie auf dem Parkplatz des Waisenhauses zuerst erahnt hatte.

Die Fahrt hinein in den Hof des Palazzos, durch die Einlasskontrolle. Autos, die aneinander vorbeimanövrierten. Menschen, die ein- und ausstiegen. Kardinäle, Würdenträger, Politiker. Kardinäle, die einstiegen. Hinten. Die ausstiegen – von der Rückbank ihrer Limousinen. Und ihr Chauffeur öffnete ihnen die Tür. In jedem Fall. *Ihr Chauffeur.*

»Wo war Schorlemmers Chauffeur?«

Die Frage platzte aus Diana heraus, mitten in de Biasis Antwort, die der Staatssekretär merklich irritiert abbrach. Sowohl er als auch Riccardo schauten die Kommissarin fragend an.

»Wie bitte?«, fragte de Biasi.

»Ein hochrangiger Würdenträger wie ein Kardinal hat einen Chauffeur, nicht wahr?«, hielt Diana dagegen. »Warum war Schorlemmer dann allein in dem Waisenhaus?«

In Riccardos Blick strahlte erst überraschte Erkenntnis, dann Respekt, gefolgt von immer stärkerer Neugier. Er schaute zurück zu de Biasi. Der Staatssekretär hielt dagegen den Augenkontakt mit Diana, und sein Blick war merklich kühler, seine Haltung steifer als zuvor.

»Das ist in der Tat eine gute Frage«, erwiderte er schließlich. Dabei behielt er sein Pokerface bei, oder zumindest nahezu. Diana war sich in diesem Moment sicher, dass der Mann log. *Du bist nicht überrascht. Nicht im Geringsten. Du kennst die Frage bereits.*

»Also hatte Kardinal Schorlemmer einen Chauffeur?«, fragte Riccardo.

»Ja.« De Biasi pausierte kurz. »Allerdings galt der Kardinal weithin als sehr volksnah. Ich kann mir vorstellen, dass er gelegentlich auch selbst fuhr.«

»Das gilt es herauszufinden«, setzte Diana nach. »Wir würden gern mit dem Fahrer reden.«

»Ich werde mich erkundigen und ein Treffen arrangieren.«

Nein. Keine Chance. Noch einmal lasse ich dich nicht von der Angel.

»Warum können wir ihn nicht sofort verhören?«

»Ich muss zunächst die Personalie erfragen.«

»Braucht das mehr als einen Anruf?«

Für einen Moment war die Stille in dem Raum absolut, und die Luft zwischen den Anwesenden schien zum Schneiden dick. De Biasi atmete hörbar ein, hatte für einen Augenblick Mühe, seine diplomatische Contenance zu wahren.

»Ich werde ein Treffen arrangieren.« Der Geistliche betonte jede Silbe.

Diana war sich nahezu sicher, dass es ein solches Treffen niemals geben würde. Also setzte sie alles auf eine Karte. »Das ist nicht gut genug. Es könnte Fluchtgefahr bestehen.«

»Fluchtgefahr.« Es war keine Frage. De Biasi intonierte das Wort vollkommen flach.

»Der Chauffeur ist ein Verdächtiger.«

»Warum hätte er den Kardinal ermorden sollen?«

»Schuldgefühle.«

Diesmal zog Riccardo kräftig die Luft ein.

»Weswegen?«, fragte de Biasi.

Diana war klar, dass sie einen Schritt zu weit gehen würde, wenn sie die Frage beantwortete. Aber wenn sie es nicht tat, würden sie nicht nur eine potenziell heiße Spur verlieren, sondern auch vor dem Machtgehabe des Staatssekretärs kapitulieren. Und das blinde Anerkennen von Autoritäten widerstrebte ihr einfach zutiefst.

»Weil er wusste, was Schorlemmer mit den Kindern machte«, antwortete die Kommissarin mit so kühler wie fester Stimme. Aus den Augenwinkeln nahm sie wahr, wie Riccardo ihr einen Blick zuwarf, der sicherlich wütend war. Aber sie erwiderte ihn nicht – ihre Augen blieben auf die ihres Gegenübers fixiert. De Biasis Züge verrieten keinerlei Emotion.

»Ich finde es ausgesprochen geschmacklos, einen solch grauenvollen Verdacht über einen Toten zu äußern«, entgegnete der Geistliche. »Oder haben Sie für Ihre Behauptung Beweise?«

Er wusste davon. Diana war sich sicher. Spätestens seitdem er oder jemand anderes mit dem Chauffeur gesprochen hatte. Jetzt wollte er herausfinden, was sie in der Hand hatten. Und wenn sie eingestand, dass da nichts war …

»Wir haben eine stichhaltige Aussage. Sie muss nur noch protokolliert werden.«

Diesmal war es an Diana, überrascht zu Riccardo zu schauen – denn von ihm war die Antwort gekommen. Oder vielmehr die Lüge. De Biasis Blick wanderte hinüber zu dem Commissario und verweilte auf ihm. Man konnte sehen, wie es hinter der Stirn des Staatssekretärs arbeitete.

»Es gibt zwei Möglichkeiten«, versuchte Diana seine Entscheidungsfindung zu beeinflussen. »Entweder die Öffentlichkeit erfährt von der Geschichte – und wie der Vatikan uns geholfen hat. Oder die Zeitungen schreiben darüber, wie Sie die Ermittlungen behindert haben.«

De Biasi ignorierte sie, schaute weiterhin Riccardo an.

»Ihre Priorität ist es, den Mörder zu finden. Richtig, Commissario?«, fragte er.

Riccardo überlegte kurz. Auch ihm war klar, dass der Staatssekretär vielleicht auf ein Angebot hinarbeitete, und entsprechend umsichtig versuchte er, seine Antwort zu formulieren.

»Den Mörder. Und die Wahrheit.«

»Um sie publik zu machen?«

»Soweit es notwendig ist.«

Das letztere Zugeständnis ging Diana eindeutig zu weit. Aber ihr blieb keine Zeit, um über die Moral von Riccardos Zusage zu reflektieren. De Biasi nickte, atmete flach aus, warf dann sowohl dem Commissario als auch ihr einen strengen Blick zu.

»Was ich Ihnen jetzt sage, ist inoffiziell. Es wird in keinem Ihrer Berichte auftauchen. Das ist meine erste Bedingung.«

Riccardo nickte. Diana zögerte. Der Commissario warf ihr einen Blick zu, der klar fragte, welche Wahl sie zu haben glaubte. Und sie hatte keine Antwort. Also nickte auch sie.

De Biasi führte beide Handflächen unter seinem Kinn zusammen.

»Der Chauffeur ist nicht Ihr Täter«, hielt er trocken fest. »Wir haben ihn ausführlich befragt und sein Alibi überprüft. Schorlemmer hatte ihm an dem fraglichen Abend freigegeben, und er hat die Zeit hier in seiner Dienstwohnung mit zwei Kollegen verbracht.«

»Wäre es möglich, eine Abschrift des Verhörprotokolls zu bekommen?«, erkundigte sich Riccardo.

»Nein.« De Biasi antwortete ohne Umschweife. »Alles, was Sie für Ihre Ermittlungen brauchen, erfahren Sie jetzt von mir.«

»Ging es in der Befragung auch um Schorlemmer und die Kinder?«, hakte Diana nach. Diesmal sah der Staatssekretär zu ihr herüber, wog seine Erwiderung kurz ab.

»Der Fahrer hegte lediglich einen rein subjektiven Verdacht. Insofern ist seine Aussage für Sie zweitrangig. Und damit kommen wir zu meiner nächsten Bedingung. Sie werden der Presse gegenüber keine Aussagen hinsichtlich des Chauffeurs treffen.«

»Sie können nicht verlangen, dass wir die Wahrheit zensieren.« Dianas Entrüstung kam aus tiefster Seele.

»Für den Moment werden Sie genau das tun.« De Biasis Züge waren wie aus Stein gemeißelt. »Was sollten Sie der Presse auch sagen? Sie kennen nicht einmal die Identität des Chauffeurs, und ich habe momentan nicht die Absicht, sie Ihnen mitzuteilen.«

»Früher oder später müssen wir ihn verhören«, wandte Riccardo ein.

»Und das können Sie«, erwiderte de Biasi. »Wenn einige Zeit vergangen ist. Für den Moment steht der Mann hier unter Hausarrest. Sollten sich weitere Fragen an ihn ergeben, leiten Sie diese an mich weiter, und ich werde Ihnen meinerseits die Antworten zukommen lassen.«

Diana fühlte sich hilflos und frustriert, wusste aber nicht, wie sie noch hätte argumentieren können. Höchstens etwas besser verstehen wollte sie das Ganze …

»Warum ist es Ihnen so wichtig, die Sache mit dem Chauffeur totzuschweigen?«, fragte sie.

De Biasi musterte sie einen Moment lang. »Ist es nicht offensichtlich?«, antwortete er schließlich, und diesmal war seine Stimme etwas weniger hart als zuvor. »Der Chauffeur ist ein Angestellter des Vatikans. Falls der Verdacht gegen Kardinal Schorlemmer zutrifft und der Chauffeur es schon länger ahnte, dann wird man behaupten, der ganze Vatikan hätte davon gewusst. Die Presse differenziert ungern feine Unterschiede.«

»Und, wussten Sie es?« Die Frage entfuhr Diana, bevor sie sich stoppen konnte.

De Biasi erstarrte, und seine Pupillen schienen noch kleiner zu werden. Für einige Momente wog die Stille in dem Büro unendlich schwer. Schließlich beugte sich der Staatssekretär leicht nach vorn, schaute Diana tief in die Augen und adressierte sie auf Deutsch.

»Frau Brandt«, sagte er ernst. »Glauben Sie, dass ich ein Monster bin?«

Diana schluckte. Wenn sie eines nicht erwartet hatte, dann, dass ein Mann wie de Biasi so offen sein wahres Gesicht zeigen würde. Und was sie in diesem Moment in den Augen des Staatssekretärs sah, war ehrliche Entrüstung. Die Kommissarin fühlte sich beschämt. Sie hatte vorschnell geurteilt. Natürlich hatte es in der katholischen Kirche Fälle gegeben, in denen Kindesmissbrauch nicht nur verschleiert, sondern sogar geduldet wurde. Aber als objektive Beobachterin hätte sie nie in die zynische Sichtweise verfallen dürfen, automatisch jeden Geistlichen einer Mittäterschaft solchen Ausmaßes zu verdächtigen. Was war los mit ihr? Anderen Menschen neutral zu begegnen und sich dann Stück für Stück anhand von Fakten und Beobachtungen ein Bild von ihnen zu machen war doch immer ihre Stärke gewesen. Hatte sie der erneute Vertrauensverlust mit Sabine so nachhaltig geprägt, dass sie nun von vornherein das denkbar Schlimmste annahm? Und, mehr noch, hatte sie kein Vertrauen mehr in ihr eigenes Urteilsvermögen?

»Es tut mir leid«, erwiderte Diana ebenfalls auf Deutsch.

De Biasi nickte leicht, räusperte sich, stand auf.

»Ich denke, damit sind wir für heute fertig«, hielt er fest, wieder auf Italienisch, und streckte ihnen unmittelbar die

Hand entgegen, sodass auch Diana und Riccardo nicht anders handeln konnten, als aufzustehen und die Hand des Mannes zu schütteln. Riccardo bedankte sich knapp; Diana beließ es bei einem Nicken, um dasselbe auszudrücken. Als beide bereits an der Tür waren, erreichte sie noch einmal die Stimme de Biasis.

»Ich hoffe, Sie finden den Mörder.«

Diana hatte das schleichende Gefühl, dass sie bislang unterschätzt hatte, wie schwer ebendieses Unterfangen werden würde.

Im Innenhof des Palazzos herrschte nach wie vor reges Treiben, während Diana und Riccardo sich einen Weg zu ihrem Auto bahnten. Der Commissario hatte seit dem Verlassen von de Biasis Büro noch kein Wort gesprochen, und Diana erwartete mit zunehmender Anspannung seine Standpauke. Nachdem sie eingestiegen waren, sah er ihr fest in die Augen, und seine Worte waren eindringlich, aber zu ihrer positiven Überraschung ohne jede Färbung von Wut oder Irritation.

»Das nächste Mal, wenn ich dich um etwas bitte, halt dich daran, *mi raccomando*.«

Die entschiedene Aufforderung am Ende seines Satzes war nicht unhöflich, machte aber klar, dass er sie hier nicht um einen Gefallen bat.

»Entschuldige«, erwiderte Diana. »Ich konnte in dem Moment einfach nicht anders.«

»Doch. Das konntest du.«

»Aber hätten wir sonst etwas erreicht?«

»Du hast zu viel riskiert.«

»Und du nicht?«

Riccardo atmete aus, brach den Blickkontakt und schaute nach vorn durch die Windschutzscheibe.

»Du bist ein schlechtes Vorbild.«

Diana musste kurz lächeln. Dann stellte sie die Frage, die ihr schon die letzte Viertelstunde auf den Lippen brannte.

»Was passiert, wenn de Biasi morgen in der Questura anruft und herauskommt, dass wir gar keine Beweise gegen Schorlemmer haben?«

»Bis dahin haben wir welche.«

Gut. Wir sind auf einer Linie.

»Fahren wir zurück ins Kinderheim?«

Diesmal huschte ein Lächeln über Riccardos Lippen.

»Du hast wieder denselben Instinkt.«

»Ja«, erwiderte die Kommissarin und schnallte sich im selben Atemzug an. »Holen wir uns Bellini.«

»Diana?«

Sie schaute hinüber zu dem Commissario, und sein überzeugter Blick untermauerte seine folgenden Worte, die ihr überraschend viel bedeuteten.

»Ich *möchte* mit dir zusammenarbeiten.«

Als die beiden Ermittler die Straße zum Waisenhaus entlangfuhren, sank die Sonne bereits hinunter zum Horizont.

»Wir werden Marchettis Besprechung verpassen«, stellte Diana fest.

Riccardo zuckte nur mit den Schultern. »Wir reden morgen früh mit ihm.«

Sie bogen auf den Weg zum Parkplatz ein – und erreichten diesen im genau richtigen Augenblick, denn sie sahen Signora Bellini, die gerade das Gelände verließ und zu ihrem Wagen ging. Riccardo drückte einmal kurz auf die Hupe. Die Heimleiterin hielt inne, schaute zu ihnen, und soweit es Diana aus der Distanz einschätzen konnte, versteifte sie sich merklich. Auf jeden Fall wartete sie nahezu unbewegt, während die Kommissare anhielten und ausstiegen.

»Signora Bellini«, begann Riccardo schon während der letzten Schritte. »Gut, dass wir Sie noch antreffen.«

Die Angesprochene musterte die beiden Polizisten kühl.

»Ich habe nicht viel Zeit«, erwiderte sie. »Meine Familie erwartet mich.«

»Wir haben nur eine weitere Frage«, hielt der Commissario dagegen, seine Stimme flach, doch in seinen Augen die Glut des Zorns. Bellini zögerte kurz.

»Bitte«, sagte sie schließlich.

»Was hat Kardinal Schorlemmer an den Tagen gemacht, an denen er ohne seinen Chauffeur gekommen ist?«

Im Bruchteil weniger Sekunden sah Diana ein breites Spektrum an Emotionen in den Augen der Heimleiterin reflektiert: Überraschung, gefolgt von Angst, dann Widerstreben. Sicherlich ging die Frau rasend schnell alle Möglichkeiten durch, die ihr noch verblieben. Ihre Haltung wurde stocksteif, und Diana war sich kurz sicher, dass sie den Verdacht abstreiten würde. Doch dann sackten Bellinis Schultern nach unten, und ihr Blick senkte sich. Sie atmete aus, und eine lange angestaute Last schien zusammen mit der Luft aus ihrem Körper zu entweichen.

»Er hat die Ministranten zu den Gottesdiensten gefahren«, beantwortete sie die Frage des Commissarios. »Und zurück.«

»War das manchmal ungewöhnlich spät?«, hakte Diana nach. Bellini nickte kaum merklich.

»Wie lange wussten Sie es schon?« Riccardos Stimme war rau. Die Signora drehte sich zur Seite, blickte in Richtung des Waisenhauses.

»Dieses Heim tut viel Gutes«, sagte sie, wirkte dabei leicht gedankenverloren. »Ich habe es aufgebaut … all die Jahre.« Sie schaute zurück zu den Kommissaren. »Ohne die Gelder der Kirche würde es nicht mehr existieren.«

Diana spürte, wie sich auch ihr Innerstes zunehmend verkrampfte.

»Also haben Sie weggesehen?«

»Wenn ich es dem Vatikan gemeldet hätte … Vielleicht hätten sie Schorlemmer versetzt. Aber dann wären sie zu uns auf Distanz gegangen.«

»Also *haben* Sie weggesehen.« Riccardo wiederholte Dianas Frage als Feststellung, mit bitterer Härte.

»Was wäre aus all den Waisen geworden?« Bellinis Blick wanderte zwischen den Ermittlern hin und her, vergeblich nach Verständnis suchend. »Man hätte sie auseinandergerissen, wer weiß wohin geschickt … Und die Kinder aus Syrien wahrscheinlich zurück in ihre Heimat abgeschoben.« Die Heimleiterin drückte ihre Wirbelsäule wieder durch, richtete sich mit verzweifeltem Stolz noch einmal auf. »Dieses Heim ist wichtig. Es muss weiterbestehen.«

Diana konnte die innere Logik der Frau erkennen, aber nicht begreifen.

»Auch zu dem Preis, dass die Kinder von Schorlemmer fürs Leben traumatisiert wurden?«

»Ich hatte keine Wahl.«

»Sie hätten ihn bei der Polizei anzeigen können«, argumentierte Riccardo dagegen. »Wäre er verurteilt worden, hätte der Vatikan im Auge der Öffentlichkeit kaum die Zahlungen streichen können.«

Für einen Moment huschte eine Emotion über Bellinis Gesicht, die Diana nicht ganz zuordnen konnte. Es hätte Überraschung sein können, aber dazu war die von Riccardo erwähnte Möglichkeit zu offensichtlich. War es Angst? Oder doch Scham?

Die Kommissarin kam nicht dazu, weiter darüber nachzudenken, denn Riccardo setzte die Befragung an der für den Fall relevantesten Stelle fort.

»Sie haben angegeben, dass Schorlemmer am Tag seines Todes nur zu einer Besprechung hier war«, hielt er fest. »Ich nehme an, das war gelogen?«

Bellini schaute zur Seite.

»Er hat Vincenzo zu einer Messe gefahren.«

»In welcher Kirche?«

»Santa Maria del Rosario.«

»Und wann hat er den Jungen zurückgebracht?«

»Kurz nach zehn.«

»Also haben Sie den Kardinal das Gelände fast drei Stunden später verlassen sehen, als Sie ursprünglich ausgesagt haben.«

Bellini nickte nur. Riccardo atmete flach aus, schaute kurz zu Diana, dann zurück zu der Heimleiterin.

»Signora Costanza Bellini«, sagte er schneidend kühl. »Ich verhafte Sie wegen Falschaussage und Behinderung der Justiz sowie des Verdachts auf Beihilfe zum Kindesmissbrauch.«

Er fasste die Frau am Arm. Die Signora zuckte kurz zusammen, bewahrte aber ihre von leerem Trotz geprägte Haltung.

»Steigen Sie ein.«

Riccardo führte Bellini in Richtung des Autos, bugsierte sie ohne große Rücksichtnahme auf den Rücksitz. Dann schlug er die Tür zu, mit mehr Kraft als nötig. Sein Blick kreuzte Dianas. Aus der Glut in seinen Augen war ein Feuer geworden, und die Kommissarin konnte nur erahnen, wie schwer es ihm fallen musste, seine Gefühle im Zaum zu halten.

Auch Diana fühlte eine Mischung aus Ekel und hilflosem Zorn. Und sie konnte nicht länger leugnen, dass die schöne Fassade Roms auf einem Sumpf aus Korruption und Unmoral zu ruhen schien, dessen Gestank sich zunehmend in ihre Nase bohrte.

Questore Marchetti musterte Diana und Riccardo kurz über den Rand seiner Brille, rückte diese dann wieder auf seine Nasenspitze, räusperte sich.

»Ich kann nicht sagen, dass mir diese Entwicklung gefällt«, kommentierte der Polizeichef ihren Bericht. »Aber in unserem Beruf bekommt man nur äußerst selten die Ergebnisse, die man sich wünscht. Auf jeden Fall haben Sie beide gute Arbeit geleistet. Zumindest wissen wir jetzt, dass der Killer direkt vom Tatort zum Tarpejischen Felsen gefahren ist. Und wir kennen wahrscheinlich sein Motiv.«

»Werden Sie es publik machen?«, fragte Riccardo. Marchetti schaute ihn an, stand dann auf, sah einen Moment lang aus dem Fenster. Das Büro des Questores lag in der obersten Etage des Hauptquartiers, war geräumig und hell. Jetzt, am frühen Morgen, fielen die Strahlen der Morgensonne durch die Scheibe.

»Es besteht die Möglichkeit, dass wir dem Mörder damit eine Art Legitimierung geben«, fasste der Polizeichef seine Überlegungen in Worte. »Aber es ist nach Bellinis Geständnis nun einmal eine unbestreitbare Tatsache, und ich werde sicher nicht die Wahrheit über einen Kinderschänder unter Verschluss halten.« Er drehte sich wieder zu Diana und Riccardo um. »Wir werden uns lediglich an die Vorgabe von Staatssekretär de Biasi halten und die Verwicklung des Chauffeurs als interne Ermittlungssache betrachten.«

Riccardo nickte, sichtlich zufriedengestellt von dem Entgegenkommen seines Vorgesetzten. Diana empfand genauso. Die Bloßstellung Schorlemmers konnte seine Taten nicht ungeschehen machen, noch rechtfertigten diese Taten seine Ermordung, doch zumindest der Wahrheit würde Genüge getan werden. Und dieser kleine Erfolg befriedigte die Kommissarin.

»Wie sieht Ihr weiteres Vorgehen aus?«, erkundigte sich Marchetti.

»Wir haben die psychologische Betreuung der Heimkinder veranlasst«, antwortete Riccardo. »Soweit ich gehört habe, wird ein Kollege Bellinis zunächst vertretungsweise das Waisenhaus leiten. Was den Fall angeht, gilt es vor allem herauszufinden, wer noch von Schorlemmers Vergehen gewusst haben kann.«

»Ich könnte mir vorstellen, dass es dort zahlreiche Möglichkeiten gibt«, entgegnete der Questore. »Priester aus den Kirchen, wo die Jungen arbeiteten ... Angestellte des Heims ... Vielleicht auch Adoptiveltern von Kindern, die zuvor missbraucht wurden.«

»Nicht zu vergessen Leute des Vatikans«, fügte Diana hinzu. Marchetti musterte sie kurz, mit unlesbarem Ausdruck.

»Sie sind mit de Biasi hart ins Gericht gegangen«, stellte er fest.

»Ein Fehler?«, fragte Diana vorsichtig.

»Nun, es hat ein konkretes Ergebnis gebracht.« Der Questore rückte erneut seine Brille zurecht. »Insofern stehe ich hinter Ihnen. Der Vatikan ist nicht tabu.«

Diana war positiv überrascht vom Verständnis des Polizeichefs. Vielleicht hatte sie ihn falsch eingeschätzt. Er mochte menschlich distanzierter sein als Ulbricht, aber es mangelte ihm nicht an der für seine Stellung notwendigen Entschlossenheit. Riccardo kommentierte derweil die vorherige Äußerung seines Vorgesetzten.

»In jedem Fall wird es viele mögliche Zeugen zu vernehmen geben.«

»Dann will ich Sie nicht länger ...«

Marchetti wurde vom Klingeln seines Telefons unterbrochen.

Er nahm ab, meldete sich, lauschte. Diana bemerkte, wie sich seine Haltung anspannte.

»Wann?«, fragte er nach, hörte wieder zu. »Wer ist vor Ort?«

Riccardo warf Diana einen ebenso fragenden wie beunruhigten Blick zu.

»Verstanden«, fuhr Marchetti fort. »Ich schicke Ihnen Commissario Fiorentini.«

Er legte auf, schaute kurz nach unten, dachte offensichtlich nach; dann blickte er wieder die beiden Ermittler an. Seine harten Züge verrieten keine direkte Emotion, sodass es schwer zu erraten war, was vorgefallen sein könnte.

»Kennen Sie Patrizio Costa?«, fragte er in Richtung Riccardos.

Der Commissario dachte nach, nickte dann. »Ein lokaler Politiker, richtig?«

»Seit den letzten Parlamentswahlen ist er Senator«, fügte der Polizeichef hinzu. »Oder zumindest war er das. Man hat ihn gerade stranguliert aufgefunden.«

Riccardo wirkte nur für einen kurzen Moment überrascht, bevor der Polizist in ihm die Kontrolle übernahm und das Gesagte analysierte.

»Ein weiterer Mord an einer einflussreichen Persönlichkeit«, stellte der Commissario fest. »Aber davon abgesehen – warum glauben Sie, es hat etwas mit unserem Fall zu tun?«

»Man hat den Leichnam Costas unter einer Kirche gefunden. San Giuseppe dei Falegnami. Früher bekannt als San Pietro in Carcere.«

Riccardos Ausdruck blieb zunächst fragend, doch dann traf ihn sichtbar eine Erkenntnis.

»Der Kerker des Petrus.«

Diana hielt die Anspannung nicht länger aus.

»Was hat das zu bedeuten?«, fragte sie nach. Riccardo drehte sich zu ihr.

»Unter dieser Kirche liegt das Tullianum«, erklärte ihr Kollege. »Ein berüchtigtes Gefängnis im alten Rom. Ich weiß noch, wie uns meine Geschichtslehrerin davon erzählt hat. Und jetzt rate einmal, durch welche Methode die meisten Gefangenen im Tullianum hingerichtet wurden.«

Nun war es auch an Diana, kurz mit dem Atem zu ringen.

»Strangulation?«, fragte sie.

Sowohl Riccardo als auch Marchetti nickten. Beide Männer hatten offenbar denselben Gedanken wie Diana gehabt – einen Gedanken, dessen furchtbares Ausmaß sie erst jetzt realisierte. Wieder ein spektakulär inszenierter Mord. Wieder eine altrömische Exekutionsmethode. In diesem Moment wusste die Kommissarin, dass sie alle ihre bisherigen Theorien begraben konnten. Der Mord an Schorlemmer war nur der Anfang gewesen. Womit sie es hier zu tun hatten, war ein Serienkiller.

Manchmal sprachen Leute, die keine Ahnung hatten, vom Geruch des Todes. Dabei wusste jeder, der regelmäßig mit der Realität der Sterblichkeit konfrontiert wurde, dass der Tod mit einer Vielzahl von Sinneseindrücken einherging. Diana hatte Tatorte begehen müssen, die nach Blut, Verwesung oder Fäkalien stanken, und hatte Details über die Verletzlichkeit des menschlichen Körpers kennengelernt, deren Abbilder sich unauslöschlich in ihr Gedächtnis eingebrannt hatten. Hier im Tullianum gab es kein übel zugerichtetes Opfer, nahezu keine Blutspuren, auch keinen Leichengeruch. Und trotzdem war es einer der bedrückendsten Tatorte, den die Kommissarin je erlebt hatte.

Das ehemalige römische Gefängnis lag unterhalb der später erbauten Kirche, und sein ursprünglicher Eingang befand sich auf halber Höhe des aktuellen Straßenpflasters. Durch diesen gelangte man in die obere, etwas größere Kammer, in deren Mitte sich ein kreisrundes Loch befand. Dieses wurde normalerweise mit einem Metallgitter gesichert, welches vom Täter jedoch zur Seite gestemmt worden war. Und durch diese schmale Öffnung hatte er die Leiche in den Raum darunter geworfen, genau so, wie es vor zweitausend und mehr Jahren die Gefangenen Roms am lebendigen Leib hatten erfahren müssen.

Diana und Riccardo waren von dort über eine schmale Treppe hinab in den eigentlichen Kerker gestiegen, und dieser war ein Ort, der bereits ohne die Präsenz eines Leichnams große Beklemmung auslösen konnte. Der Raum war klein, die Decken waren niedrig, seine zum Teil ovalen Mauern bestanden aus großen, grob vermauerten dunklen Steinen. Die Luft war feucht und modrig, so tief unter der Erde, und Diana kam nicht umhin, sich vorzustellen, wie furchtbar die Erfahrung für die einst hier Gefangenen gewesen sein musste. Hineingeworfen in ein enges, stinkendes Nichts ohne Licht und ohne Hoffnung; und dann hier wartend – Tage, Wochen, Monate – auf eine Hinrichtung, die sie schon bald als Erlösung erhoffen mussten. Vercingetorix, der stolze Häuptling der Gallier, der numidische König Jugurtha und wohl auch der heilige Petrus – sie alle hatten die letzten Tage ihres Lebens an diesem schrecklichen Ort verbringen müssen.

Zu Ehren des Heiligen war an einem Ende des Raumes ein kleiner Altar errichtet worden mit dem auf dem Kopf stehenden Kreuz, an dem er gestorben war, und einem goldenen Fries, der die Szene zeigte, wie Petrus der Legende nach Mitgefangene taufte. Diana hatte sich an die Wand neben dem Altar zurückgezogen, um die Arbeit der Spurensicherung nicht zu behindern – in dem kleinen Verlies war eh nur unzureichend Platz, der Raum um die Leiche war abgesperrt, und in den verbliebenen wenigen Quadratmetern drängten sich die Ermittler, was die klaustrophobische Wirkung des Ortes noch einmal steigerte. Der Tatortfotograf, dessen Blitzlicht in unregelmäßigen Abständen das Gefängnis geisterhaft erhellte, schob sich an Diana vorbei, und die Kommissarin musste sich an der Wand hinter ihr abstützen. Der Stein war feucht und hinterließ auf ihrer Haut eine dünne schleimige Schicht. Sie wischte die Hand angeekelt an ihrer Jacke ab, versuchte dann, sich wieder auf das eigentliche Verbrechen zu konzentrieren.

Der Körper von Senator Costa lag mit dem Kopf nach oben neben einer kleinen, mit brackigem Wasser gefüllten Ausbuchtung im Boden des Kerkers. Er trug einen Anzug, der verschmutzt war, sicher daher, dass der Mörder sein Opfer über den Boden des oberen Raumes geschleift hatte, und dem anschließenden Sturz durch das enge Loch. Besonders am vorderen Teil des Halses war klar eine ringförmige, blutunterlaufene Verletzung erkennbar, die darauf hindeutete, dass Costa mit einem Seil oder etwas Ähnlichem von hinten erdrosselt worden war. Die herausgequollenen Augen des Mannes starrten schräg nach oben, so als suchten sie nach dem Licht, das ihnen für immer geraubt worden war.

Diana glaubte nicht an das Übernatürliche. Nicht an Aberglauben, nicht an Mystizismus, nicht an Religion. Aber auch sie wusste, dass es Orte gab, die eine negative Aura haben konnten. Orte, gebaut in böser Absicht und gefüllt mit den Erinnerungen an Leid, Gewalt und Verzweiflung. Ob diese Aura real war oder ob sie der Geist des Betrachters aus seinen Kenntnissen über jenen Ort selbst erschuf, war letztendlich egal. Gefühle waren nicht rational, und insofern blieb die Wahrnehmung eines von Grund auf bösen Ortes so real oder unreal wie jede andere Empfindung auch. Diesen Ort empfand sie als böse, und entsprechend war auch der Mord …

Die Kommissarin brach den Gedanken abrupt ab. *Was, zur Hölle, stimmt nicht mit mir?* Woher kamen diese unsachlichen Überlegungen, dieses verletzliche Empfinden, das all ihrer professionellen Erfahrung zuwiderlief? Mit einem Mal hatte sie noch mehr als zuvor das Gefühl, in der brackigen Luft des Verlieses selbst zu ersticken. Sie musste nach draußen, ins Licht, entspannen, eine Zigarette rauchen. Diana drängte sich an den Kollegen neben ihr vorbei, hielt kurz inne und gab Riccardo, der neben dem Gerichtsmediziner stand, ein Zeichen, dass sie oben warten würde. Der Commissario nickte, und sofort schob sich Diana weiter, hastete die schmalen Treppen hinauf, vorbei an den Museumsräumen oberhalb des Kerkers und hinaus in die Sonne. Sie stützte sich gegen die Außenmauer und atmete so scharf ein, als wäre sie gerade ertrinkend aus einem stürmischen Meer errettet worden. *Was, zur Hölle …?*

Die Kommissarin schaute sich um. Der Bereich vor dem Tullianum war abgesperrt, zahlreiche Einsatzwagen parkten hier, Polizisten hielten neugierige Touristen und einige

Journalisten vom Näherkommen ab. Gleich rechts, nur von einer niedrigen Mauer abgegrenzt, erhob sich ein riesiger Triumphbogen, der Teil des Forum Romanum war. Direkt gegenüber stand eine weitere, größere Kirche mit einer breiten Treppe aus weißem Marmor. Was Diana jetzt brauchte, war ein Ruhepunkt, und so bückte sie sich unter dem Absperrband hindurch und steuerte direkt auf die Marmortreppe zu, setzte sich auf eine der oberen Stufen. Sie rollte sich eine Zigarette, zog daran, schloss dabei die Augen und versuchte, ihre Gedanken und Gefühle komplett wegzuwischen.

Sie spürte nur noch die Sonne auf ihrer Haut, den leichten Wind, fokussierte sich auf ihr Atmen. Ein, aus …

Ich bin hier, ich habe die Kontrolle.

Die Geräusche der Umgebung wurden leiser, dumpfer. Irgendwo in Richtung des Forums krächzte eine Möwe. Ein, aus …

Komm runter. Konzentrier dich auf etwas Positives.

Alles Reden, alles Hupen, nur noch ferne Echos. Ein, aus …

Ein kleines Revier in Trento. Es hätte so schön sein können.

»Diana?«

Die Kommissarin zuckte zusammen. Sie hatte Riccardo nicht kommen hören und ebenso wenig bemerkt, dass die Glut der Zigarette schon fast ihre Finger versengte. Sie drückte die Kippe auf dem Marmor aus, wollte aufstehen, doch der Commissario setzte sich neben sie. Dabei betrachtete er sie aufmerksam wie immer.

»Alles okay bei dir?«

»Es war nur … etwas bedrückend in diesem Raum.«

»Das ist verständlich.«

»Nein, ist es nicht.« Diana sah keinen Grund, um eine Wahrheit herumzureden, die sie eh beide kannten. »Es dürfte mir nichts ausmachen.«

»Weißt du, warum es dir naheging?«

»Ich denke später darüber nach.« Sie atmete aus und schaute zu ihrem Gegenüber. »Erzähl mir, was wir bisher wissen.«

Riccardo nickte, sammelte kurz seine Gedanken.

»Nach der ersten Schätzung des Gerichtsmediziners ist der Tod kurz vor Mitternacht eingetreten. Costa hat gegen elf Uhr ein Wahlkampftreffen seiner Partei verlassen und ist dann nach Hause gefahren. Sein Wagen parkte nur wenige Meter von seiner Villa entfernt. Der Mörder muss ihm direkt vor Ort aufgelauert haben.«

»Und dort hat er ihn auch getötet?«

»Davon gehe ich aus. Wahrscheinlich hat er ihn dazu wieder direkt in ein Auto gezerrt, genau wie bei Schorlemmer. Die Alarmanlage hier im Tullianum wurde jedenfalls erst gegen zwei Uhr nachts außer Betrieb gesetzt.«

»Auf welche Weise?«

Riccardo lächelte bitter.

»Zumindest draußen ist es ein billiges System mit nur einer Frequenz. Der Killer konnte es mit einem einfachen Funkgerät unterbrechen und dann in Ruhe die untere Tür knacken.«

»Ich habe drinnen eine Videokamera gesehen.«

»Die wurde mit einem Laserpointer lahmgelegt. Und die komplexeren Sicherheitssysteme im Museum hat der Täter umgangen, indem er von außen direkt in den oberen Teil des Kerkers eingestiegen ist.«

»Wissen wir, womit er die Leiche transportiert hat?«

Der Commissario schüttelte den Kopf.

»Diesmal nicht. Auf dem Weg von der Hauptstraße hierher gibt es nur noch eine weitere Kamera, und der kann man sich von hinten ungesehen nähern. Dort hat er ebenfalls den Sensor zerstört.«

Diana musste nicht weiter nachhaken. Wieder eine perfekt geplante Tat, wieder keine verwertbare Spur.

»Weißt du, was mich wütend macht?«, fragte Riccardo, nur um unmittelbar danach selbst die Antwort zu geben. »Dass er mit dieser Dreistigkeit durchkommt.« Der Commissario deutete mit einer Hand entlang des nahegelegenen Endes des antiken Forums. »Gleich dort hinten ist der Tarpejische Felsen. Vielleicht zweihundert Meter Luftlinie.«

»Nerven hat er«, hielt Diana trocken fest, bemühte sich jedoch im selben Atemzug, die Frustration ihres Kollegen zu lindern. »Aber hier gibt es kein Versäumnis. Niemand hat mit einem Serientäter gerechnet.«

»Eigentlich dürfen wir erst ab drei Morden von einem Serienkiller sprechen«, wandte Riccardo ein, aber ohne große Überzeugung.

»Wir beide wissen, dass es einer ist«, sprach die Kommissarin das aus, was offensichtlich war. »Bei diesem Aufwand, dieser Methodik – das ist keine spontane zweite Tat, weil er auf den Geschmack gekommen ist. Und es ist erst recht kein …«

Diana kannte das italienische Wort für *Nachahmungstäter* nicht und musste deshalb zu einer Umschreibung greifen.

»Du weißt schon – niemand, der eine bestimmte Art von Mord imitiert.«

Riccardo nickte.

»Damit hast du vermutlich recht.«

»Was wissen wir über Costa?«, erkundigte sich Diana.

»Ein Zentrumspolitiker von der Partito Democratico. Mehr kann ich auch noch nicht sagen. Ich habe Michele beauftragt, einen Lebenslauf zu recherchieren.«

»Also zurück zur Questura?«

»Ja. Wir bekommen dort auch einen Kriminalpsychologen zugeteilt.«

Diana nickte. Das konnte in Anbetracht der Umstände nur sinnvoll sein, und es zeigte zudem, dass Questore Marchetti ihre Vermutung bezüglich eines Serienkillers teilte. Die Kommissarin ließ ihren Blick noch einmal über die Säulen, Tempel und Promenaden des Forums gleiten, zwischen denen statt Senatoren und Tribunen nun Trauben von Touristen flanierten.

»Was glaubst du, warum er diese römischen Hinrichtungsmethoden verwendet?«, fragte sie.

Riccardo folgte kurz ihrem Blick, dachte nach, schüttelte aber schließlich den Kopf.

»Ich weiß es nicht. Aber es ist offensichtlich Teil seiner Botschaft.«

»Dann lass uns herausfinden, was er uns sagen will.« Diana klopfte dem Commissario auf die Schulter. »Mit etwas Glück kommen wir ihm dadurch schon einen großen Schritt näher.«

Riccardo nickte, stand mit ihr auf, hielt jedoch inne, als sein Handy klingelte. Er meldete sich knapp, hörte etwa eine halbe Minute lang zu. Sein Gesicht nahm dabei einen Ausdruck leichter Verwunderung an, und Diana war neugierig, was er wohl gerade erfuhr.

»*Va bene.* Also bis später«, beendete der Commissario das Gespräch und schaute dann zurück zu seiner Kollegin. »Sieht so aus, als würden wir noch einen kleinen Umweg machen.«

Links und rechts von Diana erhoben sich wuchtige, aus rot-braunem Stein geformte Mauern, und teils spannten sich in luftiger Höhe noch die Bögen, die einst die Decke der riesigen Hallen getragen hatten. Die Thermen des Kaisers Caracalla waren ein beeindruckendes Bauwerk, aber die Kommissarin war sich unsicher, aus welchem Grund genau sie hier waren. Den Zweck hatte ihr Riccardo auf der kurzen Fahrt erklärt: Der Psychologe wollte sich hier mit ihnen treffen. Das Warum könnte interessant werden.

Diana schaute zu ihrem Kollegen, der sich ebenso wie sie etwas verloren umschaute, in dem recht hoffnungslosen Unterfangen, zwischen den zahlreichen Besuchern in dem weitläufigen Komplex ihr neues Teammitglied ausfindig zu machen.

»Hat dir Michele nicht seine Nummer gegeben?«, erkundigte sich die Kommissarin.

Riccardo schüttelte den Kopf, wirkte leicht genervt. »Nein. Es war alles etwas chaotisch. Marchetti hat den Psychologen kurzfristig von der *Unità di analisi criminologiche* herbeordert. Die Einheit gehört zu den Carabinieri.«

»Sitzt sie nicht in der Questura?«

»In einer Kaserne ein Stück nördlich.«

Natürlich. Diana musste sich kurz ins Gedächtnis zurückrufen, dass die Carabinieri im Gegensatz zur Staatspolizei dem Militär zugeordnet waren.

»Wissen wir seinen Namen?«, hakte die Kommissarin nach.

»Rasi. Aber er hat von Michele wohl meine Nummer ...«

Wie auf Kommando summte Riccardos Telefon. Er las die Textnachricht, die er gerade erhalten hatte.

»Na, wer sagt's denn«, kommentierte der Commissario und sah sich diesmal zielstrebiger um. »Er ist am ehemaligen Schwimmbecken.« Riccardo ging zu einer nahestehenden Informationstafel mit einer Karte des Bauwerks, betrachtete diese kurz, zeigte dann nach links.

»Hier entlang.«

Diana folgte ihrem Kollegen, und sie gelangten in einen weitläufigen Freiraum, der noch heute von hohen Mauern umgeben war. Die beiden Kommissare mussten sich an einer Reisegruppe vorbeiquetschen, da der begehbare Bereich auf eine schmale Metallbrücke mit Geländer beschränkt war. Die einzige Person jenseits der Absperrung ... Diana hielt inne und fühlte sich nunmehr wirklich überrascht. War die junge Frau, die an der gegenüberliegenden Wand auf einem Steinhaufen gesessen hatte, jetzt aber aufstand und ihnen zuwinkte, etwa der erwartete Kollege?

Die Kommissarin tippte Riccardo an, der daraufhin ihrem Blick folgte und ebenfalls leicht perplex dreinschaute. Die Frau bedeutete ihnen mit einer Geste, zu ihr herüberzukommen. Riccardo sah Diana fragend an, doch sie konnte nur mit den Schultern zucken und sich über das Geländer schwingen. Der Commissario tat es ihr gleich.

Im Näherkommen wurde Diana klar, dass die Psychologin kaum älter als dreißig sein konnte. Sie war von zierlicher Statur, hatte lockiges schwarzes Haar und braune Augen und lächelte die Kommissare mit einer attraktiven Mischung aus schüchterner Zurückhaltung und Verschmitztheit an.

»Keine Angst«, rief sie den Ankömmlingen entgegen. »Ich habe dem Wachpersonal schon gesagt, dass ich noch Kollegen erwarte.«

Sie streckte erst Diana, dann Riccardo ihre Hand entgegen, hielt den Augenkontakt dabei jeweils nur kurz, bevor sie den Blick nach unten schlug, was Dianas intuitiven Eindruck einer gewissen Schüchternheit bestätigte.

»Alessandra Rasi«, stellte sich die junge Beamtin vor. *»Piacere.«*

Die beiden Kommissare erwiderten Vorstellung und Gruß, wobei Riccardo nicht umhinkonnte, seiner Verblüffung Ausdruck zu verleihen.

»Ich bin etwas überrascht«, fügte er an.

»Über mein Geschlecht oder über mein Alter?«, entgegnete Alessandra. Diana gefiel ihre überraschende Direktheit; Riccardo wirkte überrumpelt.

»Den Treffpunkt«, korrigierte er leicht kleinlaut.

»Das andere nicht?« Diesmal schaute die Psychologin dem Commissario direkt in die Augen.

»Doch«, musste dieser eingestehen. »Ihr Alter auch.«

»Ich nehme es Ihnen nicht übel.« Alessandra lächelte mit entwaffnender Ehrlichkeit. »Wir haben Kollegen mit mehr Berufserfahrung. Ich bin erst seit einem halben Jahr in der *Unità*. Aber scheinbar habe ich in dieser kurzen Zeit etwas geleistet, was Questore Marchetti gefallen hat.«

Diana musste sich davon abhalten, zu breit zu lächeln. Die Art ihrer neuen Kollegin beeindruckte sie. Alessandra war vielleicht ein von Natur aus eher introvertierter Mensch, aber sie hatte gelernt, sich in einer männlichen Berufsdomäne durchzusetzen, und besaß offensichtlich volles Vertrauen in ihre eigenen Fähigkeiten. Beide Dinge hatte sich die Kommissarin selbst erkämpfen müssen, am Anfang ihrer Karriere und manchmal noch jeden Tag aufs Neue.

»Mit dem Ort haben Sie natürlich recht«, ließ Alessandra Riccardo ihre Zustimmung erfahren – ein weiterer kluger Zug nach der kurzen Zurechtweisung. »Entschuldigen Sie die Umstände. Aber als ich auf dem Weg hier in der Nähe vorbeikam, schien es mir einfach eine gute Idee.«

»Warum?«, erkundigte sich Diana. Alessandra schaute zu ihr, und der Blick der Italienerin erforschte sie kurz auf eine Weise, die in der Kommissarin sowohl Unbehagen als auch Nervenkitzel verursachte.

»Nun, wir wissen sehr wenig über den Mörder«, erläuterte die Psychologin. »Auf jeden Fall noch zu wenig für ein seriöses Profil. Also müssen wir für den Moment mit den Bruchstücken arbeiten, derer wir uns sicher sein können. Und Tatsache ist, dass der Killer eine Faszination für das antike Rom hat.«

Sie blickte zu den massiven Mauern empor.

»Schaut euch um«, sagte sie. »Was ist es, was wir hier sehen? Wisst ihr, ich fahre oft hier vorbei, aber ich bin noch nie dazu gekommen, mir dieses Monument anzuschauen.«

»Und wieso heute?«, fragte Riccardo nach. »Die Thermen liegen nicht zwischen der Kaserne und der Questura.«

»Ich war zu Hause, weil ich eigentlich im Urlaub bin«, erklärte Alessandra. »Ich wohne unten in Trastevere.«

Im selben Viertel wie ich, dachte Diana. *Was für ein schöner Zufall.*

»Jedenfalls«, kehrte die Psychologin zum eigentlichen Thema zurück. »Was wir hier sehen, ist Macht. Das Imperium auf dem Höhepunkt seines Ruhmes. Ein einfaches Bad eigentlich, aber mit Dimensionen, dass es auch für Götter gebaut sein könnte. Oder von Menschen, die sich für Götter hielten.«

Alessandra ging ein paar Schritte, redete zunehmend schneller, mit einem ansteckenden Enthusiasmus.

»Mit dieser Macht identifiziert sich der Täter – auch wenn wir noch nicht wissen, warum. Aber es gibt ihm ein Gefühl von Größe – und von Sicherheit. Darum schreckt ihn nichts. Er glaubt unbeirrbar an seine Berufung.«

»Hält er sich für unverwundbar?«, fragte Riccardo. Die Psychologin überlegte nur wenige Sekunden.

»Nein. Das denke ich nicht. Dafür handelt er zu umsichtig. Furchtlosigkeit ist nicht dasselbe wie Leichtsinn.«

»Ich denke, das stimmt«, klinkte sich Diana ein, im selben Moment ihre eigenen Gedankenstränge zusammenführend. »Schaut euch die Wahl der Tatorte an. Ab jetzt wird die Polizei altrömische Monumente besonders bewachen. Schon allein deshalb hat er zuerst zwei Orte gewählt, die sehr nahe beieinanderliegen. Später wäre es zu riskant geworden.«

»Ihr glaubt also auch an weitere Morde?«, erkundigte sich Alessandra.

Diana antwortete mit einer Gegenfrage. »Wie viele altrömische Hinrichtungsmethoden gibt es?«

»Ich habe vorhin eine Kollegin zu einem Historiker geschickt«, kommentierte Riccardo.

»Und ich habe es gegoogelt«, warf Alessandra ein. »Noch mindestens vier.«

Riccardo bedachte die junge Psychologin mit einem kritischen Blick. Natürlich würde er seine Kompetenz infrage gestellt sehen, wenn eine sachliche Untersuchung durch eine simple Internetrecherche aufgewogen werden sollte; und ebenso war klar, dass es Alessandra wohl doch noch ein wenig an der nötigen Lebenserfahrung fehlte, um zu wissen, wann sie ihren Enthusiasmus zügeln musste. Aber Diana wollte von vornherein keinen Antagonismus zwischen ihren Kollegen entstehen sehen und beeilte sich entsprechend, die Situation zu entschärfen.

»Die Meinung eines Fachmanns ist hier natürlich der Richtwert«, sagte sie, fokussierte zeitgleich Alessandra mit einem Blick, der vermitteln sollte, dass sie letztendlich auf ihrer Seite war. »Aber fürs Erste können wir ja auch mit der greifbarsten Quelle arbeiten. Richtig?«

Sie schaute zu Riccardo, ihm das endgültige Urteil überlassend, und zu ihrer Beruhigung nickte der Commissario schließlich. Diana richtete sich wieder an die junge Psychologin.

»Welche Methoden hast du noch gefunden, Alessandra?«

Ihre Kollegin befeuchtete sich kurz die Lippen, konzentrierte sich.

»Einmal bleibt noch die bekannteste – die Kreuzigung. Dann gab es Verbrennung, das Zerfleischen durch wilde Tiere … Bei Männern auch Enthauptung, aber die fand meist ebenfalls im Tullianum statt, also ist sie vielleicht nicht mehr auf der Liste des Killers … Und letztendlich gab es noch eine wirklich barbarische Todesart, bei der der Verurteilte zusammen mit giftigen oder ausgehungerten Tieren in einen Sack eingenäht und dann in den Tiber geworfen wurde.«

Um während des Ertrinkens gebissen und zerfleischt zu werden, spann Dianas Fantasie das unheilvolle Szenario vor ihrem geistigen Auge weiter. Die Kommissarin hoffte inständig, dass sie den Täter stoppen würden, bevor er diese Art der Hinrichtung imitieren konnte.

»Dann hat der Killer einen großen Plan und steht gerade erst am Anfang«, fasste Riccardo zusammen, fletschte leicht die Zähne, dachte dann kurz nach. »Angenommen, er arbeitet all diese Methoden durch«, überlegte er laut in Richtung Alessandras. »Was dann? Was ist sein endgültiges Ziel?«

»Eben das ist schwer zu sagen«, erwiderte sein Gegenüber. »Hat er im Tullianum irgendwelche Botschaften hinterlassen?«

»Nein. Nichts.«

»Das ist das Ungewöhnliche. Ein Täter mit Sendungsbewusstsein will, dass alle Welt seine Taten versteht. Er hinterlässt oft Botschaften oder schickt Nachrichten an Polizei und Presse.«

»Was, wenn seine genaue Absicht konkret genug ist, um die Fahndung nach ihm zu erleichtern?«, dachte Diana laut nach. »Vielleicht will er erst seinen ganzen Plan umsetzen, bevor er uns einen konkreten Hinweis liefert.«

Alessandra legte nachdenklich den Kopf schief.

»Oder bevor er sich stellt«, sagte sie leise.

»Hältst du das für realistisch?«, fragte Riccardo.

»Breivik hat sich lebend festnehmen lassen. Und wir alle wissen, warum.«

Damit hatte die Psychologin recht. Welche bessere Bühne gab es für einen ideologischen Mörder als die Anklagebank?

»Das alles klingt, als hätten wir es nicht mit einem Triebtäter zu tun«, folgerte Riccardo. Alessandra nickte, wenn auch vorsichtig.

»Es ist noch zu früh, sich hier festzulegen«, entgegnete sie. »Das wäre unprofessionell.«

»Was sagt dein Bauchgefühl?«, hakte Diana nach. Ihre Kollegin schaute sie kurz an, ging dann ein Stück zur Seite, hin zum Rand des ehemaligen Schwimmbeckens, dachte dabei nach.

»Rein intuitiv ... So, wie er handelt, und wenn er wirklich präzise einen vorgefertigten Plan verfolgt ... Ich stimme dir zu, Riccardo: Ich denke nicht, dass es ein Triebtäter ist, den Mordlust antreibt. Ein Soziopath auf jeden Fall und vielleicht auch ein extrem intelligenter Psychopath, der sich aber perfekt unter Kontrolle hat.«

Diana nickte. Ihr Instinkt sagte ihr dasselbe, und die Konsequenz war, dass sie es mit einem Täter zu tun hatten, der sehr schwer zu fassen sein würde.

Bevor sie ihre Schlüsse in Worte fassen konnte, klingelte abermals Riccardos Telefon. Der Commissario meldete sich, hörte kurz zu.

»Dimmi«, forderte er den Anrufer zum Erzählen auf, signalisierte Diana und Alessandra gleichzeitig mit einer kurzen Geste abzuwarten und ging ein paar Schritte weiter weg. Die Kommissarin betrachtete ihre Kollegin, die leicht verlegen wirkte.

»Dein wievielter Fall ist das?«, erkundigte sich Diana.

Wieder war Alessandras Lächeln so ehrlich wie ihre Antwort. »Der dritte. Die anderen beiden waren auch Mordfälle. Natürlich keine so spektakulären. Aber das Motiv war zunächst ebenso unklar.«

»Und ihr habt die Täter gefasst?«

»Ja. Beim zweiten Fall war es ein Paar. Das war die entscheidende Einsicht.«

»Deine Einsicht?«

Eine kurze Pause, ein kurzer Blick nach unten.

»Sì.«

»Respekt.«

»Danke.« Die braunen Augen musterten Diana jetzt aufmerksam. »Kannst du noch sagen, der wievielte Fall das für dich ist?«

Die Kommissarin schüttelte den Kopf.

»Nein. Schon lange nicht mehr.«

»Wird es einfacher?«

»Schwerer.«

»Aber trotzdem bist du noch dabei.«

»Weil ich daran glaube.«

Es war eine leicht verzögerte und recht vage Antwort, und Diana war sich bewusst, dass Alessandra das klar sein musste. Aber die junge Psychologin war sensibel genug, um nicht nachzuhaken, und zudem hatte Riccardo sein Telefonat inzwischen beendet und trat wieder neben sie.

»Das war Michele«, erklärte der Commissario. »Er hat inzwischen die Vergangenheit Costas recherchiert. Und hier kommt das Interessante: Vor fünf Jahren war er noch Bürgermeister einer Kleinstadt, und damals gab es ein Korruptionsverfahren gegen ihn.«

Diana spannte sich innerlich an. Langsam entspann sich ein roter Faden zwischen den beiden Morden. Aber bevor sie ihre Vermutung äußerte, wollte sie noch ein paar zusätzliche Fakten hören.

»Wurde er verurteilt?«, fragte sie nach. Riccardo lächelte trocken.

»Das Verfahren wurde eingestellt. Offiziell aus Mangel an Indizien, inoffiziell ... Die PD war damals an der Regierung, in einer instabilen Koalition.«

»Aber es war in der Presse?«

»Definitiv.«

»Also wusste der Killer davon«, sprach Alessandra das aus, was Diana dachte. Und für die Kommissarin war es jetzt an der Zeit, ihre Schlussfolgerung laut auszusprechen.

»Erst ein Priester, der sich an Kindern vergangen hat. Und jetzt ein korrupter Politiker.«

»Vertreter der großen Institutionen, die ihre Macht missbraucht haben?« Auch Riccardo hatte offensichtlich die Brücke geschlagen. Es erfüllte Diana innerlich mit Zufriedenheit, wie sehr sie alle drei bereits auf einer Linie dachten. Jetzt galt es, den Gedanken konsequent fortzuführen.

»Welche Institutionen gibt es noch?«, fragte sie in die Runde.

»Die Justiz – und die Polizei natürlich«, erwiderte Riccardo spontan.

»Die Wirtschaft«, schlug Alessandra vor. Diana nickte.

»Das stimmt«, sagte sie, dachte gleichzeitig weiter. »Und das Militär?«

»Könnte hinkommen«, observierte Riccardo.

»Vier Institutionen«, hielt Diana fest.

»Und noch vier Hinrichtungsmethoden«, schloss Alessandra den Kreis.

Die drei Beamten schauten einander an, wortlos jetzt,

aber Diana war sich sicher, dass sich die Gedanken ihrer Kollegen genauso wie ihre um das Schreckgespenst einer Zukunft drehten, die ungemein blutig werden konnte.

Diana schloss die Tür ihres Apartments auf und betrat den Flur, in den durch das Küchenfenster das Licht der noch immer sehr warmen Abendsonne fiel. Die Kommissarin legte ihre Lederjacke ab, die sie bei der Hitze eh den Großteil des Tages nur als Ballast mit sich herumgetragen hatte und auf die sie in Zukunft verzichten würde. Sie trat nahe an die geschlossene Tür zum Schlafzimmer, stellte zufrieden fest, dass das darin eingeklemmte Haar noch immer an seinem Platz war. Diana betrat den Raum und ließ sich auf das Bett fallen, schaute zur Decke, versuchte, die zersplitterten Facetten ihrer Gedanken zu einem zusammenhängenden Mosaik zu formen.

Der Rest des Tages war mit weiteren Ermittlungen gefüllt gewesen, hatte aber keine zusätzlichen Erkenntnisse gebracht. Es gab keine Videoaufzeichnungen von dem Wagen des Täters aus der Umgebung des Tullianums. Zum Überbrücken der Alarmanlage bedurfte es weder besonderer Fertigkeiten noch seltenen Werkzeugs. Und der Historiker hatte Alessandras grobe Einschätzung der verbleibenden Hinrichtungsmethoden bestätigt.

Alessandra … Diana mochte die junge Psychologin instinktiv und erwischte sich in diesem Moment dabei, wie ihr der Gedanke an ihre Kollegin ein Lächeln auf die Lippen zauberte. Könnte es … *Nein. Bilde dir nicht wieder etwas ein. Oder willst du noch einmal so verletzt werden wie von Sabine?*

Bei der Sache bleiben. Das war das Gebot der Stunde. Diana stand auf, holte ihren Laptop aus einer Schublade und schaltete ihn ein, legte sich wieder ins Bett und bugsierte das Gerät auf ihren Schoß. Was gab es Konstruktives zu tun? Weitere Kenntnisse übers antike Rom gewinnen … Aber vielleicht zunächst einmal das Presseecho zu dem neuen Mord in Erfahrung bringen. Bei der Gelegenheit konnte sie auch gleich ihr Italienisch weiter trainieren.

Diana loggte sich ins Internet ein, gab den Namen Patrizio Costa in eine Suchmaschine ein und war nicht überrascht, zutreffende Berichte in den Online-Präsenzen aller relevanten Medien zu finden.

Ein Serienkiller in der Hauptstadt? fragte *La Repubblica*, bereits die inoffizielle Vermutung der Ermittler aufgreifend, während *Il Messaggero* unter dem Titel *Morde aus der Antike* durchaus klug den historischen Hintergrund der Taten analysierte und zu dem Thema ebenfalls einen Historiker befragt hatte. Der *Corriere della Sera* hatte ein Porträt Costas veröffentlicht, das auch auf die Korruptionsaffäre einging und im Zusammenhang mit den mittlerweile publik gewordenen Vorwürfen gegen Kardinal Schorlemmer mutmaßte, ob der Killer nicht vielleicht eine Art öffentlicher Bestrafung inszenierte. Kurzum, die Presse war in wesentlichen Punkten bereits genauso weit wie die polizeilichen Untersuchungen. Aber in keinem der Artikel fand Diana eine schlüssige Spekulation über den Hintergrund des Mörders.

Die Kommissarin zuckte zusammen, als ihr Handy klingelte. Sie fischte es vom Beistelltisch und sah auf das Display. *Ulbricht.* Mit dem Anruf des Polizeipräsidenten hatte sie schon früher gerechnet. Diana führte das Telefon zum Ohr und nahm das Gespräch an.

»Hallo, Chef.«

»Hallo, Diana«, erwiderte ihr Vorgesetzter, nur um dann wie gewohnt gleich zur Sache zu kommen. »Ganz schön üble Sache, in der Sie da stecken.«

»Wird wohl nichts mit nur ein, zwei Wochen«, entgegnete die Kommissarin auf der zwischen ihnen etablierten Augenhöhe.

»Leider. Das konnte ich nicht absehen.«

»Hätten Sie mich trotzdem hergeschickt?«

»Natürlich. Sie sind meine beste Kommissarin.« Der Polizeichef schwieg kurz; in seiner nächsten Frage schwang etwas weniger Sicherheit mit. »Und Sie kommen klar?«

Diana zögerte einen Moment. Zwischen ihr und Ulbricht herrschte absolute Offenheit – sie wollte ihm nichts vormachen. Aber im selben Atemzug empfand sie ihre momentane emotionale Überempfindlichkeit als zu persönlich. Die Kommissarin entschied sich für Ehrlichkeit mit Auslassungen.

»Ich wäre lieber in Trento«, erwiderte sie. »Aber das hier werde ich trotzdem schaffen.«

»Wie sind die Kollegen vor Ort?«

»Ich bin in einem guten Team.«

»Das freut mich zu hören.«

»Wie sieht es in Berlin aus? Allgemeines Chaos?«

»Ohne Sie? Natürlich.«

Beide lachten leise. Diana fand es schön, die Stimme ihres Vorgesetzten zu hören. Ein vertrautes Echo aus der Heimat.

»Und Trento wartet solange?«, fragte die Kommissarin nach, während sie nebenbei auf ihrem Computer durch weitere Artikel scrollte.

»Das garantiere ich Ihnen«, entgegnete Ulbricht, und es war eine Antwort, die Diana doch wieder etwas Zuversicht gab.

»Haben Sie schon eine konkrete Spur?«, erkundigte sich der Polizeichef weiter.

»Nichts Stichhaltiges«, antwortete Diana. »Im Wesentlichen wissen wir, was der Mörder tut und was er wahrscheinlich plant. Nur das Warum kennen wir noch nicht.«

Immer dieses Warum …

Die Kommissarin blieb auf der Internetseite einer erkennbar rechtsgerichteten Zeitung namens *Il Primato Nazionale* hängen. Die Überschrift eines Interviews zu den Morden lautete *Giustizia romana* – Römische Gerechtigkeit. Und der Mann, der hier seine Meinung kundgab, hieß Pietro Tindari und war Vorsitzender einer lokalen Partei namens Forza Nazionale.

»Sie glauben also auch an einen Serientäter?«

Diana hörte die Stimme Ulbrichts zunehmend wie von weit weg. Ihre Aufmerksamkeit fokussierte sich derweil mehr und mehr auf den Inhalt des Interviews.

»Chef? Ich maile Ihnen unsere Analyse und rufe morgen noch mal zurück, okay?«

»Haben Sie gerade eine Eingebung?«

Diana musste lächeln. Er kannte sie wirklich gut.

»Bis morgen.«

Sie beendete das Gespräch, legte das Handy beiseite und konzentrierte sich jetzt ganz auf den Text vor ihren Augen.

»Natürlich ist Selbstjustiz nicht gerechtfertigt«, wurde

Tindari zitiert. *»Aber ist es nicht auch verständlich, wenn die Menschen frustriert sind von der allgegenwärtigen Korruption? Und wenn sich diese Frustration dann ein Ventil sucht, weil es kein Vertrauen mehr in einen Staat gibt, der zu schwach und zu feige ist, um im Sinne der Bürger zu handeln?«*

»Also schafft der Mörder in Ihren Augen Gerechtigkeit?«, folgte die Frage des Journalisten.

»Auf jeden Fall. Dass er sich dabei über das Gesetz erhebt, mag falsch sein. Aber genauso falsch sind Gesetze, die kranke Kinderschänder schützen und Politiker, die Verrat am eigenen Volk begehen. Wir müssen mit der Verderbnis aufräumen, die im Herzen unseres geliebten Italiens wuchert wie ein Krebsgeschwür. Und für die schlimmsten Verbrechen muss es auch die entsprechende Strafe geben.«

»Sie befürworten also die Wiedereinführung der Todesstrafe?«

»In angemessenen Fällen – absolut. Die Forza Nazionale sieht sich als Dienerin des Volkes. Und wenn das Volk uns den Auftrag erteilt, es zu schützen, werden wir wissen, wie mit seinen Feinden umzugehen ist.«

Diana spürte, wie sie trotz der abendlichen Wärme eine Gänsehaut bekam – verursacht einerseits von dem radikalen Inhalt vor ihren Augen, aber gleichermaßen von der immer stärker werdenden Ahnung, dass sie dem tieferen Motiv des Killers mit einem Mal ganz nahe war.

Die Kommissarin öffnete in einem zweiten Fenster eine Suchmaschine, gab den Namen der Forza Nazionale ein. Es erschienen die offizielle Webseite, zahlreiche Artikel, aber was sie interessierte, waren vor allem Fotos oder … *Genau.* Es gab Videos. Diana öffnete eines. Es zeigte eine Demonstration, in der Anhänger der Partei gegen die Aufnahme von Flüchtlingen protestierten. Fahnen in den Farben Schwarz, Weiß und Rot wehten in den Straßen Roms, zeigten vielfach das Symbol der Forza, einen Blitz in einem Kreis.

Diana öffnete ein weiteres Video. Hier wurde einem Kamerateam Zugang zur Parteizentrale gewährt. Das Tor des Reihenhauses öffnete sich in einen Flur, an dessen Wänden in großen Lettern die Namen von Leitfiguren der Partei geschrieben standen, von Mussolini bis hin zu – *noch näher* – Julius Cäsar. Als Nächstes fanden Interviews in einem Gemeinschaftsraum statt, aber die Äußerungen der Parteianhänger interessierten die Kommissarin weitaus weniger als die Bilder an den Wänden. Plakate im Stil des italienischen Faschismus, eine Zeichnung der spartanischen Phalanx – und der römische Adler, thronend auf einer Säule, darunter die Inschrift *»hic manebimus optime«*. Diana kannte das lateinische Zitat noch aus ihrer Schulzeit und wusste es grob zu übersetzen: »Hier bleiben wir, und es ist gut so.«

Die Kommissarin klappte den Bildschirm des Laptops abrupt nach unten, schloss die Augen und betrachtete die zentrale Erkenntnis, die durch ihren Kopf schoss, kritisch von allen Seiten. Als sie auch nach mehreren Minuten keine Schwachstelle fand, war sie sich sicher, dass Zufall und Intuition sie zu dem richtigen Schluss geführt hatten.

»Ein Faschist?«

Riccardo betrachtete Diana mit Überraschung, aber auch großem Interesse. Man konnte deutlich erkennen, wie es hinter der Stirn des Commissarios arbeitete, während er all die Dinge, die ihm Diana gerade erklärt hatte, für sich selbst zu einem klaren Bild zusammensetzte.

»Es könnte passen«, kommentierte Alessandra, die an der anderen Seite des Tisches in Riccardos Büro saß. »Die italienischen Faschisten haben schon immer altrömische Symbolik verwendet.«

Riccardo hielt es nicht länger auf seinem Stuhl. Er stand auf, machte einige Schritte durch das Zimmer.

»Und indem er die bestehenden Institutionen als korrupt offenbart und die harte römische Gerechtigkeit dagegenstellt …«

»… inszeniert er indirekt den Faschismus als Antwort auf alle Übel«, beendete Diana den Satz ihres Kollegen. Riccardo nickte.

»Ihr habt recht. Das könnte die Antwort sein.« Er hielt inne, hob in einer warnenden Geste die Hand. »*Könnte.* Wir dürfen uns nicht zu schnell auf eine einzige Möglichkeit festlegen.«

»Es ist nur eine Theorie, natürlich«, räumte Diana ein. »Aber wenn wir gerade dabei sind zu spekulieren …«

Sie griff nach dem Beutel, den sie mitgebracht hatte, und holte ein gutes Dutzend Tageszeitungen hervor, die sie bereits auf der richtigen Seite aufgeschlagen hatte. Die Kommissarin fächerte die Zeitungen vor ihren Kollegen auf, deren Blick schnell die betreffenden Artikel fand.

»Skandal-Interview von römischem Bürgermeisterkandidaten«, las Alessandra eine der Überschriften vor.

»Tindari fragt: Schafft der römische Killer Gerechtigkeit?«, zitierte Riccardo eine andere Zeitung. Der Commissario schaute zu Diana. »Worauf willst du hinaus?«

»Einerseits habe ich mich daran erinnert, dass du einen Wahlkampf erwähnt hattest. Der Bürgermeister und der Stadtrat von Rom, richtig?«

»Korrekt«, bestätigte der Commissario.

»Und für die Forza Nazionale und ihre extremistische Agenda ist gerade ein so kontroverses Interview eine gute Werbung«, fügte Alessandra an. Diana lächelte. Ihre junge Kollegin hatte wieder denselben Gedanken gehabt.

»Genau«, pflichtete sie der Psychologin bei. »Aber lasst uns auch die Gegenseite betrachten. Wir haben einen Serienkiller, der eine Botschaft sendet, die bis jetzt noch in seinen Taten verschlüsselt ist. Und plötzlich taucht Tindari auf und offenbart der ganzen Welt genau diese Botschaft.«

»Warte.« Riccardo hob erneut beschwichtigend eine Hand. »Jetzt schlägst du eine arg weite Brücke.«

»Tue ich das?« Diana sah ihre beiden Kollegen herausfordernd an.

»Du denkst, es besteht eine Verbindung?«, fragte Alessandra.

»Es ist nur eine Intuition«, gestand Diana ein. »Aber auch rein sachlich betrachtet: Die Partei bekommt zusätzliche Aufmerksamkeit, indem sie die Taten gemäß ihrem Programm interpretiert. Und der Killer muss nicht das Risiko eingehen, ungewollte Details über sich selbst preiszugeben, weil jemand anderes für ihn als Sprachrohr fungiert. Ergänzt sich beides nicht ein bisschen zu perfekt, um reiner Zufall zu sein?«

»Ich weiß nicht.« Riccardo atmete aus, schüttelte den Kopf. »Das ist reine Spekulation. Nur weil es einen gewissen Sinn ergibt, wird es nicht zur Wahrheit.«

»Andererseits haben wir momentan denkbar wenig harte Fakten«, wandte Alessandra ein, und Diana war dankbar für die Unterstützung. »Also auch wenn es nur eine Theorie ist – kann es schaden, zumindest nachzuforschen?«

Riccardo setzte sich wieder, faltete die Hände zusammen, musterte Diana.

»Wovon reden wir genau? Dass der Killer Mitglied der Forza ist?«

»Das wäre eine Möglichkeit. Oder zumindest, dass er jemanden in der Partei kennt.«

»Was willst du also unternehmen?«

»Mit Tindari reden.«

Riccardo zog die Augenbrauen hoch.

»Du hältst wirklich nichts von halben Sachen, oder?«

»Du etwa?«

Für einige Sekunden sahen sich beide Kommissare fest in die Augen, und Diana hoffte, dass in ihrem Blick genug Selbstvertrauen lag. Sie hatte sich immer auf ihren Instinkt verlassen können, zumindest im Beruf, und durfte nicht daran zweifeln, nur weil sie sich privat nun zweimal so massiv geirrt hatte. Schließlich nickte Riccardo.

»Also gut«, erwiderte er. »Ich mache einen Anruf.«

Der Kommissarin fiel ein Stein vom Herzen.

Es war eine große Piazza, auf der die Wahlkampfkundgebung der Forza Nazionale stattfand, und trotzdem war sie zum Bersten mit Menschen gefüllt. Nicht nur die offensichtlichen Neofaschisten mit kurzgeschorenen Haaren und Tätowierungen hatten sich eingefunden, sondern von Jugendlichen bis zu Rentnern nahezu alle Vertreter des bürgerlichen Spektrums – die rechte Ideologie zog ein zunehmend breites Publikum an. Überall wehten Fahnen, meist in den Farben Italiens, zudem die schwarz-weiß-roten Flaggen mit dem Logo der Partei, aber auch mehrere, die die römische Wölfin zeigten. Auf den Videos, die Diana im Internet gefunden hatte, waren bei ähnlichen Veranstaltungen und Aufmärschen der Forza weit weniger Anhänger oder Interessierte zu sehen gewesen. Tindaris Interview hatte bereits jetzt seinen Zweck erfüllt.

Die Kommissarin stand gemeinsam mit Riccardo und Alessandra relativ weit vorn in dem Pulk, sodass sie einen guten Blick auf die Bühne hatten, die der Parteichef in diesem Augenblick betrat. Sofort brandete tosender Applaus auf, das Wort »Forza« wurde skandiert, und neben Diana pfiff ein muskulöser Mann mit Sonnenbrille so laut, dass sie instinktiv zusammenzuckte. Sie musterte den Mann kurz. Er trug ein T-Shirt mit dem Logo der Partei und der Aufschrift *Anima d'acciaio della nazione* – Das stählerne Herz der Nation. Die Kommissarin schauderte innerlich, als sie daran denken musste, wie viel Leid in der Vergangenheit von Menschen verursacht worden war, die sich genau dieser Ideologie der Unterdrückung allen Mitgefühls ergeben hatten. Und im selben Moment fragte sie sich, ob unter den zahlreichen Gesichtern auf der Piazza vielleicht auch das des Mörders war.

Der Tumult legte sich, als Tindari mit einer beschwichtigenden Geste die Masse zur Ruhe aufforderte. Der Mann war auf den ersten Blick alles andere als eine charismatische Erscheinung: Er war relativ klein, leicht korpulent, hatte eine kahle Stelle am Hinterkopf. Gekleidet war er in ein einfaches Jackett und Jeans. Er trat mit großem Selbstbewusstsein auf, aber Diana fragte sich dennoch, womit er rein als Persönlichkeit das Interesse der Wähler wecken konnte. Die Frage wurde ihr unmittelbar beantwortet.

Tindari ließ seinen Blick über die Anwesenden schweifen, lächelte zufrieden, trat dann einen Schritt näher ans Mikrofon und sagte nur: »Ich bin einer von euch.«

Sofort wieder Applaus, Rufe, Pfiffe. Riccardo beugte sich zu Diana herüber, flüsterte ihr zu.

»Seine Lieblingsphrase.«

Die Kommissarin verstand. Tindari wusste auch seine Schwächen zu seinem Vorteil zu nutzen, indem er sich als Mann aus dem Volk gab, als ganz normaler Bürger mit denselben Makeln wie alle. Und genau an diesem Punkt setzte er an, als auf dem Platz wieder Stille eingekehrt war.

»Ihr wisst, wer ich bin. Keiner der Politiker, die lügen, die euch Versprechungen machen, ohne auch nur die Absicht zu haben, sie einzuhalten. Ich weiß, wer ihr seid, und ich kenne eure Probleme. Denn es sind auch meine Probleme. Korruption. Niedrige Löhne. Arbeitslosigkeit. Ich möchte weinen, wenn ich italienische Patrioten sehe, die hungern müssen. Italienische Bürger, unter denen marode Brücken einstürzen, die von einer bestochenen Bauaufsicht genehmigt wurden. Wir alle lieben Italien. Und darum ist es so schwer, aber trotzdem so wichtig, die Wahrheit zu sagen: Unser geliebtes Land ist verrottet. Die Regierung ist nur noch ein Sklave der Großkonzerne, sie handelt gegen die Interessen der Bürger, und dieses System kann man nicht heilen, kann man nicht reformieren, sondern man muss es ausmerzen, herausschneiden aus dem Körper unserer

Nation, so wie man ein eiterndes Geschwür aus der eigenen Haut schneidet!«

Diesmal war der Beifall nahezu ohrenbetäubend, und auch die vielleicht eher nur beiläufig Interessierten – die Jugendlichen, die Rentner – stimmten mit ein. War ihnen denn nicht klar, welch einer Botschaft sie hier Unterstützung bekundeten? Aber Diana musste Tindari zubilligen, dass er ein guter Agitator war. Er hatte die Rede ruhig begonnen, mit klaren, prägnanten und auch teils zutreffenden Ansagen, nur um sich dann zu steigern, Radikalität und Lautstärke Hand in Hand, hin zu dem Crescendo eines langen, atemlosen Satzes, der nicht mehr auf intellektueller, sondern allein auf emotionaler Ebene Bestand haben konnte.

»Was tut sie denn, unsere Regierung?«, fuhr der Parteichef fort. »Erhöht sie die Renten für unsere Eltern und Großeltern? Schafft sie Arbeitsplätze für italienische Staatsbürger? Nein – sie erhöht sich die eigenen Diäten und holt volksfremde Schmarotzer ins Land. Leute, die nichts verstehen von unseren Werten, die unseren Glauben hassen, die unsere Identität von innen heraus zerstören wollen. Können wir das zulassen? Wollt ihr das zulassen?«

Ein vielfaches »Nein!« brandete über die Piazza, eine Kakophonie des Hasses, und Dianas Gefühl der Beklemmung war mittlerweile trotz des blauen Himmels über ihr noch stärker als in der klaustrophobischen Finsternis des Tullianums am Tag zuvor.

Tindari erhob theatralisch einen Finger, wartete kurz, bis die Aufmerksamkeit wieder auf ihm ruhte.

»Einst war diese unsere Stadt das Zentrum der zivilisierten Welt«, führte er seine Rede in eine neue Richtung, die für die Kommissarin besonders interessant war. »Hier erwuchs ein Imperium. Und was stand auf den Standarten der Legionen, die uns die Welt untertan machten? S.P.Q.R. – *Senatus populusque romanus*. Der Senat *und das römische Volk*. Beides war untrennbar, das hatten unsere glorreichen Vorfahren erkannt. Die Regierenden dienten dem Volk. Aber wo finden wir dieses S.P.Q.R. heutzutage? Nicht mehr auf stolzen Standarten, sondern auf unseren Gullydeckeln, wo es Tag für Tag mit Füßen getreten wird, genau wie seine Bedeutung in den Palästen unserer Regierung!«

Der Parteichef redete sich zunehmend in Rage, und Diana verstand ob seines hohen Tempos nicht mehr jedes einzelne Wort – wohl aber die zugrundeliegenden populistisch vereinfachten Aussagen.

»Damals …«, fuhr Tindari unmittelbar fort. »Damals stand niemand über einem römischen Bürger. Jeder kannte seinen Platz. Und in der Zeit, in der das Reich noch stark war, denkt ihr, da hätte es einen Numider gegeben oder einen Phönizier oder einen Perser, der es gewagt hätte, sich als gleichwertig zu bezeichnen mit einem freien Mann vom Blute der römischen Wölfin?«

Hier und da hallte gehässiges Gelächter über den Platz, und obwohl nicht so laut wie der Applaus zuvor, klang das Geräusch auf seine Art in Dianas Ohren noch hässlicher. Der Blick der Kommissarin traf den von Alessandra und Riccardo. In den Augen der Psychologin stand klar derselbe Abscheu, den auch Diana empfand ob der perfiden Botschaft, deren offensichtliche Unwahrheiten und Widersprüche die agitierte Masse nicht wahrnahm. Der Commissario hingegen wirkte eher angespannt und nachdenklich. Auch diese Emotion teilte Diana. Denn das, was sie hier hörten, konnte exakt das sein, woran der Killer glaubte.

Tindari kam derweil zum Schlusspunkt seiner Ansprache.

»Ich möchte wieder ein solcher starker Römer sein«, rief er den Anwesenden zu. »Ein Italiener, der stolz auf sein Land sein kann. Der sich nicht schämen muss für seine Institutionen, nicht um seine Arbeit fürchten muss, der auch abends noch sicher durch unsere schönen Straßen gehen kann, ohne von drogenabhängigen Ausländern beraubt zu werden. Dafür werde ich kämpfen. Dafür wird die Forza Nazionale kämpfen, heute und morgen und bis zu dem Tag, an dem unser großes, nobles Ziel endlich erreicht sein wird! Kämpft mit uns! Seid Römer, seid treue Italiener, seid Soldaten unserer Legion! Und wenn der letzte Kampf gewonnen und die letzte Schlacht geschlagen ist, dann werdet ihr das größte Geschenk erhalten, das man sich denken kann: eure Ehre, euren Stolz – und eure Freiheit!«

Diana hielt sich die Ohren zu, um den frenetischen Beifall nicht hören zu müssen, und gleichzeitig auch, um kurz allein mit ihren Gedanken zu sein. Was sie hier gehört hatte, war Populismus in Reinkultur – pure Polemik, keinerlei konkrete Ansagen, kein stichhaltiges politisches Programm. Stattdessen Demagogie, die die Ängste der Menschen benutzte, um Hass und Misstrauen zu schüren, und genau diese entfesselten Emotionen gedachten die rechten Rädelsführer zu verwenden, um nach der Macht zu greifen. Es war ein zynisches, menschenverachtendes Spiel, und es schockierte Diana, dass es nach all dieser Zeit, nach so vielen grauenvollen Lehrstunden der Geschichte, noch immer funktionieren konnte. Oder war es naiv von ihr, so zu denken? Irgendetwas in ihr wollte glauben, musste glauben, dass zumindest die Mehrheit der Menschen von Natur aus gut war. Wenn sie diesen Glauben verlor, welche Bedeutung hatte dann ihr Beruf, oder welchen Sinn gäbe es überhaupt noch?

Alessandras Stimme riss die Kommissarin aus ihren Gedanken.

»Ich habe das Bedürfnis, mich abzuschrubben«, sagte die Psychologin leise, damit es die Umstehenden nicht hörten, und fügte dann hinzu: »Mit Stahlwolle.«

Diana nickte.

»Ich weiß genau, wie es dir geht.« Sie schaute weiter zu Riccardo. »Wie stark ist die Forza?«, fragte sie.

»Sie sind vor allem lokal verwurzelt«, erwiderte der Commissario. »Mit ein paar Ablegern im Norden. Wenn sie bei den Wahlen in die Assemblea Capitolina einziehen würden, wäre das für die Partei der größte Coup bisher.«

»Könnten sie dort auf Unterstützung hoffen?«

»Die meisten Parteien distanzieren sich, zumindest offiziell«, beantwortete Alessandra die Frage der Kommissarin. »Aber viele Politiker der Lega gehören selbst zum faschistischen Lager. Da gibt es einige gemeinsame Interessen.«

»Wird in Deutschland die Rechte nicht auch immer stärker?«, erkundigte sich Riccardo.

»Leider«, erwiderte Diana. »So unfassbar es scheinen mag. Die letzten Wahlergebnisse … Die Entwicklung macht mir Angst.«

Große Angst sogar. Denn das mögliche Resultat war das krasseste denkbare Gegenteil zu der Aufgabe, die sie als ihren Lebensinhalt sah. In einer faschistischen Gesellschaft wären die Mörder nicht die Ausnahme, sondern die Regel. Man wäre umgeben von ihnen, könnte sich nicht wehren, keine Gerechtigkeit schaffen, weil auch die Gesetze von

Mördern gemacht würden. Allein der Gedanke ließ die Kommissarin erschaudern.

Riccardo führte das Gespräch zurück zum Fall.

»Ich kann mir vorstellen, dass Tindaris Rede dich in deinem Verdacht bestärkt hat«, äußerte er in Richtung Dianas. »Siehst du keine thematischen Verbindungen?«

»Möglich. Aber überstürzen wir nichts.« Der Commissario blickte zur Bühne, die der Parteichef gerade verlassen hatte, um einem neuen Redner Platz zu machen. »Schauen wir uns den stolzen Römer erst einmal aus der Nähe an.«

Die drei Ermittler bahnten sich ihren Weg nach vorn, hin zu einer der Absperrungen, die die Bühne zu beiden Seiten begrenzten. Am Durchlass traten ihnen zwei kräftig gebaute Parteimitglieder entgegen. Riccardo zückte seinen Ausweis.

»Commissario Fiorentini, Mordkommission«, stellte er sich vor. »Wir haben einen Termin mit Signor Tindari.«

Der linke Wachmann musterte den Kommissar mit sichtlicher Geringschätzung, während sein Kollege in Richtung des Kleinbusses schaute, neben dem Tindari mit drei Vertrauten stand. Einer der Letzteren nickte. Die beiden Aufpasser traten zur Seite, machten aber nur so viel Platz, dass sich die drei Ermittler geradeso zwischen ihnen hindurchquetschen konnten. Diana war der Körperkontakt zu den schwitzenden Männern überaus unangenehm, vor allem in Verbindung mit dem lüsternen Grinsen des offen aggressiveren der beiden. Sie ignorierte ihn, so gut sie konnte.

Auch Tindari und sein Stab betrachteten die Ankömmlinge mit unverhohlener Abneigung. Der Parteichef konzentrierte sich zunächst auf Riccardo.

»Commissario. Man hat mir schon mitgeteilt, dass Sie mit mir reden möchten. Ich frage mich, worüber.«

Riccardo blieb ruhig und, die provokante Art seines Gegenübers ignorierend, auch höflich.

»Dies hier sind meine Kolleginnen, Commissaria Brandt und Dottoressa Rasi«, stellte er zunächst seine Begleitung vor.

Tindari verlagerte seinen Blick auf Diana. »Eine Deutsche«, observierte er. »Wie ungewöhnlich.«

Der Mann war der Kommissarin aus der Nähe noch unsympathischer. Seine Augen waren klein, der Blick stechend, der minimale Ansatz eines Grinsens um seine Mundwinkel zynisch und arrogant.

»Aber gut«, fuhr der Chef der Forza fort und rang sich ein kurzes, mechanisches Lächeln ab. »Wenn wir reden, dann tun wir das aber an einem angenehmeren Ort.«

Er nickte seinen Vertrauten zu, ging dann abrupt um den Wagen herum und hielt auf ein nahes Café zu. Diana, Riccardo und Alessandra tauschten kurz einen Blick aus und folgten ihm. Hinter ihnen brandete noch einmal Applaus auf, etwas zurückhaltender diesmal, als der nächste Redner seine Ansprache begann.

Das Café war leer, die Tische aber waren gedeckt; wahrscheinlich hatte es die Partei für ein Zusammensein nach der Kundgebung angemietet. Tindari setzte sich in die Nähe des Fensters, bedeutete den Ermittlern, ebenfalls Platz zu nehmen. Noch während sie sich setzten, kam der Besitzer des Cafés an den Tisch geeilt.

»Sie wünschen?«

»Einen Espresso bitte, Giovanni«, orderte Tindari, schaute dann zu den Polizisten. »Und für Sie?«

»Nichts, danke«, sprach Riccardo Diana – und sicher auch Alessandra – aus der Seele. Der Parteichef zuckte nur mit den Schultern, musterte sie dann abwartend, während sich der Besitzer zurück hinter den Tresen begab.

»Sie haben mit Ihrem Interview zu der Mordserie einigen Staub aufgewirbelt«, hielt Riccardo fest.

»Oh?« Tindari zog süffisant eine Augenbraue hoch. »Nun, soweit ich weiß, gilt in unserem Land das Recht auf freie Meinungsäußerung.«

»Nicht für die Sanktionierung von Gewaltakten«, wandte der Commissario ein.

»Ich habe die Morde verurteilt, das wissen Sie genau.« Der Chef der Forza Nazionale lehnte sich leicht nach vorn, ließ seinen Blick zwischen allen drei Ermittlern hin und her wandern. »Meine Spekulation galt lediglich den Beweggründen des Täters, und das ist weit entfernt von irgendeinem rechtsgültigen Straftatbestand. Also falls Sie nur deswegen hier sein sollten, wäre unser Gespräch jetzt bereits beendet.«

In Dianas Innerem breitete sich eine kühle Fokussiertheit aus, die sie immer dann überkam, wenn sie instinktiv ganz genau erkannte, dass ihr Gegenüber schuldig war. Und Tindari war schuldig, auf irgendeine Art. Der Mann war zu selbstsicher. Natürlich, er hatte sich denken können, warum sie gekommen waren, und mit ebensolcher Gewissheit hatte er jedes Wort seines Interviews vorher genau abgewogen, um sicher zu sein, dass ihn rechtlich wegen seiner Aussagen niemand belangen konnte. Aber da war noch eine Nuance mehr: eine Arroganz, basierend auf der Annahme, der Polizei in jeder Hinsicht voraus zu sein. Und Diana hatte nicht das Gefühl, dass sich diese Einstellung allein auf das Interview bezog. Die Kommissarin machte sich augenblicklich daran, ihre Intuition zu prüfen.

»Nun, Signor Tindari«, begann sie bewusst langsam. »Wie Sie sich vielleicht denken können, gehören wir zu dem Team, das die Mordserie untersucht.«

»Das war naheliegend.« Der Parteichef erhielt seinen Espresso, nippte daran.

Diana fuhr unmittelbar fort: »Und wir finden es seltsam, dass Sie ein so tiefgehendes Verständnis für die möglichen Motive des Täters an den Tag legen.«

Tindari lachte einmal kurz, wobei der Begriff *Lachen* beschönigend war – es klang mehr wie ein blechernes Schnaufen.

»Nun, ich benutze mein Hirn und meine Empathie und stelle mir vor, was ihn antreiben könnte. Genau das ist doch eigentlich Ihre Aufgabe, oder?«

Die kleinen Augen des Mannes fixierten Diana, sein süffisantes Grinsen troff vor Überheblichkeit. Er hielt sich für unverwundbar. Die Kommissarin lächelte innerlich. *Gut.*

Alessandra hatte offensichtlich verstanden, worauf Diana hinarbeitete, denn sie klinkte sich passgenau in die Befragung ein.

»So genau, wie das Bild war, das Sie gezeichnet haben«, wandte sich die Psychologin an Tindari, »haben wir uns gefragt, ob der Mörder nicht vielleicht Ihre politische Einstellung teilt.«

Dies war ein Schlüsselmoment. Wäre der Parteichef nur auf einen Besuch der Polizei aufgrund des Interviews vorbereitet gewesen, hätte er spätestens bei einer Assoziation des Täters mit seiner Partei kurz innehalten und überlegen müssen, worauf die Ermittler außerdem noch hinauswollten. Aber das geschah nicht. Tindari antwortete ohne einen Moment des Zögerns.

»Es gibt in unserem schönen Land viele Menschen mit vielen Einstellungen«, erwiderte er kalt lächelnd. »Sie werden verstehen, dass ich nicht alle davon kenne.«

»Aber Sie stehen für dasselbe radikale Gerechtigkeitsbild, wie es der Mörder vertritt«, wandte Riccardo ein.

»Die Forza wünscht sich eine Verschärfung der Gesetzgebung«, entgegnete Tindari. »Etwas, was Sie als Polizist in diesem Land eigentlich gut verstehen müssten. Wofür wir jedoch keinesfalls stehen, ist Selbstjustiz.«

So nichtssagend neutral die Antworten auch waren – ihre Geschwindigkeit hatte Diana alles verraten, was sie wissen musste. Tindari war vorbereitet. Es war kein Zufall gewesen, dass er die Morde mit seinem politischen Programm verknüpft hatte. Er wusste um die Motive des Killers – und das konkret.

»Was, wenn der Täter Mitglied Ihrer Partei ist?«, fragte die Kommissarin direkt.

Die Pupillen des Forza-Chefs verengten sich leicht, aber seine Fassade blieb nach wie vor aufrecht.

»Wir sind eine friedfertige Protestbewegung«, hielt er trocken entgegen. »Mit vielen Anhängern und Sympathisanten. Sollte es darunter tatsächlich das eine oder andere schwarze Schaf geben … Ich bitte Sie. Das entzieht sich nun wirklich meiner Verantwortung.«

Er griff wieder zu der Espressotasse und trank. Diana hatte genug Zeit, alles auf eine Karte zu setzen. Sie beugte sich nach vorn, fixierte ihr Gegenüber und legte in ihre wenigen Worte alle Sicherheit, die sie zu projizieren vermochte.

»Sie kennen den Mörder.«

Und hier war er, endlich – der Moment, in dem Tindari seine Sicherheit verlor. Er hatte mit vielem gerechnet, aber nicht mit einer so direkten Anschuldigung, und darauf hatte die Kommissarin gesetzt. Der Mann fror eine Sekunde lang komplett ein, versteifte sich merklich. Dann senkte er langsam die Tasse, richtete sich kerzengerade auf, fuhr seine Mauern wieder hoch. Aber es waren defensive Mauern, nicht länger eine Maske kühl kalkulierter Überlegenheit, und in dem Blick, mit dem der Parteichef Diana jetzt betrachtete, lag blanker Hass.

»Was bilden Sie sich eigentlich ein?«, entfuhr es ihm in einem eher leisen, zischenden Ton. »Hierherzukommen und mir eine so ungeheuerliche Anschuldigung an den Kopf zu werfen?« Er schraubte sich von seinem Stuhl hoch. »Wer sind Sie überhaupt?« Er schaute zu Riccardo, redete zunehmend lauter und schneller. »Was hat diese Deutsche mit alldem hier zu tun? Wie kann es sein, dass ich mir als unbescholtener italienischer Bürger solche *fregnacce* anhören muss?«

Auch Riccardo, Diana und Alessandra erhoben sich. Der Cafébesitzer machte einen Schritt vor den Tresen und beobachtete die Geschehnisse verunsichert.

»Beruhigen Sie sich bitte, Signor Tindari«, versuchte Riccardo zu beschwichtigen.

Der Forza-Chef schnaufte nur. »Sagen Sie mir nicht, was ich zu tun habe«, erwiderte er, hatte nach wie vor Mühe, seine Wut unter Kontrolle zu halten. »Habe ich vielleicht nicht das Recht, mich zu entrüsten?« Er machte einen Schritt um den Tisch herum, zeigte auf Diana. »Ich weiß nicht, wer diese *crucca* ist«, sagte er, drehte sich dann wieder zu Riccardo und presste seinen Zeigefinger gegen dessen Brust. »Aber ich weiß, wer Sie sind, Fiorentini. Und Sie können mir glauben: Das wird Konsequenzen für Sie haben!«

Riccardo blieb vollkommen unbewegt; nur seine Augen verrieten die Wut, die sichtbar jetzt auch in ihm kochte.

»Sie nehmen augenblicklich Ihren Finger von mir«, befahl er Tindari mit einer Stimme wie Eis. »Oder ich verhafte Sie wegen Angriffs auf einen Polizisten im Dienst. Aber vorher kann es durchaus passieren, dass ich Ihnen rein aus Versehen den Arm breche.«

Tindari musterte den Commissario aufgebracht, aber dessen Blick ließ keinen Zweifel daran, dass es ihm bitterernst war. Der Politiker atmete aus, wurde gefühlt etwas kleiner und zog seine Hand zurück. Im selben Moment betraten die beiden Sicherheitsmänner das Café – sie mussten das Geschehen durch die Fensterscheibe beobachtet haben.

»Ist alles in Ordnung, Signor Tindari?«, fragte der eine von ihnen.

»Die Herrschaften möchten gehen«, raunte der Parteichef. Einer der Männer schob sich augenblicklich zwischen seinen Arbeitgeber und die drei Ermittler, während der andere sich neben der Tür aufbaute. Riccardo nickte Diana und Alessandra zu, woraufhin sie gemeinsam in Richtung Ausgang gingen. Die Kommissarin warf Tindari noch einen Blick zu, und das bösartige Grinsen, mit dem er sie diesmal bedachte, gefiel ihr ganz und gar nicht.

Draußen auf der Straße ging Riccardo ein paar Schritte voran die Straße entlang, weg von der Piazza, über die nach wie vor die Rufe und der gelegentliche Applaus der Forza-Anhänger brandeten. Der Commissario bog um eine Straßenecke, drehte sich dann um und wandte sich seinen beiden Kolleginnen zu. Sein Blick war ernst, seine Haltung nach wie vor angespannt. Auch Diana war noch innerlich erregt, doch gleichzeitig neugierig auf die Meinung der anderen.

»Was denkt ihr?«, fragte sie. »Tindari weiß etwas, oder?«

»Vielleicht. Vielleicht auch nicht.« Riccardos Ansage war unerwartet kühl. »Es gibt keinerlei konkrete Anhaltspunkte.«

Alessandra bewegte in einer Geste des Abwägens die rechte Hand hin und her.

»Aber die Philosophie Tindaris und die mögliche Motivation des Killers ... Ich denke schon, dass das ein Ansatzpunkt für ein Profil ist.«

Diesmal nickte Riccardo.

»So weit gebe ich dir recht«, kommentierte er. »Also stellen wir diesen Aspekt auf eine solidere Grundlage. Alessandra, ich möchte, dass du in die Questura zurückkehrst und eine kurze, aber prägnante Analyse erstellst. Vergleiche bitte die Motivationen und Tatmuster von anderen Serienkillern oder Amokläufern, die aus einer faschistischen Ideologie heraus gehandelt haben.«

»Verstanden.«

Die Psychologin schaute zwischen Diana und Riccardo hin und her.

»Kommt ihr mit?«

»Wir kommen nach«, antwortete Riccardo. »Nimm du den Wagen.«

»*Va bene.* Dann bis später.«

Alessandra lächelte Diana kurz zu und ging dann zurück in Richtung des Platzes. Die Kommissarin blieb mit ihrem

Kollegen zurück, zunehmend verunsichert. Sie wusste weder, warum Riccardo das Thema Tindari nahezu komplett ausklammerte, noch, warum er augenscheinlich mit ihr allein sein wollte.

»Also, was machen wir?«, fragte sie.

Der Commissario sah ihr direkt in die Augen. »Wir gehen etwas trinken.«

Diana und Riccardo hatten vor einer kleinen Bar Platz genommen, die in einer schmalen Gasse lag, welche den Betreibern gerade einmal Platz für drei Tische neben der Eingangstür bot. Es war schattig hier, was in Anbetracht der Hitze sehr angenehm war; ab und zu flanierten Einheimische vorbei, seltener Touristen. Die anderen beiden Tische waren unbesetzt, sodass die Polizisten ausreichend Privatsphäre hatten.

Eine junge Kellnerin kam heraus, um sich nach ihren Wünschen zu erkundigen.

»Zwei Spritz, *per favore*«, orderte Riccardo, ohne dass er die Bestellung vorher mit Diana besprochen hätte. Entsprechend sah sie ihn etwas skeptisch an, nachdem die *cameriera* wieder im Innenraum verschwunden war, aus dem leise Musik drang.

»Alkohol im Dienst?«, fragte die Kommissarin. Ihr Kollege lächelte knapp.

»Bleibt unter uns.«

Es folgte ein kurzer Moment des Schweigens. Der Commissario musterte Diana auf eine Weise, die klar erkennen ließ, dass er ein unangenehmes Thema ansprechen wollte und nach den diplomatischsten Worten suchte. Sie beschloss, es ihm leichter zu machen.

»Sag es einfach direkt«, forderte sie. Riccardo nickte, schnalzte mit der Zunge.

»Du hast richtiggelegen. Auf irgendeine Weise hat Tindari Dreck am Stecken.«

Immerhin – zum ersten Mal konkrete Zustimmung.

»Aber?«

»Du hast ihn provoziert. Das war in der Form nicht professionell.«

Diana kam nicht umhin, sich angegriffen zu fühlen, versuchte aber, sachlich zu argumentieren.

»Ist das nicht Teil unseres Jobs?«, entgegnete sie. »Verdächtige im Zweifelsfall zu reizen, damit sie sich eine Blöße geben?«

»Tindaris Reaktion war nicht stichhaltig. Jeder hätte sich über so einen Vorwurf aufgeregt.«

»Möglich«, gestand die Kommissarin ein. »Aber du hast gerade selber gesagt, dass du jetzt auch daran glaubst, dass er etwas weiß.«

»Es ist nur eine Intuition, wie bei dir. Wir haben nichts in der Hand, worauf wir aufbauen können.«

»Trotzdem haben wir mehr als vorher.« Diana lächelte, versuchte, das Gespräch zu entspannen. »Komm schon – du spielst doch auch nicht immer exakt nach den Regeln.«

»Das mag stimmen.« Riccardo stapelte die Hände unter seinem Kinn. »Aber es gibt einen Unterschied, ob man die Regeln mit einem klaren Ziel umgeht oder ob man spontan handelt, ohne an die Konsequenzen zu denken.«

Wieder überlegte der Commissario einen längeren Moment. Seine nächsten Sätze waren besonders vorsichtig formuliert, aber sein Ton blieb dennoch bestimmt.

»Du hast einen guten Instinkt. Und du kannst die wunden Punkte von Menschen erkennen. Aber ich frage mich zunehmend, was dein wunder Punkt ist.«

Die Richtung, die ihr Kollege hier einschlug, bereitete Diana Unbehagen.

»Wie meinst du das?«, fragte sie nach, versuchte dabei, neutral zu klingen, konnte eine gewisse Unsicherheit in ihrer Stimme aber nicht ganz kaschieren.

»Auch der beste Instinkt kann verfälscht werden, wenn er von Wut beeinflusst wird«, erwiderte Riccardo. Er beugte sich vor, stets den Augenkontakt haltend, und sprach etwas leiser, etwas intimer weiter. »Warum bist du so wütend?«

Diana wusste nicht, wie sie reagieren sollte. Ihr Gehirn musste eingestehen, dass die Frage des Commissarios legitim war – aber ihr Herz konnte, wollte ihm nicht die Verletzlichkeit in ihrem Innersten offenbaren. Sie lehnte sich leicht zurück, vergrößerte die Distanz zu ihrem Gegenüber, und ihr war klar, dass sich ihre Gesichtszüge im selben Moment verhärteten, ihr Blick kälter wurde. Sie wollte es nicht, wollte nicht das Vertrauen verlieren, dass sich zwischen ihr und Riccardo aufgebaut hatte, aber in diesem Moment übernahm ihr Instinkt die Kontrolle, und die einzige Priorität hieß Selbstschutz.

»Das ist eine private Sache.«

Ihr Ton war viel zu hart, und sie konnte im Gesicht des Commissarios lesen, dass er von ihrer Reaktion negativ überrascht, ja befremdet war. Diana fühlte sich von Panik ergriffen, versuchte so überstürzt wie unbeholfen, ihre Überreaktion wieder auszubügeln.

»Riccardo, bitte, ich …« Sie atmete aus, sammelte sich, so gut es ging. »Es ist etwas … Du hast recht. Okay? Ich weiß, dass du recht hast. Ich bin nur … nicht wirklich bereit, darüber zu reden.«

Ihr Kollege betrachtete sie, las in ihrem Gesicht, und sie hoffte inständig, dass er ihr ehrliches Bedauern erkennen würde. Schließlich nickte er.

»Also gut«, sagte er. »Ich werde dich zu nichts drängen. Aber was auch immer für Dämonen du mit dir herumschleppst: Lass nicht zu, dass sie deine Arbeit beeinflussen.«

Diana nickte ebenfalls, auch wenn es ihr nach wie vor schwerfiel, sich selbst ihren Fehler komplett einzugestehen. Ja, sie hatte zu impulsiv gehandelt, und ja, sie musste achtgeben, dass ihre privaten Frustrationen sich nicht in ihrem beruflichen Umfeld manifestierten. Aber hatte sie nicht trotzdem etwas erreicht? Sie wussten jetzt, dass Tindari zumindest eine lohnende Spur sein könnte. Heiligte der Zweck nicht manchmal die Mittel?

Jetzt denkst du wie Adolfo Ferretti.

Großer Gott – hatte sie im Kleinen wirklich gerade so gehandelt wie er im Großen? Und es nicht einmal bemerkt? *Nein. Du hast deine Moral nicht kompromittiert. Nur alles getan, um voranzukommen. Aber … Genau so fängt es an, oder?*

Ein psychisches Erdbeben erschütterte Diana bis ins Mark, und ihr Selbstbewusstsein bekam innerhalb von Sekunden einen neuen, tiefen Riss.

Als die Kellnerin den Spritz servierte, war die Kommissarin mehr als dankbar für Riccardos Getränkewahl – einen Schluck Alkohol konnte sie in diesem Moment wirklich gebrauchen. Diana nahm das eisgekühlte Glas, toastete ihrem Kollegen nur kurz zu, damit er nicht ihre leicht zitternden Finger bemerkte, führte den Strohhalm an ihre Lippen und genoss einen großen Schluck des erfrischenden Mixgetränks. *Entspannen. Nicht in Paranoia verfallen.* Auch Riccardo trank, nippte aber nur an seinem Glas. Wieder herrschte Schweigen. Diana wollte nicht mit ihren Gedanken allein sein und suchte in ihrem Kopf nach einem konstruktiven Weg, das Gespräch in eine neue, positive Richtung zu führen.

Noch bevor ihr ein guter Ansatz einfiel, klingelte Riccardos Telefon. Der Commissario schaute auf das Display, wirkte etwas überrascht, meldete sich dann auf vertrauliche, aber gleichzeitig leicht distanzierte Art.

»Ciao. Che c'è?«

Am anderen Ende der Leitung konnte Diana schwach eine weibliche Stimme ausmachen. Riccardo hörte zu; dabei nahm sein Gesicht einen zunehmend besorgten Ausdruck an.

»Schon wieder?«

Sein Blick wanderte zu Diana, während er die Antwort seiner Gesprächspartnerin anhörte, und diesmal lag in seinen grünblauen Augen große Unsicherheit.

»Gib sie mir«, sagte er schließlich, stand dabei auf und machte ein paar Schritte die Gasse hinunter, sodass er sich in Dianas Rücken befand.

»Hallo, mein Schatz«, hörte sie ihn sagen, und in diesem Moment wurde ihr klar, dass der Anruf von seiner Ex-Freundin gekommen war und er jetzt mit seiner Tochter redete. Die Kommissarin nahm ihren Drink, zog wieder etwas Flüssigkeit durch den Strohhalm. Sie wollte Riccardo nicht belauschen, aber obwohl ihr Kollege bewusst leise redete, trug das Echo der alten Mauern dennoch einige seiner Worte bis an ihre Ohren.

»Du darfst nichts auf die anderen Kinder geben«, hörte sie ihn sagen. »Sie kennen dich nicht wirklich. Ihnen ist nicht klar, was für ein wunderbarer Mensch du bist.«

Riccardos Stimme war plötzlich ganz anders als sonst. Viel sanfter, viel gefühlvoller … Oder klang es nur für Diana so? Hörte sie einen Nachhall ihrer eigenen Vergangenheit?

»Du bist stärker als sie«, sagte Riccardo so voller Empathie, so voller Glauben. *Die Stimme ihres Vaters, seine aufmunternden Worte, der Tabakgeruch seiner Weste …*

Die nächsten Sätze ihres Kollegen konnte Diana nicht verstehen, aber gleichzeitig zwang sie etwas in ihrem Innersten, sich vorsichtig ein Stück umzudrehen und einen Blick in seine Richtung zu werfen. Riccardo stand mit dem Rücken zu ihr, war nur mit dem Ansatz seines Profils zu sehen, aber die tiefe Traurigkeit in ihm sprach aus jedem Detail seiner Körperhaltung.

»Papa vermisst dich sehr.«

Eine einzelne Träne rann über die Wange des Commissarios. Diana drehte sich hastig um, musste im selben Moment dagegen ankämpfen, selbst von Emotionen überwältigt zu werden. Nein, befahl sie sich in ihren Gedanken. *Du bist gerade schon unsicher genug. Nicht auch noch diese Erinnerung.*

Wenn Riccardo an den Tisch zurückkam, würde er ihr vielleicht erklären, worum es in dem Gespräch gegangen war. Das wollte Diana auf keinen Fall. Sie stand leicht überhastet auf, ohne ihren Cocktail auszutrinken, ging ins

Innere der Bar und bezahlte die Rechnung. Während sie ihre Geldbörse in der Hand hielt, überkam sie kurz das Bedürfnis, einen Blick auf das Foto zu werfen, das sich – versteckt, aber nicht vergessen – im hintersten Fach verbarg. Diana wusste nicht, warum sie es nach wie vor bei sich trug. *Ich habe es seit damals nicht angeschaut. Und nein – auch heute nicht. Um keinen Preis.*

Als sie wieder herauskam, stand Riccardo vor der Tür. Er hielt sich gerade und ließ keine Aufgewühltheit erkennen, aber es war allzu offensichtlich nur eine Maske.

»Laufen wir das Stück zurück zur Questura?«, fragte Diana direkt.

»Das hätte ich auch vorgeschlagen«, erwiderte ihr Kollege. Sie gingen los, und Diana bemerkte noch im Vorbeigehen, dass der Commissario sein Glas in einem Zug geleert haben musste. Auf dem Weg redeten sie einige Worte, aber Riccardos Tochter wurde nicht erwähnt, und dafür war die Kommissarin sehr dankbar.

Die beiden Ermittler befanden sich noch im Flur der Questura, als ihnen Michele bereits entgegeneilte.

»Commissario, Commissaria«, grüßte der junge Polizist etwas unbeholfen. »Gut, dass Sie wieder hier sind. Der Questore will Sie unverzüglich sprechen.«

Riccardo warf Diana einen kurzen Blick zu, der klar erkennen ließ, dass auch er bei dieser Vorladung mit nichts Gutem rechnete. Dann wandte er sich wieder an seinen Kollegen.

»*Va bene*, Michele«, erwiderte er. »Begleite uns ein Stück. Gibt es neue Erkenntnisse?«

Sie betraten gemeinsam die Treppe. Michele fuhr sich kurz durch sein krauses Haar, in einer Verlegenheitsgeste, die den Moment kaschieren sollte, den er zum Ordnen aller Fakten brauchte.

»Also zunächst einmal haben wir die endgültigen Ergebnisse der Tatortsicherung«, begann er. »Leider gab es auch an der Leiche Patrizio Costas keine unbekannte DNA-Spur. Wir haben lediglich ein paar fremde Fasern gefunden, die wahrscheinlich von einer Jacke oder einem Mantel stammen.«

Diana überlegte kurz.

»Wahrscheinlich wieder normale Kleidung über einem Schutzanzug«, mutmaßte sie.

Riccardo nickte, führte dann ihren Gedanken zu Ende.

»Er bestellt sie irgendwo, fasst sie nur mit Handschuhen an und vernichtet sie, nachdem er sie einmal getragen hat. *Ecco* – keine Spuren.«

»Wir haben auch alle Nachbarn von Costa befragt«, fuhr Michele fort. »Niemand hat in der Tatnacht etwas von seiner Entführung bemerkt. Zwei Anwohner wollen einen parkenden Lieferwagen in der Nähe seines Hauses gesehen haben, aber sie beschreiben völlig verschiedene Modelle und Lackierungen.«

»Die wir natürlich trotzdem beide überprüfen«, hakte Riccardo nach.

»Assolutamente!« Michele nickte mit einer Mischung aus Eifer und auch leichter Entrüstung. Diana konnte nicht umhin zu schmunzeln. Der Enthusiasmus des jungen Polizisten war sehr sympathisch, und sie hoffte, dass er sich ihn

so lange wie möglich würde bewahren können. Letztendlich aber war die harte Realität ein Zeitzünder für jede Form von Naivität, besonders in diesem Job.

Sie erreichten den Flur der dritten Etage, wo sie kurz am Absatz der Treppe stehen blieben. Riccardo klopfte seinem Kollegen auf die Schulter.

»Gute Arbeit, Michele«, ermunterte er ihn, und der Angesprochene quittierte das Lob mit einem verhalten stolzen Lächeln.

»Bis später also, Commissario.« Er nickte auch in Dianas Richtung. »Commissaria Brandt.«

Michele lief zurück die Stufen hinab, während Diana und Riccardo den Flur entlanggingen, bis sie Marchettis Büro erreicht hatten. Der Kommissar warf ihr nochmals einen kurzen Blick zu, klopfte dann.

»Herein!«, kam die Aufforderung von innen. Die beiden betraten den Raum und sahen Alessandra auf einem Stuhl sitzen, während der Polizeichef selbst mit den Hüften gegen seinen Schreibtisch lehnte. Er musterte die Neuankömmlinge kurz über den Rand seiner Brille.

»Ah«, observierte er mit dem leisesten Anflug von Sarkasmus. »Schön, dass Sie sich auch zu uns bemühen.«

Er schaute zurück zu Alessandra, die ihre Kollegen ein wenig betreten ansah, vielleicht auch eingeschüchtert. Diana fiel zudem sehr genau auf, dass Marchetti ihnen kein Angebot machte, sich ebenfalls zu setzen. Stattdessen fuhr er direkt fort: »Dottoressa Rasi hat mich gerade über Ihre Theorie informiert, dass der Killer aus einem rechtsextremen Motiv heraus handeln könnte.«

»Was halten Sie von der Annahme?«, fragte Diana vorsichtig nach. Marchetti schob sich von der Tischplatte weg und stand nun gerade, drehte sich dabei vollends in die Richtung der beiden Kommissare.

»Sie ist interessant«, erwiderte er. »Aber noch lange nicht bewiesen. Weshalb sie definitiv keine Handlungsgrundlage für aktive Ermittlungen darstellt. Insbesondere nicht dafür, einen völlig unbeteiligten Politiker zu verhören.«

Der Polizeichef hatte enorm schnell von der Sache mit Tindari erfahren. Aus Alessandras Ausführungen? Vielleicht, aber Diana hegte den starken Verdacht, dass er schon vorher davon gewusst hatte.

»Es gibt vielleicht keine konkrete Spur zur Forza Nazionale«, versuchte sich Riccardo zu erklären. »Aber wenn die Möglichkeit besteht, dass der Killer aus dem Umfeld der Partei stammt …«

»Es war ein Schnellschuss«, unterbrach Marchetti den Commissario barsch. »Und was mich daran vor allem stört, ist, dass Sie es nicht einmal mit mir abgesprochen haben. Sie sollten klüger sein, Fiorentini.« Der Blick des Polizeichefs wanderte hinüber zu Diana, und er war kalt und stechend. »Was Sie angeht, Commissaria Brandt, Sie haben Ihre Kompetenzen weit überschritten, und das werde ich Ihnen nur ein einziges Mal durchgehen lassen. Auch wenn Sie die Tochter von Adolfo Ferretti sind: Noch so eine Aktion, und Sie sitzen im nächsten Flugzeug zurück nach Deutschland. Haben wir uns verstanden?«

In Diana überschlugen sich die Emotionen. Ihr erster Instinkt war, ihr Handeln zu verteidigen, denn eine derart schroffe Zurechtweisung hatte sie definitiv nicht verdient; vielleicht auch die Schuld noch mehr auf sich und weg von Riccardo zu nehmen – schließlich war er skeptisch geblieben. Aber Marchettis Gesichtsausdruck projizierte deutlich, dass er nicht in der Stimmung für irgendeine wie auch immer geartete Argumentation war, und auch Riccardos Blick gab Diana zu verstehen, dass es eine weitere Eskalation zu vermeiden galt.

»*Perfettamente*«, erwiderte die Kommissarin schließlich kleinlaut und kam sich dabei vor wie ein gescholtenes Schulmädchen, was sie ungemein frustrierte.

Der Polizeichef nickte, machte ein paar Schritte um den Tisch herum, ließ seinen Blick dann zwischen den drei Ermittlern hin und her wandern.

»Signor Tindari hat eine Beschwerde eingereicht«, erklärte er.

»Wir haben keines seiner Persönlichkeitsrechte verletzt«, hielt Riccardo dagegen, jetzt entschlossener. Marchetti formte sein gewohnt kurzes, humorloses Lächeln.

»Keine offizielle Beschwerde«, ergänzte er dann. »Er hat lediglich einen Anruf gemacht. Den aber ganz oben.«

Riccardo legte die Stirn leicht in Falten, wirkte überrascht.

»Ich hätte nicht gedacht, dass er oder seine Partei so viel Einfluss haben.«

Marchetti warf dem Commissario einen kritischen Blick zu.

»Die Forza selbst vielleicht nicht. Aber Tindari hat Freunde in der Lega, und die Lega, wie Sie sicherlich wissen, ist an der Regierung beteiligt. Sie stellt unter anderem den Innenminister. Wer, glauben Sie, hat mich gerade angerufen?«

Diana merkte, wie physisch spürbar ein bitterer Geschmack in ihren Hals stieg. Der Gedanke, dass ein Mann wie Tindari Deckung von den höchsten Instanzen einer Regierung erhielt, war ihr zuwider. Es gab ihr ein Gefühl der Machtlosigkeit, und plötzlich stand sie vor ebenjener Mauer aus Korruption und Vetternwirtschaft, die ihr Geburtsland für sie mitunter so unerträglich machte. Sie konnte sich nur schwer vorstellen, wie Riccardo es schaffte, tagtäglich gegen solche Hürden anzukämpfen und nicht daran zu verzweifeln.

»Was bedeutet das für uns?«, fragte der Commissario nach, und es war leicht zu erkennen, dass auch er diese Gängelung als demütigend empfand.

»Das bedeutet, dass Sie die Finger von Tindari lassen«, erklärte Marchetti kühl. »Sollte sich tatsächlich ein greifbarerer Verdacht gegen die Forza ergeben, dann werden Sie damit zuerst zu mir kommen, und wir werden gemeinsam sehen, wie wir am besten vorgehen.«

Der Questore schaute noch einmal zwischen allen Anwesenden hin und her, wortlos ihre Zustimmung einfordernd, die er aus Mangel an Gegenargumenten auch erhielt.

»Gut«, stellte er fest. »Dann sind wir ja wieder auf einer Linie. Jetzt gehen Sie zurück an die Arbeit und fangen mir einen Mörder.«

Diana, Riccardo und Alessandra verließen den Raum gemeinsam, blieben im Flur neben einem der Fenster stehen. Die Sonne stand schon tiefer, sandte aber noch immer warme Strahlen ins Innere des Gebäudes. Die Kommissarin konnte nicht behaupten, dass sie eine beruhigende Wirkung auf sie gehabt hätten.

»Es tut mir leid, dass es so gelaufen ist«, äußerte Alessandra. »Ich habe ihm die Rohfassung meiner Motivationsanalyse gegeben. Das war wohl nicht genug.«

»Es war nicht dein Fehler«, entgegnete Diana, der die sichtbare Verunsicherung ihrer Kollegin leidtat. »Und den Verdacht eines ideologischen Täters fand Marchetti ja wohl auch schlüssig. Ich ... bin bei Tindari übers Ziel hinausgeschossen. Entschuldigt.« Sie warf auch einen kurzen Blick in Riccardos Richtung. »Aber ich bin mir nach wie vor sicher, dass er etwas mit den Morden zu tun hat. Auch wenn ich es nicht beweisen kann.«

»Leider sind uns in dieser Hinsicht nun erst einmal die Hände gebunden«, kommentierte der Commissario. »Also zunächst weg von den Instinkten und zurück zu den Fakten.«

»Von denen wir kaum verwertbare haben«, hielt Alessandra wahrheitsgetreu fest. Riccardo schaute kurz aus dem Fenster, atmete aus.

»Ich glaube, wir sind für heute alle ein bisschen zu angespannt, um noch wirklich sachlich zu denken«, sagte er. »Und es ist eh bald Dienstschluss. Wollen wir eine Nacht über alles schlafen und uns morgen früh mit klaren Köpfen zusammensetzen?«

Das klang in der Tat nach einer guten Idee. Diana nickte.

»Von mir aus gerne«, stimmt sie zu, warf aber auch noch einen Blick zu Alessandra. »Oder was meinst du?«

Die junge Psychologin überlegte kurz, zuckte dann mit den Schultern.

»Per me va bene«, sagte sie. »Ich kann meine Analyse auch zu Hause fertig schreiben.«

»Dann machen wir es so«, legte Riccardo fest. »Morgen früh um acht in meinem Büro.« Der Commissario schaute auf seine Uhr. »Ich muss noch einen Anruf machen. Also *buona serata.*«

Er lächelte den beiden Frauen kurz zu und ging dann in Richtung Treppe, holte dabei sein Handy aus der Tasche. Diana konnte sich denken, mit wem er noch einmal sprechen wollte. Sie schaute zu Alessandra, die sie etwas verlegen anlächelte.

»Deine Pension ist auch in Trastevere, oder?«, fragte die Psychologin.

»Richtig.«

»Wenn du magst, kann ich dich mitnehmen.«

Diana lächelte, und zum ersten Mal in den letzten Stunden spürte sie ein klein wenig Druck von sich abfallen.

»Gerne«, erwiderte sie.

Alessandras kleiner Fiat 500 war für eine Großstadt wie Rom ein sehr praktisches Auto, aber auch er bot keine Möglichkeit, den Feierabendverkehr der Hauptstadt zu umgehen. Und so fand sich Diana einmal mehr im Stau, noch auf der nördlichen Seite des Tibers. Sie schaute hinüber in Richtung des Kapitolshügels. Irgendwo durch diese Straßen war in den Nächten zuvor der Killer gefahren, jeweils mit einer Leiche in seinem Wagen, ohne die geringste Furcht. Der Gedanke ließ die Kommissarin wieder Wut empfinden, von der heute schon genug in ihr glomm, und so entschied sie sich, nach Ablenkung zu suchen.

Sie schaute hinüber zu Alessandra und kam nicht umhin, einmal mehr die natürliche Schönheit ihrer Kollegin zu bewundern – insbesondere in diesem Moment, in dem ihr

Gesicht und ihr lockiges Haar vom warmen Licht der Abendsonne erhellt wurden.

»Wie lange lebst du schon in Rom?«, erkundigte sich Diana.

»Erst seitdem ich hier arbeite«, erwiderte die Angesprochene. »Also ein halbes Jahr. Davor habe ich in Padua studiert.«

»Wolltest du von Anfang an zur Polizei?«

»Nein.« Alessandra schüttelte den Kopf, lächelte dabei und antwortete, während sie das Auto ein kleines Stück nach vorn bugsierte. »Ursprünglich sollte es ganz klassisch in die Therapie gehen. Aber der Weg zu einer eigenen Praxis ist lang und bürokratisch. Und als ich dann eine Freundin …« Die junge Frau stockte kurz, wirkte leicht unsicher und formulierte den Satz neu. »Eine Freundin von mir hatte sich auf forensische Psychologie spezialisiert, und ich dachte mir, das wäre vielleicht ein direkterer Weg, etwas Gutes zu tun.«

Diana fand das Zögern ihrer Kollegin im Nachhinein sehr vielsagend. Denn Alessandra hatte zunächst das Wort *ragazza* benutzt, was auf eine Beziehung schließen ließ, es aber im Folgesatz zu dem platonischen *amica* geändert. Ein interessantes Detail, aber es war ganz klar zu früh, dort nachzuhaken.

»Das war dir also wichtig?«, fragte Diana stattdessen, ebenfalls mit ehrlicher Neugierde.

»Definitiv«, erwiderte Alessandra. »Ich wollte einen positiven Beitrag leisten. Bist du aus demselben Grund Polizistin geworden?«

»Ja. Ich wollte auf der richtigen Seite sein.«

»Das klingt, als wärst du schon einmal auf der falschen gewesen.«

Diana spannte sich an. Alessandra war klug, und die Kommissarin musste aufpassen, nicht durch unüberlegte Antworten zu viel preiszugeben.

»Was ich meine, ist …« Sie suchte nach einer möglichst indirekten Antwort. »Wir können nicht alles Übel aus der Welt schaffen. Aber dort, wo wir die Chance haben, sollten wir es in jedem Fall versuchen.«

Alessandra lächelte, trat gleichzeitig aufs Gas und fuhr über die vor ihnen liegende Tiberbrücke, endlich den Stau hinter sich lassend.

»Das ist richtig«, entgegnete sie. »Ich glaube daran, dass die Dinge sich ändern können.«

»Fällt dir das manchmal schwer?«

Alessandra warf ihr einen kurzen, entschlossenen Blick zu.

»Bei jedem wichtigen Kampf müssen wir zunächst bei uns selbst anfangen, oder?«

Diana war in diesem Moment noch beeindruckter von der jungen Frau. Alessandra war nicht nur kompetent, sondern in ihr schlummerte auch eine ehrliche Überzeugung, noch unverfälscht von schlechten Erfahrungen und Zynismus. Sie erinnerte die Kommissarin an so viel, was sie im Laufe der Zeit verloren hatte, und in diesem Moment fühlte sie sich der Psychologin ungeheuer nahe. Und wäre ihr nur allzu gern noch näher gewesen.

Diana antwortete Alessandra nicht mit Worten, sondern lächelte nur leicht in sich hinein und nickte. Ihre Kollegin steuerte den Wagen durch ein paar Seitenstraßen, dann in eine Parklücke in der Nähe der Pension.

»Ich halte besser hier«, sagte sie. »Weiter drinnen ist es oft schwer, einen freien Platz zu finden.«

Diana löste den Gurt, hielt aber inne. In Alessandras Augen sah sie die der Psychologin eigene, leicht schüchterne Freundlichkeit, und es war schwer, mehr darin zu lesen, genau wie es im selben Moment leicht war, zu viel in den Blick hineinzuinterpretieren. Andererseits hatte sie einen Parkplatz gesucht, wenn Diana genauso gut auch schnell auf offener Straße aus dem Auto hätte springen können. Die Kommissarin war hin- und hergerissen zwischen dem, was sie in diesem Moment wirklich sehnsüchtig wollte, und dem, wovor sie am meisten Angst hatte. Beides war das Gleiche. Aber mehr noch als das … Wie gut würde es ihr tun, all den Frust fahren zu lassen und mit einer positiven Emotion zu ersetzen, wenn auch nur für ein paar Stunden?

Scheiß drauf. Volles Risiko.

Diana legte so viel Festigkeit wie möglich in ihren Blick und fragte direkt.

»Möchtest du noch mitkommen?«

Diana hatte den Arm um Alessandras Taille geschlungen, spürte die Wärme ihrer Haut, spürte ihr Atmen, und der ruhige, sinnliche Moment der Nähe fühlte sich auf gewisse Weise noch entspannender und befreiender an als alles Vorangegangene. Es war nicht ihr erster Sex seit der Trennung – *seit dem Ende* – gewesen, aber der erste in einem halben Jahr, und überhaupt das erste Mal seit Sabine, dass sie tatsächlich ein Gefühl der Verbundenheit gespürt hatte. Und während ein Teil von ihr sich darüber freuen wollte, drängte sie ein anderer zu großer Vorsicht.

Diana versuchte, die Bedenken zur Seite zu wischen und ausschließlich die positiven Aspekte der Erfahrung auf sich wirken zu lassen. Obwohl sie die Affäre initiiert hatte, war sie anfangs aufgeregt gewesen, vielleicht sogar unsicher, aber Alessandra hatte das Tempo gedrosselt, mit kleinen Zärtlichkeiten begonnen, ihr ein Gefühl von Verständnis und Sicherheit gegeben. Und tatsächlich hatte Diana irgendwann kein Problem mehr damit gehabt, die Kontrolle abzugeben, sich fallen zu lassen, einfach nur zu genießen, im Moment zu leben, ohne Nachdenken, ohne Erinnerungen. Es hatte sich wunderbar angefühlt, genauso wie der jetzige Moment des stillen Beisammenseins, der wortlosen Intimität. Diana hätte sich gewünscht, dass er für immer andauern würde, aber wusste doch gleichzeitig auch, dass sie das Echo der Vergangenheit nicht ewig aus ihrem Herzen verdrängen konnte und das Schweigen irgendwann enden musste.

Sie schaute hinüber zu Alessandra und bemerkte, dass die junge Frau sie aus ihren schönen braunen Augen aufmerksam beobachtete, gleichzeitig sanft lächelte.

»Danke«, entglitt es Diana, eigentlich zu ehrlich, aber in diesem Augenblick konnte sie nicht anders.

»Nichts zu danken. Es war sehr, sehr schön.«

Alessandra streichelte Dianas Hals, was die Kommissarin leicht erschaudern ließ, und küsste sie noch einmal zärtlich. Danach ließ die junge Frau ihren Kopf unmittelbar vor Dianas auf dem Kissen ruhen, und diese großen schwarzen Pupillen schienen direkt in ihre Seele zu schauen.

»Du warst ganz aufgeregt am Anfang«, sagte die Psychologin leise. Ihr Lächeln verriet nichts als ehrliche Empathie, und Diana musste dagegen ankämpfen, dass sich in ihrem

Inneren zu schnell wieder ihre schützenden Mauern aufrichteten.

»Es … war ein bisschen länger her«, antwortete sie vorsichtig.

Alessandra nickte, befeuchtete sich die Lippen auf kindlich-charmante Art. Aber sie sagte nichts mehr, obwohl es klar war, dass ihr etwas auf dem Herzen lag. Diana atmete aus.

»Frag einfach«, flüsterte sie.

»Ich möchte dir nicht zu nahe treten.«

»Frag.«

»Jemand hat dich sehr verletzt, oder?«

Diana streichelte kurz über Alessandras Rücken, drehte sich dann aber zur Seite weg und griff nach ihrem Tabak, der zusammen mit Zigarettenpapier und Filtern auf dem Nachttisch lag. Sie musste gut abwägen, was sie jetzt tun wollte, und es war besser, sich wenigstens eine Kippe zu drehen, irgendetwas zu tun, um diesen Moment zu kaschieren.

Konnte sie wirklich mit einer nahezu Fremden darüber reden? Andererseits würde sie Alessandra nach Aufklärung des Falles kaum wiedersehen, und das machte es unverbindlich. Außerdem … Einer Psychologin konnte durchaus etwas auffallen, was ihr selbst entgangen war. Und vielleicht wüsste sie ja eine Antwort auf dieses *Warum*, das Diana nun schon so lange so sehr quälte?

»Warum bist du so wütend?«, hatte Riccardo sie gefragt, und es war ein Tadel gewesen. Aber hatte sie keinen guten Grund, wütend zu sein? Hatte sie nicht *das Recht*, wütend zu sein?

Diana richtete sich halb auf, zog die Knie an, entzündete die Zigarette und nahm einen tiefen Zug.

»Meine letzte Beziehung …«

Sie stockte, suchte andere, bessere Worte.

»Sie hieß Sabine.«

»Wie lange wart ihr zusammen?«, erkundigte sich Alessandra.

»Über zwei Jahre. Bis … zum letzten Sommer.«

»Was ist passiert?«

Diana konnte nicht verhindern, dass ihr ein zynisches Schnaufen entfuhr.

»Genau das ist die Frage.«

Alessandra manövrierte sich ebenfalls in eine halb aufrechte Haltung, um den Blickkontakt wiederherzustellen. Die Kommissarin fokussierte sich auf die Glut der Kippe in ihrer Hand.

»Wie meinst du das?«, hakte die junge Psychologin nach. Diana schloss kurz die Augen. Es war das erste Mal, dass sie darüber sprach, und es fiel ihr unendlich schwer. Auch jetzt noch war es, als würde ein heißes Messer genau in ihr Herz getrieben.

»Wir waren … Ich dachte, wir wären sehr glücklich.«

»Es war etwas Besonderes für dich?«

»Ich habe niemandem vorher …« *Nein. Besser nicht von Vertrauen sprechen. Etwas Generelleres.* »Ich habe niemanden vorher so geliebt.«

Diana fühlte eine Träne über ihre Wange rinnen. Alessandra wischte sie zärtlich beiseite.

»Du musst nicht weiterreden, wenn es dich zu sehr mitnimmt.«

Die Kommissarin biss die Zähne zusammen, schüttelte den Kopf, nahm einen weiteren tiefen Zug.

»Ich … weiß einfach nicht, was passiert ist. Am letzten

Abend hatten wir noch ein wunderschönes Picknick am Ufer der Spree. Und dann … Es kam komplett aus dem Nichts. Sie ist nicht vorbeigekommen wie verabredet, hat sich nicht gemeldet. Ich, ich habe versucht, sie anzurufen, ich habe bei ihr geklingelt, aber … keine Reaktion. Sie war da, das Licht war an … Und dann lag ihr Schlüssel für meine Wohnung im Briefkasten.«

Diana hatte immer schneller geredet, je mehr sich der Knoten in ihrem Inneren löste. Die Worte taten unendlich weh, aber gleichzeitig fühlte es sich so befreiend an, sie endlich auszusprechen, die Gefühle zu teilen. Diana zuckte zusammen, als die Glut der unbemerkt abgebrannten Zigarette ihre Fingerkuppe versengte, und drückte sie hastig im Aschenbecher aus. Sie fing unmittelbar an, sich die nächste zu drehen, ließ ihren Blick dabei aber vorsichtig in Richtung Alessandras gleiten. Im Gesicht der jungen Frau stand mitfühlendes Interesse.

»Und du kannst dir keinen Grund dafür denken?«, fragte sie.

»Nein«, erwiderte Diana. »Das ist es ja. Wir haben uns nicht gestritten, uns nicht gelangweilt …« *Und ich war kurz davor, ihr mein Geheimnis zu verraten.*

»Sabine hat sich nie mehr bei dir gemeldet?«

Diana musste in ihrer Erregtheit mehrfach an ihrem Feuerzeug drehen, bis sie die nächste Zigarette entzündet hatte. Dann schüttelte sie den Kopf.

»Sie hat alles abgeblockt. Ich habe sie vor ihrer Wohnung abgepasst, habe sie gefragt, warum, habe sie angeschrien, aber … Sie hat kein Wort gesagt. Mich nicht einmal angesehen, nur zu Boden geschaut. Als wäre ihr mein Anblick unerträglich.«

Wieder wurden ihre Wangen feucht, doch diesmal wischte Diana die Tränen selbst weg.

»Und das macht es so schwer, weißt du?« Sie schaute wieder zu Alessandra. »Nicht zu wissen, warum. Natürlich habe ich schon Beziehungen verloren oder Freunde. Aber … Ich konnte mir immer einen Reim darauf machen. Es gab einen Grund. Und hier – gerade hier – habe ich keine Antwort.«

Alessandra dachte kurz nach, streichelte dabei zärtlich über Dianas Arm.

»Ich kann gut nachvollziehen, dass es dich belastet«, sagte die Psychologin schließlich. »Wenn man den Grund nicht kennt, ist es viel schwerer, damit abzuschließen.«

»Genau.« Diana nickte, zog an der Zigarette, fuhr auch ihrerseits über Alessandras Arm. Die Nähe tat gut, genauso wie die vorsichtige Hoffnung, verstanden zu werden. Alessandra sah ihr tief in die Augen, schien nach etwas zu suchen.

»Die Wahrheit zu kennen ist dir generell sehr wichtig, oder?«, fragte sie.

»Natürlich«, erwiderte Diana. »Sie ist das Wichtigste überhaupt. Allein schon im Beruf.«

»Was macht für dich die Wahrheit aus?«

»Bei einem Fall … das Motiv.«

»Und bei einem Menschen?«

Diana dachte nach, versuchte, so offen wie möglich zu antworten.

»Ehrlichkeit … natürlich. Und seine Entscheidung, gut zu sein oder schlecht. Andere zu verletzen oder nicht. Das ist sein wahrster Kern.«

Alessandra nickte.

»Es ist dein Beruf, Motive zu erkennen«, hielt die Psychologin fest. »Auch darum fällt es dir so schwer, oder? Sabine hat dich nicht nur als Mensch verletzt. Die Sache mit ihr lässt dich auch an deiner beruflichen Kompetenz zweifeln.«

Damit hatte sie recht, aber … Lag da ein Schimmer von Mitleid in Alessandras Blick? Für einen kurzen Moment kam es Diana so vor, und etwas in ihr verhärtete sich.

»Findest du es seltsam, dass ich nach einem Grund suche?«, hakte sie nach. Alessandra zögerte kurz, schüttelte dann den Kopf, antwortete langsam.

»Nein. Das auf keinen Fall. Du solltest dich nur nicht so abhängig davon machen.«

Wieder streichelte Alessandra über Dianas Arm, aber die Kommissarin empfand die Berührung nicht mehr als so beruhigend wie noch kurz zuvor. Sie drückte die Zigarette aus, sah der Psychologin direkt in die Augen.

»Also ist es eine Schwäche, die Wahrheit kennen zu wollen?«

Dianas Stimme war hart gewesen, und Alessandra zuckte kurz leicht zusammen. Sie verkrampfte sich, sah die Kommissarin verunsichert an, suchte etwas zu hektisch nach einer Erwiderung.

»Natürlich nicht. Aber du weißt doch, dass die Wahrheit nicht immer zu finden ist. Und das solltest du akzeptieren können, auch wenn es schwerfällt.«

Wann haben wir eigentlich aufgehört, über Sabine zu sprechen, und reden stattdessen über mich?

»Die Wahrheit existiert. Immer, irgendwo. Mit diesem Anspruch lebe ich.«

»Und du trägst die Bürde, sie in jedem Fall zu finden? Diana, daran wirst du zerbrechen.«

Woher willst du wissen, wie stark ich sein kann?

»Ich weiß, was ich mir schuldig bin.«

»Aber allein zwischen zwei Menschen gibt es doch immer zwei Perspektiven, und damit auch zwei subjektive Wahrheiten.«

Weisheiten aus dem Lehrbuch, nicht dem Leben.

»Nein. Ein Mensch entscheidet sich. Für das Recht oder das Unrecht. Und diese Wahl ist sein Maß.«

»Diana? Reden wir hier wirklich noch von Sabine?«

Tun wir nicht. Aber das werde ich dir nicht sagen. Und außerdem gilt es generell.

»Natürlich. Von wem denn sonst?«

»Aber dann musst du zumindest versuchen, sie loszulassen, auch ohne die Wahrheit zu kennen. Oder … Suche doch noch einmal das Gespräch. Am Ende verstehst du ihre Seite.«

»Sie hat sich komplett irrational verhalten. Es war ihr völlig egal, wie sehr sie mir wehtut. Und dann bin ich diejenige, die Verständnis haben soll?«

»Möchtest du nicht die Reifere von euch beiden sein?«

Du meinst, du musst mich belehren?

»Ich bin nicht deine Patientin.«

Es war falsch, dir zu vertrauen.

»Ich möchte dir doch nur helfen.«

Warum mache ich diesen Fehler immer wieder?

»Ich brauche keine Hilfe. Geh.«

Diana stand auf, hob Alessandras Sachen vom Boden auf und warf sie ihr aufs Bett. Die junge Frau schaute sie völlig konsterniert an.

»Bitte, lass uns doch …«, begann sie.

»Wir haben genug geredet. Geh.«

Alessandra griff nach ihrer Kleidung, hielt inne, straffte sich, schaute wieder zu Diana.

»Ich glaube wirklich, dass du mich gerade brauchst.«

In ihrer Stimme schwang ehrliche Zuneigung mit, aber Diana hörte sie nicht mehr. In diesem Moment und durch diese Worte wurden die Mauern in ihr so hart und hoch wie noch nie, und der letzte Funken Empathie entschwand aus ihrem Empfinden. Sie fixierte Alessandra und sprach die nächsten Sätze mit einer Stimme, vor der sie innerlich selbst erschrak.

»Was ich brauchte, war ein guter Fick. Den hatten wir. Jetzt *geh*.«

Auf Alessandras Gesicht erschienen Schattierungen von Verletztheit, Zorn und Scham, und die Tränen liefen diesmal über ihre Wangen. In jedem anderen Moment hätte es Diana das Herz gebrochen. Die junge Frau stand auf, zog sich mit zitternden Händen die wichtigsten Kleidungsstücke an, nahm dann den Rest und stürzte aus dem Zimmer, ohne Diana noch einmal anzusehen. Im Inneren der Kommissarin war kein Funken heißer Wut; es herrschte nur stumpfe Kälte. Sie hörte das Zuschlagen der Tür wie von weit weg, doch das Echo schien ewig nachzuhallen.

Diana wusste nicht, wie lange sie unbewegt in der Mitte des Zimmers gestanden hatte, bevor sie sich anzog, ihre Drehutensilien vom Bett nahm und sich auf die Fensterbank setzte. In ihrem Innersten kämpften verschiedenste widerstrebende Emotionen, während ein böiger Nachtwind den Rauch vor ihren Augen wirbeln und tanzen ließ; aber auch viele Stunden später, als die letzte Zigarette erlosch und der Tabak alle war, hätte Diana nicht sagen können, woran sie in all der Zeit überhaupt gedacht hatte.

Es war gegen fünf, als ihr Telefon klingelte und Riccardo ihr sagte, dass man das nächste Opfer gefunden hatte. Ein neuer Impuls, und zumindest konnte der neue Tag kaum noch schlimmer werden. Die Kommissarin schloss die Augen, atmete mehrmals tief ein und aus, konzentrierte sich auf die eine Sache, die ihr im Moment noch Klarheit bot, und begann wieder zu funktionieren.

Die Strahlen der Morgensonne blendeten Diana, weshalb sie ihre Sonnenbrille noch ein Stück näher vor ihre Augen rückte. Zudem tat nach der schlaflosen Nacht ihr Kopf weh, und das permanente Rumpeln des Wagens war ihrem zerfahrenen Zustand kaum zuträglich. Riccardo navigierte das Auto mehr schlecht als recht über das Kopfsteinpflaster der antiken Via Appia, auf der einst die römischen Legionen marschiert und Streitwagen einhergefahren waren, die aber kaum für den modernen Verkehr geeignet war. Normalerweise war die uralte Prachtstraße für Autos gesperrt, aber heute mussten ihre Steine das Gewicht ganzer Kolonnen von Fahrzeugen tragen.

Riccardo hatte Diana abgeholt, ihren übermüdeten Zustand sicher bemerkt, aber dankbarerweise nicht weiter kommentiert. Sie waren weitgehend wortlos ein Stück nach Südosten gefahren, denn bis auf die Art des Mordes hatte auch der Commissario noch keine weiteren Informationen; aber allein die Vorstellung hatte Diana erschaudern lassen. Wenn die Worte ihres Kollegen tatsächlich der Wahrheit entsprachen, hatte der Killer mit seiner dritten

Tat alles Vorangegangene bei Weitem in den Schatten gestellt.

Über eine Landstraße waren sie zur Via Appia Antica gelangt, an deren Einfahrt einige Polizisten die Autos der Presse von der Durchfahrt abhielten, aber nicht verhindern konnten, dass sich die Reporter zu Fuß auf den Weg zum Tatort machten. Der Wagen der beiden Kommissare überholte sie in regelmäßigen Abständen.

Links der Straße lagen meist eingezäunte, von Bäumen verborgene Anwesen, während sich auf der rechten Seite Felder und Wiesen erstreckten und einzelne Pinien und Zypressen den Weg säumten. Ab und zu passierten sie verlassene Häuser und altrömische Ruinen.

Die Fahrt dauerte glücklicherweise nicht allzu lange, und schon nach wenigen Minuten konnte Diana die Traube aus Fahrzeugen und Menschen ausmachen, die sich bereits dort gesammelt hatten, wo ein Spaziergänger die Leiche am frühen Morgen gefunden hatte. Riccardo bugsierte den Wagen so nahe wie möglich heran, parkte dann auf der linken Seite des Weges, wozu er das Auto unsanft über einige Randsteine setzen musste.

Diana stieg aus, zog kurz die noch frische Morgenluft in ihre Lungen, und auch der nach wie vor leicht wehende Wind erfrischte sie ein wenig. Gemeinsam mit Riccardo ging sie auf die Kollegen zu, unter denen sie einige vertraute Gesichter wahrnahm, zum Beispiel Michele. Alessandra schien noch nicht eingetroffen zu sein, und dafür war die Kommissarin überaus dankbar.

Während Riccardo einige Sätze mit den Anwesenden austauschte, trat Diana bereits durch den äußeren Ring aus Beamten – und stand einen Moment später vor dem Opfer.

Sie hatte sich mental auf den Anblick vorbereiten können, doch trotzdem stockte ihr der Atem. Denn etwas Vergleichbares hatte sie noch nie gesehen.

Die Kommissarin bückte sich unter dem Absperrband durch, nahm ihre Sonnenbrille ab und starrte ungläubig hinauf zu dem Mann, der vor ihr an ein hölzernes Kreuz genagelt hing. Seine Füße befanden sich etwa auf Kopfhöhe, denn es war ein großes Kreuz, eingelassen in ein Loch im Erdreich und auf Bodenhöhe zusätzlich fixiert mit vier Holzblöcken, die mittels Metallwinkeln an dem massiven zentralen Balken befestigt worden waren. Der gekreuzigte Mann wurde von der Morgensonne in ein goldenes Licht getaucht, was den Anblick noch surrealer wirken ließ. Er schien im mittleren Alter zu sein, doch Genaueres konnte man nur erahnen, da sein dichter Bart und das herabhängende lange Haar sein Gesicht größtenteils verdeckten. Massive Nägel ragten aus den Händen und den nackten Füßen des Leichnams, gerahmt von geronnenem Blut. Der Mörder hatte zudem den Oberkörper seines Opfers entkleidet, und somit waren die beiden Einschusslöcher klar erkennbar, die sich in der Schulter und im zentralen Brustbereich des Toten befanden. Scheinbar hatte der Killer noch weniger als zuvor Wert auf die exakte Todesart gelegt, was bei dieser Art der langsamen Hinrichtung aber auch unmöglich gewesen wäre. Dafür war die Inszenierung beispiellos, und zahlreiche klickende Kameras waren bereits in diesem Moment dabei, das neue Meisterstück des Mörders für die Augen der ganzen Welt festzuhalten.

Diana schaute hinüber zu Riccardo, der in der Zwischenzeit neben sie getreten war, und auch ihr Kollege schien überwältigt von morbider Faszination.

»Wie hat er das geschafft?«, stellte die Kommissarin die brennendste Frage.

»Zumindest was den Transport angeht, wissen wir es«, erwiderte der Commissario und deutete ein Stück weiter die Straße hinunter, wo die ausgebrannten Reste eines großen Lieferwagens gerade von Beamten der Spurensicherung untersucht wurden. Trotzdem schien der zentrale Balken des Kreuzes doch viel zu lang …

Diana schaute genauer hin und korrigierte sich. Der Hauptbalken bestand aus zwei Teilen, die in der Mitte noch einmal durch Metallstreben miteinander verbunden worden waren. Also insgesamt drei gleich große Teile, die problemlos in den Laster gepasst haben dürften. Dennoch – der Gesamtaufwand der Aktion war kaum fassbar. Der Mörder musste Werkzeug dabeigehabt haben, mit dem er das Kreuz vor Ort montiert hatte, und dann Seile, um es aufzurichten, zudem wahrscheinlich eine Winde …

»Das hier kann kein Einzelner realisiert haben«, hielt die Kommissarin das Offensichtliche fest. »Sie müssen zu zweit gewesen sein.«

»Mindestens.« Riccardo nickte. »Und von vornherein mit zwei Wagen unterwegs. In den Lieferwagen haben sie danach das Werkzeug gepackt und alles zusammen zerstört. Mit dem anderen Auto sind sie weggefahren.«

»Warum haben sie den Wagen diesmal verbrannt?«

Der Commissario zuckte mit den Schultern.

»Schwer zu sagen. Vielleicht war sich der Killer nicht sicher, dass sein Komplize keine Spuren hinterlassen würde. Auf jeden Fall waren sie gründlich und haben zusätzlich noch Säure benutzt.«

»Was meinst du, wie lange sie für all das gebraucht haben?«

Der Commissario ließ seinen Blick an dem Kreuz auf und ab schweifen, betrachtete auch die tiefen Reifenspuren dort, wo der Laster zum Aufrichten der Konstruktion benutzt worden war.

»Sie mussten das Kreuz montieren, die Leiche befestigen, alles hochziehen und nochmals verstärken, dann den Lieferwagen zerstören … Selbst wenn sie es geübt haben, würde ich sagen, mindestens eine halbe Stunde. Aber eher eine ganze.«

Diana nickte – sie hätte genauso geschätzt.

»Und das alles konnten sie unbemerkt machen?«

»Schau dich um«, erwiderte Riccardo. »Sie haben sich ein Stück der Straße ausgesucht, das nicht an ein Anwesen grenzt. Freies Feld auf beiden Seiten, aber zumindest noch ein paar Bäume am Rand, damit sie selbst gut verdeckt waren. Und die Via Appia ist zwar tagsüber recht beliebt zum Spazierengehen und Radfahren, aber nachts ist hier kein Mensch unterwegs.«

Zwei Gerichtsmediziner traten an den Commissario heran.

»Wir sind mit der fotografischen Erfassung fertig«, vermeldeten sie. »Mit Ihrem Einverständnis würden wir die Leiche jetzt loslösen.«

Riccardo nickte.

Die beiden Männer winkten einige Kollegen heran, die zwei Leitern an beiden Armen des Kreuzes positionierten. Die Gerichtsmediziner stiegen zunächst nur auf die unteren Sprossen und begannen, die Nägel aus den Füßen des Toten herauszuziehen. Das leise, aber dennoch vernehmbare Geräusch, mit dem das Metall durch Fleisch und Knochen schleifte, fuhr Diana bis ins Mark.

»Woher kommt auf einmal der Komplize?«, fragte sie Riccardo, auch um sich von dem morbiden Vorgang abzulenken. »Hat er ihn diesmal nur wegen des Aufwands gebraucht, oder war er schon vorher involviert?«

»Lass mich nachdenken«, entgegnete der Commissario. »Den ersten Mord hat der Killer offensichtlich allein begangen, und auch für den zweiten brauchte er eigentlich keine Hilfe. Ich glaube irgendwie nicht, dass er der Typ ist, der im Team arbeitet. Aber das müssen wir Alessandra fragen.«

Die Erwähnung der Psychologin ließ Diana innerlich kurz zusammenzucken. Die unausweichliche Konfrontation bereitete ihr jetzt schon Unbehagen.

»Warum die Via Appia?«, dachte sie weiter laut nach. »Natürlich, sie liegt abseits, genau richtig für so eine aufwendige Aktion. Aber fanden Kreuzigungen nicht normalerweise in den Arenen statt?«

»Das stimmt«, antwortete Riccardo. »Aber du vergisst Spartakus.«

Natürlich. Die Kommissarin schalt sich innerlich selbst eine Närrin. Wie hatte sie das vergessen können, wo sie doch bereits in ihrer Jugend den berühmten Film gesehen hatte? Die Sklaven des Spartakusaufstands, entlang der Via Appia kilometerweit an Kreuze genagelt, eine Warnung an die ganze Welt, sich nicht gegen die Macht Roms zu erheben. Aber welche Warnung hatte der Killer heute gesandt? Wer war das mysteriöse Opfer?

Die Gerichtsmediziner waren mittlerweile bis auf die obersten Sprossen der Leitern gestiegen, zogen simultan die Nägel aus den Händen des Leichnams, stützten gleichzeitig den Körper und ließen ihn dann vorsichtig nach unten gleiten, wo zwei weitere Kollegen ihn auffingen. Sie bugsierten den Toten auf eine Plane, die neben dem Kreuz im noch mit Morgentau feuchten Gras lag.

»Jetzt bin ich gespannt«, sagte Riccardo. Er kniete sich neben die Leiche, nickte einem der Gerichtsmediziner zu. Der Beamte drehte den Kopf der Leiche nach oben, wischte das Haar aus dem Gesicht des Mannes – und Diana sah Riccardo buchstäblich erbleichen.

»Porco dio!«, entfuhr dem Commissario ein durchaus heftiger Fluch.

»Du kennst ihn?«, erkundigte sich Diana begierig.

Der Commissario stand wieder auf, nickte und warf ihr einen Blick zu, in dem sowohl Unglauben als auch ernste Besorgnis standen.

»Das ist Ettore de Luca«, sagte er. »Einer der meistgesuchten Bosse der Camorra.«

Augenblicklich erschrak auch Diana zutiefst. *Die Mafia.* Die Mafia war jetzt Teil ihres Falles. Und sie wusste nur zu gut, dass es nun nur noch eine Frage der Zeit sein würde, bis die Vergangenheit in aller Direktheit an ihre Tür klopfte.

Ein Blitzlicht blendete die Kommissarin. Einer der Reporter hatte es durch die Absperrung um den Tatort geschafft und machte Fotos des Opfers.

»Gottverdammt!«

Riccardo zerrte den Fotografen persönlich beiseite und signalisierte zwei in der Nähe stehenden Carabinieri. »Schafft den Mann hier weg! Und passt gefälligst besser auf!«

Die Polizisten führten den heftig ob seiner Pressefreiheit protestierenden Reporter zurück hinter das Absperrband, aber der Schaden war nun bereits angerichtet. Riccardo strich sich leicht fahrig über die Stirn, schaute wieder in Richtung des Leichnams.

»Was können Sie mir über die Schusswunden sagen?«, fragte er einen der Gerichtsmediziner.

»Auf die Schnelle …« Der Mann betrachtete den Oberkörper der Leiche. »Ein Pistolenschuss direkt ins Herz, sehr wahrscheinlich die Todesursache. Der Einschuss an der Schulter stammt von einem Gewehr. Großkalibrig. Und nach der Austrittswunde zu schließen, aus der Distanz abgefeuert. Ich würde auf ein Präzisionsgewehr tippen, aber das muss die Ballistik klären.«

Riccardo nickte.

»Danke«, sagte er. »Bringt ihn jetzt weg.«

Die beiden Männer hievten den Toten auf eine Bahre und trugen ihn, nun vollständig bedeckt, in Richtung des Leichenwagens.

»Das ist übel«, kommentierte der Commissario zu Diana schauend. »Dieser Mord sorgt für ein Erdbeben in der Unterwelt.«

»Einen Mafioso hatten wir bei möglichen Opfern nicht bedacht.«

»Das war ein Fehler. Natürlich ist die Mafia ein wesentlicher Teil der Korruption Italiens. Der Mörder konnte sie kaum auslassen. Aber das hier …«

»Was meinst du?«

Es war nach wie vor offensichtlich, wie die Gedanken im Kopf des Commissarios rasten.

»Es gibt eine eigene Task Force, die nach de Luca sucht. Und sie hatte nach letztem Stand keinerlei Anhaltspunkte zu seinem Aufenthaltsort. Wenn nicht einmal wir wussten, wo er sich versteckt, woher dann der Killer?«

Das war in der Tat eine hochinteressante Frage. Aber bevor sie sich näher mit ihr auseinandersetzen konnten, wurden sie von Michele unterbrochen, der, noch mit dem Telefon am Ohr, zu ihnen eilte.

»Commissario, Commissaria«, rief der junge Polizist. »Wir haben den Tatort gefunden, an dem das Opfer wahrscheinlich erschossen wurde!«

»Wo?«, erkundigte sich Riccardo wissbegierig.

»Eine Farm etwas weiter außerhalb«, kam die Antwort. »Und dort gibt es zwei weitere Tote. Scheinbar aus der Distanz erschossen.«

Der Commissario atmete kurz ein und aus, fokussierte sich.

»*Va bene*«, sagte er dann. »Gib mir die Adresse, wir fahren sofort hin. Ich will so schnell wie möglich einen Scharfschützen vor Ort haben, und auch Alessandra soll direkt zu der Farm kommen.«

»Verstanden!« Michele führte das Telefon wieder an sein Ohr, erkundigte sich nach der Adresse, schrieb sie dann auf einen Zettel, den er Riccardo in die Hand drückte. Anschließend gab er die Befehle des Commissarios weiter, doch da waren dieser und Diana bereits auf dem Weg zu ihrem Auto.

Wieder rumpelte der Wagen über unebenen Untergrund, diesmal einen Feldweg mit zahlreichen Schlaglöchern. Diana war nicht wirklich an ihrer Umgebung interessiert, sondern starrte stattdessen auf das Display ihres Smartphones, wo sich die Internetseite nur unendlich langsam aufbaute – hier draußen gab es kaum Netzverbindung. Doch dann sah sie endlich die Ergebnisse ihrer Suche, und die Befürchtung der Kommissarin wurde unmittelbar bestätigt: Es gab bereits erste Berichte über de Lucas Ermordung inklusive der Bilder seines Leichnams. Das hieß, spätestens jetzt wusste es auch Orsino Licata. Wie lange würde es dauern, bis er seine Männer herschickte? Oder waren sie schon längst hier in Rom?

Die diffuse Beklommenheit in Dianas Innerstem wandelte sich zunehmend in eine fatalistische Gewissheit. Was jetzt kam, würde sie nicht ändern können, und es blieb ihr keine Möglichkeit mehr, der sich ausstreckenden Kralle ihres Erbes zu entrinnen. Sie konnte sich lediglich auf den Fall konzentrieren, Kommissarin sein. Auf der richtigen Seite bleiben.

Sie schaute auf, als Riccardo den Wagen stoppte. Vor ihnen lag ein unscheinbares, leicht heruntergekommenes Farmhaus mit einem alten Viehstall; neben dem Gelände parkten mehrere Polizeiwagen. Das Gebäude war auf allen Seiten von brach liegenden Feldern umgeben – ein gutes Versteck, dem sich zumindest bei Tag niemand unbemerkt nähern konnte.

Diana stieg gemeinsam mit Riccardo aus und brauchte nur um die Kühlerhaube herumzutreten, um die beiden weiteren Opfer zu sehen. Die Leichen lagen zwischen der Haustür und einem davor parkenden Geländewagen mit getönten Scheiben. Bei einem der Toten konnte Diana eine Schusswunde direkt am Herzen ausmachen, bei dem zweiten je einen Einschuss links in der Brust und am Kopf. Die Schwere der Verletzungen deutete auf eine Mordwaffe von großem Kaliber hin, sehr wahrscheinlich auch hier ein

Scharfschützengewehr. Die beiden Opfer waren ebenfalls bewaffnet gewesen – der Mann mit der Herzwunde lag näher bei der Haustür, seine Pistole steckte noch im Schulterhalfter. Der andere Mann hatte Zeit gehabt, seine Waffe zu ziehen und einige Schritte in Richtung des Autos zu machen, bevor ihn der tödliche Schuss getroffen hatte.

»De Lucas Leibwächter«, kam Riccardo zu demselben Schluss wie die Kommissarin.

»Und dort hat es ihn selber erwischt.«

Diana deutete auf die Blutspuren neben und an der dem Gebäude zugewandten Seite des Wagens, wo der Mafioso scheinbar Schutz gesucht hatte.

»Gut möglich«, stimmte ihr Kollege zu. Diana ließ ihren Blick über das Feld links des Autos schweifen. In einiger Distanz waren zwei Männer auszumachen.

»Was meinst du, haben die Täter von dort drüben geschossen?«

Der Commissario folgte ihrem Blick, winkte dann einen der beistehenden Polizisten heran.

»Wer ist das dort auf dem Feld?«, erkundigte er sich.

»Die Spurensicherung«, erwiderte der ältere, bärtige Beamte. »Und ein Scharfschütze.«

Riccardo zog überrascht eine Augenbraue hoch.

»Das ging schnell«, kommentierte er, deutete dann in Richtung des Gebäudes. »Haben Sie im Haus schon etwas gefunden?«

»Wir sind noch bei der Untersuchung«, kam die Antwort. »Größere Vorräte an Nahrungsmitteln, ansonsten bislang nichts Auffälliges.«

Riccardo bedankte sich bei seinem Kollegen und schaute dann zu Diana, nickte in Richtung des Feldes.

»Komm, lass uns mit dem Schützen reden.«

Diana folgte bereitwillig, sah noch einmal zurück. Es kamen weitere Wagen an, aber Alessandra konnte sie noch nicht ausmachen. *Gut.*

Das Feld war mit poröser Erde und vertrockneten Grassoden bedeckt, die das Laufen anstrengend machten. Mehrfach versank die Kommissarin auf dem recht langen Weg mit ihren Schuhen tief im Boden; gleichzeitig achtete sie darauf, nicht aus Versehen auf bereits existierende Fußabdrücke zu treten. Die körperliche Anstrengung ließ die Müdigkeit in ihr wieder an die Oberfläche treten, und sie konnte nicht vermeiden zu gähnen. Riccardo schaute zu ihr hinüber.

»Du hast wenig geschlafen, oder?«, fragte er nun doch nach.

»Unruhig«, nahm Diana eine ihr wichtige Korrektur vor. »Viele Gedanken.«

»Mir ging es ähnlich«, kommentierte Riccardo.

»Auch wegen des Falles?«, erkundigte sich die Kommissarin, und schämte sich ob ihrer Unehrlichkeit.

»Unter anderem.«

Riccardo lächelte mit einem Hauch von Traurigkeit. Diana war klar, dass ihn die Gefühle für seine Tochter um den Schlaf gebracht haben mussten. Sie nickte nur – wie sie hoffte, mit sichtbarem Verständnis – und ging neben ihm weiter.

Der Scharfschütze und der Mann von der Spurensicherung knieten am Boden, als sich die beiden Kommissare ihnen näherten. Vier Patronenhülsen waren bereits mit Schildern markiert worden. Riccardo blieb stehen, schaute sich um.

»Müssen wir auf Spuren achten?«, fragte er in Richtung seiner Kollegen. Einer der Männer stand auf, zeigte mit der Hand nach links.

»Kommen Sie dort herum«, wies er sie an. Riccardo und Diana folgten der gewiesenen Route, traten dann neben den Mann, der sich als Mario Schiavone von der Spurensicherung vorstellte.

»Was haben wir?«, fragte ihn Riccardo.

»Nicht viel«, kam die Antwort. »Es waren zwei Täter. Sie haben den Wagen dort hinten geparkt …« Schiavone deutete auf einen nahegelegenen Feldweg. »… und sind dann die wenigen Schritte bis hierher gelaufen.«

Diana folgte der Strecke mit dem Blick. Es waren Ausbuchtungen von Schuhen erkennbar, aber ohne Profil. Die Kommissarin musste kurz nach den richtigen italienischen Worten für ihre Folgefrage suchen. Es fehlte ihr nach wie vor an Konzentration.

»Abgeschliffene Sohlen?«, erkundigte sie sich schließlich.

»Genau«, pflichtete ihr Schiavone bei. »Und zusätzlich wahrscheinlich noch Überzieher.« Der Mann zeigte auf den platt gedrückten Boden zu ihren Füßen. »Hier haben sie sich dann hingelegt, ich würde schätzen, auf eine Plastikplane.«

Wieder die perfekte Methode, um Spuren zu minimieren. Der Mörder dachte nach wie vor an jedes Detail.

»Sie sind der Scharfschütze, richtig?«, wandte sich Riccardo an den zweiten Mann, der zunächst in seiner hockenden Stellung verblieben war und mit dem Blick konzentriert die Distanz zum Farmgebäude abwog. Jetzt stand er auf und wandte sich den beiden Kommissaren zu. Der

Mann war vielleicht Mitte dreißig, mit kurzem Haar und von drahtiger, aber gut trainierter Statur.

»Das stimmt«, erwiderte er, musterte dann Diana und Riccardo abwartend.

»Commissario Fiorentini, Mordkommission«, übernahm Letzterer die Vorstellung. »Das ist Commissaria Brandt aus Deutschland.«

»Gianluca Vinci, Nucleo Operativo«, stellte sich der Scharfschütze als Mitglied einer Anti-Terror-Einheit vor.

»Was können Sie uns zu den Tätern sagen?«, fragte Riccardo. Vinci nickte in Richtung des Farmhauses.

»Zunächst einmal müssen wir die Entfernung betrachten«, führte er aus. »Das hier sind etwa tausendzweihundert Meter. Präzise Schüsse auf diese Distanz leistet nur ein trainierter Scharfschütze.«

»Trainiert wo?«, hakte Diana nach. »Polizei? Militär?«

»Definitiv Militär«, kam umgehend die Antwort. »Polizeischützen sind für Einsätze mit geringerem Operationsradius ausgebildet.«

»Also waren beide Täter beim Militär?«, fragte Riccardo. Vinci schüttelte den Kopf.

»Das glaube ich nicht«, erwiderte er. »Wir haben zwei identische Waffen, beide Armeestandard mit Vollmantelgeschossen. Aber nur einer der Schützen wusste damit umzugehen.«

Diana spannte sich an. Konnte es sein, dass sie jetzt endlich etwas Konkretes über den Mörder erfuhren?

»Woraus schließen Sie das?«, erkundigte sich die Kommissarin.

»Die Qualität der Schüsse. Ich nehme an, Sie haben die Opfer gesehen?«

Riccardo und Diana nickten.

»Der erste Leibwächter wurde mit einem platzierten Schuss ins Herz getötet«, fuhr Vinci fort. »Da sie ohne Spotter arbeiten mussten, macht das Sinn. Man zielt auf den Torso, und auch falls man nicht ganz genau trifft, verursacht man mit einem Projektil dieser Größe nahezu sicher eine tödliche Wunde.«

»Aber der Schuss war präzise«, hielt Riccardo fest.

»Ja. Und das, obwohl es gestern Nacht windig war. Gerade hier, auf offenem Feld. Dieser Schütze war sehr erfahren.«

»Und der andere Täter?«, wollte Diana wissen.

»Er hat wahrscheinlich zeitgleich auf den zweiten Leibwächter geschossen, aber nur die Brust getroffen und maximal die Lunge verletzt. Daraufhin musste Schütze Nummer eins schnell neu anlegen, denn der Leibwächter hätte es beinahe hinter die Deckung des Wagens geschafft.«

»Also hat er mit einem Kopfschuss ein sich bewegendes Ziel ausgeschaltet«, führte der Commissario die Rekonstruktion des Scharfschützen fort.

»Genau«, stimmte dieser zu. »Und das ist unter diesen Umständen eine außerordentliche Leistung. Ich glaube nicht, dass es mir gelingen würde.«

»De Luca hatte eine Schusswunde in der Schulter«, lieferte Diana Vinci das Teil des Puzzles, das er wahrscheinlich noch nicht kannte. »Also hat hier vielleicht wieder der zweite Schütze gefeuert und erneut ungenau getroffen?«

»Gut möglich«, erwiderte Vinci. »Die Leibwächter waren ausgeschaltet, das Hauptziel dann zumindest verwundet. Die Täter konnten schnell einpacken, hinüberfahren und de Luca aus kurzer Distanz töten.«

»Genauso war es«, bestätigte Riccardo. »Ein Pistolenschuss ins Herz.«

Dianas Gedanken drehten sich weiterhin um die Identität des zweiten Mannes.

»Also wenn der andere Schütze weniger fähig war, was ist dann Ihrer Meinung nach sein Hintergrund?«, fragte sie Vinci.

»Ich sage nicht, dass er kein guter Schütze ist«, korrigierte dieser die Kommissarin leicht. »Er hat unter widrigen Umständen trotzdem zweimal getroffen. Er war nur nicht so gut wie sein Mittäter.«

»Das heißt?«, drängte Riccardo.

»Erfahrung am Gewehr, aber keine militärische Ausbildung. Vielleicht ein Jäger, oder er trainiert in einem Schützenverein.«

Ein unheilvoller Gedanke schoss spontan durch Dianas Gedanken.

»Sie sagten, Polizeischützen sind für eine solche Distanz wie hier nicht ausgebildet«, formulierte sie langsam. »Also wenn der zweite Täter fähig war, aber nicht fähig genug – könnte er auch ein Scharfschütze von der Polizei gewesen sein?«

Diesmal kam Vincis Antwort zum ersten Mal nicht ohne Umschweife. Stattdessen musterte er Diana kurz, wog seine Antwort auf ihre Frage vorsichtig ab.

»Das kann man nicht ausschließen«, erwiderte er schließlich, wenn auch leicht widerstrebend.

»Vielen Dank«, beendete Riccardo für den Moment die Unterredung. »Das hilft uns sehr. Bei weiteren Fragen kommen wir auf Sie zurück.«

Vinci nickte nur knapp. Diana trat mit dem Commissario ein paar Schritte zur Seite, stellte unmittelbar die Frage, die ihr am dringlichsten schien.

»Was denkst du – wer von den beiden Tätern war der Serienkiller?«

Riccardo überlegte nur kurz.

»Ich würde denken, der weniger erfahrene Schütze. Denn wenn er selbst Militär oder Exmilitär wäre, warum dann nicht einen Kollegen mit derselben Erfahrung heranholen?«

»Das war auch mein Gedanke. Aber wie hat er einen solchen Profi gefunden? Oder ihn für seine Sache begeistert?«

Diesmal zögerte der Commissario einen Moment mit seiner Erwiderung.

»Die zweite Frage kann ich dir nicht beantworten«, sagte er. »Aber was den Kontakt angeht – vielleicht hat er ihn von derselben Quelle wie die Information, wo sich de Luca überhaupt versteckt hielt.«

Diana spannte sich an.

»Woran denkst du?«, erkundigte sie sich mit brennender Neugier.

»Wer weiß, wo sich ein Mafioso versteckt?«, antwortete ihr Kollege mit einer Gegenfrage. »Und wer hat Kontakte zu professionellen Killern?«

Natürlich.

»Die Mafia selbst.«

»Genau.«

»Du glaubst, der Mörder hat Mafiakontakte?«

»Vielleicht keine direkten. Aber …«

Wieder zögerte Riccardo kurz, dachte nach, fuhr dann sehr überlegt fort: »Unter Umständen hattest du recht mit deinem Verdacht bezüglich der Forza.«

Diana war überrascht.

»Gibt es denn eine Verbindung zwischen der Partei und der Mafia?«

Riccardo nickte.

»Ostia.«

»Der Hafen des antiken Roms?«

»Und jetzt im Sommer das Baderesort für alle Hauptstädter«, erläuterte der Commissario. »Aber der Lido ist nur ein kleiner Teil. Dahinter liegt ein soziales Problemviertel mit viel Armut und Kriminalität.«

Das war noch immer zu wenig. Sie konnte Riccardos Argument nicht folgen.

»Also hat die Mafia dort großen Einfluss?«, fragte Diana nach.

Riccardo nickte. »Es gab ein paar kleinere Scharmützel, aber seit ein paar Jahren ist das Viertel fest in der Hand des Serrano-Clans. Drogenhandel, Schutzgelderpressung – die üblichen Dinge. Weiter drinnen in Rom würden sie damit nicht durchkommen, aber in Ostia gibt es so wenig Vertrauen in den Staat, dass kaum jemand zu reden wagt.«

Omertà. Diana kannte das Gesetz des Schweigens nur zu gut aus Sizilien. Und im selben Moment entdeckte die Kommissarin in Riccardos Antwort den Schlüssel, nach dem sie gesucht hatte.

»Wenig Vertrauen in den Staat«, hielt sie fest. »Genau wie bei den Wählern der Forza?«

»Exakt«, erwiderte der Commissario. »Noch vor einigen Jahren haben sich linke Parteien um die Sozialarbeit in Ostia gekümmert. Aber mittlerweile konnten sich Tindaris Leute dort festsetzen. Sie haben sogar eine sogenannte Bürgerwehr vor Ort.«

Jetzt fügten sich die Fäden zusammen.

»Was sie kaum ohne Duldung der Mafia tun könnten.«

Wieder nickte Riccardo.

»Die Serranos und die Forza haben sich verbündet. Es gibt keine Beweise, niemand redet, aber letztendlich ist es ein offenes Geheimnis.«

Diana fröstelte innerlich. Ein ganzes Stadtviertel, kontrolliert von der Mafia und einer faschistischen Partei, und das unmittelbar am Rande Roms? Mit einem solch düsteren Szenario hatte sie selbst in ihren schlimmsten Vorstellungen nicht gerechnet. Aber gleichzeitig eröffnete es für den Fall faszinierende Perspektiven, und die Gedanken der Kommissarin überschlugen sich bei dem Versuch, alle entstehenden Fragen und Folgerungen in eine sinnvolle Ordnung zu bringen.

»Also wenn der Killer einen möglichst mächtigen Mafioso umbringen wollte, dann hätte er diese Information über die Serranos erhalten können. Und bei ihnen auch einen Scharfschützen zur Unterstützung anheuern.«

»Oder es lief eher indirekt«, überlegte Riccardo, offensichtlich in seinem eigenen Strudel morbid faszinierter Inspiration gefangen. »Wir beide wissen, wie vorsichtig unser Mörder ist. Wenn Tindari als Mittelsmann fungiert hat – oder sonst jemand aus der Forza –, müssten sich der Scharfschütze und der Killer nicht einmal kennen. Sie treffen sich, beide sind die ganze Zeit maskiert, keiner erfährt die Identität des anderen.«

Das war eine spannende Hypothese, die auch vor Dianas geistigem Auge perfekt ins Gesamtbild passte. Allerdings gab es einen anderen Aspekt, der sich ihr noch nicht ganz erschloss.

»Aber warum würden die Serranos de Luca tot sehen wollen?«, fragte sie Riccardo.

Der Commissario hob einen Finger, antwortete mit erhöhter Geschwindigkeit. »Genau das hat mich überhaupt auf den Gedanken gebracht. Die Serranos kommen nicht tiefer nach Rom hinein, also versuchen sie seit einiger Zeit, nach Süden zu expandieren. Aber dort gelangen sie relativ schnell in den Einflussbereich der Camorra.«

Die Logik des Ganzen war so perfide wie perfekt. Diana konnte Riccardos Gedankengang intuitiv weiterführen.

»Wenn ein erwiesener Serienkiller de Luca tötet, würde niemand eine Verbindung zu den Serranos vermuten. Sie wären vor Racheakten geschützt.«

»Eben. Und gleichzeitig kreiert der Tod de Lucas ein Machtvakuum, wahrscheinlich interne Kämpfe zwischen den Camorra-Clans, und die Serranos können das Chaos nutzen, um ihre Einflusssphäre zu vergrößern.«

Diana atmete tief aus. Was Riccardo hier offerierte, half ihr auf verschiedensten Ebenen. Es katapultierte sie vollends zurück in den Fall und heraus aus ihren privaten Problemen, und es diente gleichzeitig als wertvolle Bestätigung für ihren Verdacht bezüglich Tindari. Aber wie genau konnten sie auf dieser Theorie aufbauen?

»Das ist eine faszinierende Erklärung«, hielt die Kommissarin fest. »Und rein nach Bauchgefühl glaube ich, du könntest absolut recht damit haben. Aber wie bringt uns das alles näher zu unserem Killer?«

Riccardo biss einen Moment lang gedankenverloren auf seiner Unterlippe herum. Schließlich nickte er in Richtung des Farmhauses.

»Lass uns zurückgehen«, schlug er vor, winkte Vinci und

Schiavone noch einmal kurz zu und ging dann langsam los. Diana blieb neben ihm, musterte den Commissario dabei aufmerksam. Sie konnte den Widerstreit zwischen Tatendrang und Vorsicht nahezu wie einen Film auf der Leinwand seiner Augen sehen.

»Wir können dieser These offiziell noch nicht folgen«, stellte Riccardo fest. »Marchetti würde uns den Fall entziehen, wenn wir im Zusammenhang mit der Forza noch einmal übereilt agieren. Wir brauchen Beweise, oder zumindest klare Indizien.«

Der Wind hatte aufgefrischt und pfiff hier, auf offenem Feld, unangenehm in Dianas Ohren. Sie wischte sich eine Haarsträhne aus der Stirn.

»Hast du eine Idee?«, fragte sie.

Der Commissario betrachtete sie kurz, schien etwas abzuwägen.

»Was ich dir jetzt sage, muss unter uns bleiben.«

Diana nickte.

»Natürlich.«

»Ich habe einen Informanten in Ostia«, sagte Riccardo. »Einen Dealer. Ich habe ihn vor ein paar Jahren mit einer kleinen Geschichte davonkommen lassen, die ihn aufgrund seiner Vorstrafen trotzdem lange hinter Gitter gebracht hätte. Seitdem haben wir … eine private Vereinbarung.«

»Nicht ganz nach den Regeln«, observierte Diana.

»Aber im Dienste der Regeln«, konterte Riccardo.

»Und du glaubst, er könnte etwas wissen?«

»Über den Mord an de Luca wahrscheinlich nicht. Aber wenn wir von ihm ein paar konkretere Auskünfte über die Verbindungen zwischen den Serranos und der Forza bekommen, kriegen wir vielleicht genug zusammen, um auch Marchetti zu überzeugen.«

Diana überlegte. Das war noch nicht viel, aber wahrscheinlich tatsächlich das Beste, was sie im Moment aus diesem vielversprechenden Verdacht machen konnten.

»Ich werde meinen Mann sobald wie möglich kontaktieren«, fuhr Riccardo fort. »Vielleicht kann ich ein Treffen für heute Abend arrangieren.«

»Ich würde gern mitkommen«, fügte Diana an.

Der Commissario stoppte, sah sie an. »Ich glaube nicht, dass er noch jemanden außer mir bei dem Treffen akzeptieren wird.«

»Meinetwegen kann er sich ja maskieren«, hielt die Kommissarin dagegen. »Wenn uns dieses Gespräch Indizien über die Verbindung zwischen der Forza und dem Mörder bringt, dann will ich dabei sein. Wir sind doch Partner, oder?«

Riccardo zögerte einen Moment lang, lächelte dann knapp. »*Va bene.* Ich versuche es. Aber ich verspreche nichts.«

»Danke«, entgegnete Diana. Es war ihr wichtig, nicht nur wegen des Falles selbst, sondern auch wegen ihres Antriebs, aktiv zu bleiben, dieser Spur zu folgen, Kommissarin zu sein und nichts anderes.

Sie stapften weiter über das unebene Feld, hin zu der Farm, neben der mittlerweile die doppelte Anzahl an Fahrzeugen stand. Zudem viele weitere Carabinieri, Kriminalbeamte – und, am Rande des Feldes und zu ihnen schauend, Alessandra.

Dianas rechter Fuß sank wieder in der Erde ein, doch statt ihn herauszuziehen, drückte sie weiter nach unten. Und drehte sich gleichzeitig ein Stück zur Seite, atmete tief ein. *Nur einen kleinen Augenblick länger.*

»Alles okay?«, hörte sie Riccardo fragen. Der Commissario war stehen geblieben.

»Ich hab mich nur etwas verfangen«, erwiderte Diana. Neben ihrem Schuh zog sich eine Wurzel durchs Erdreich. Ihre Ausrede war glaubwürdig.

»Warte, ich helfe dir.«

Riccardo kam die wenigen Schritte zurück, kniete sich neben sie, riss einige Ausläufer der Wurzel ab. In Dianas Kopf irrlichterten Gedankenblitze. Die Körpersprache von ihr und Alessandra würde Riccardo sicherlich vieles verraten. Es würde sie selbst beschämen, könnte ihn verunsichern. Unnötig, noch weitere Spannung ins Team bringen. Also sollte sie ihm im Voraus etwas sagen? Aber was? Wie konnte sie es erklären, und letztendlich, warum sollte sie? Die Sache war privat, zu privat. *Cosa mia.*

»Ecco fatto«, hörte sie den Commissario sagen, und in diesem Moment hatten ihre Überlegungen bereits zu lange gedauert. »Versuch es jetzt.«

Diana zog ihren Fuß aus der Erde, natürlich gänzlich ohne Widerstand.

»Danke für die Rettung«, scherzte sie mit erzwungenem Lächeln.

Sie gingen weiter, die letzten Schritte, die ihr unendlich schwerfielen, und erreichten dann den Rand des Feldes.

»Ciao, Alessandra«, begrüßte Riccardo die Psychologin. »Gut, dass du endlich zu uns gefunden hast.«

»Hallo, Alessandra«, sagte Diana so neutral, wie sie konnte.

»Hallo, Riccardo«, erwiderte Alessandra, stockte dann kurz. »Hallo, Diana.«

Es gab einen ebenfalls kurzen Blick zwischen ihnen,

dann das Vermeiden desselben Blicks. Riccardo bemerkte beides, natürlich, und tatsächlich empfand Diana diesen Umstand auf gewisse Weise als noch unangenehmer.

Aber einmal mehr war der kluge Commissario diskret, überging die offensichtliche Anspannung zwischen seinen Kolleginnen und blieb sachlich beim Fall.

»Du hast von dem zweiten Täter erfahren?«, erkundigte er sich bei Alessandra. Die junge Frau nickte, schien froh, sich auf Riccardo und die Arbeit konzentrieren zu können. Diana stellte sich bewusst zwei Schritte weiter abseits.

»Wir glauben, dass er den Komplizen nur aus Notwendigkeit für diesen Mord herangeholt hat«, resümierte Riccardo die Vermutung der beiden Kommissare. »Würdest du zu demselben Schluss kommen?«

»Ich denke schon«, erwiderte Alessandra. »Ein Serienkiller mit Sendungsbewusstsein ist meist ein Einzeltäter. Es ist seine Vision, die er erfüllt, seine ganz persönliche Botschaft für die Welt. Aber gleichzeitig wissen wir, dass unser Täter sehr pragmatisch handelt. Also im Ausnahmefall einen Komplizen anzuheuern, für einen Mord, den er allein nicht realisieren kann – ja, das passt ins Profil.«

»Und wie würde er deiner Meinung nach den Kontakt zu dem Komplizen aufbauen?«, fragte Riccardo weiter.

Die Psychologin überlegte kurz. »Es wäre sicher jemand, zu dem er keine nachweisbare Verbindung hat«, offerierte sie. »Um ganz sicherzugehen, könnte er über einen Mittelsmann gehen, mit dem wir seiner Meinung nach nicht rechnen. Dann wäre es dem Killer möglich, seine Identität verborgen zu halten – und selbst wenn wir den Komplizen finden, würde er uns zumindest nicht direkt zu unserem Täter führen.«

»Bravo!«

Riccardo klatschte in die Hände, was Alessandra mit einem leicht unsicheren Lächeln quittierte.

»Das ist exakt das, was du bitte sofort in einen Bericht schreibst«, forderte sie der Commissario auf. »Es könnte uns von größtem Nutzen sein.«

»Natürlich«, erwiderte die Psychologin. »Dann … fahren wir jetzt zur Questura?«

Sie warf einen kurzen Blick in Dianas Richtung.

»Ich muss ein paar Anrufe machen«, hielt Riccardo bewusst vage fest, schaute ebenfalls zu der Kommissarin. »Diana, wenn du möchtest, dann fahre ich dich in deine Herberge, und du holst etwas Schlaf nach. Sobald sich etwas ergibt, sage ich dir Bescheid.«

Die Kommissarin war hochgradig erfreut über dieses Angebot. Es erlöste sie aus der angespannten Dreierkonstellation, und vor allem würde sie in ihrer Unterkunft vielleicht die Antwort auf die Frage finden, wie nahe ihr Sizilien bereits gekommen war. Aber für einen Moment wunderte sie sich – war es reine Besorgnis um ihre Gesundheit, die Riccardo zu seinem Angebot veranlasste, oder auch seine intuitive Ahnung um den Konflikt mit Alessandra? Doch dieses Gedankenspiel war müßig, denn für eine Antwort hätte sie ihn fragen müssen, und das wollte sie in diesem Moment auf keinen Fall. Was auch immer seine Beweggründe waren, Riccardo erwies sich als guter Freund, und dafür war sie sehr dankbar.

»Machen wir es so«, erwiderte die Kommissarin, ging los in Richtung des Autos und verabschiedete sich von Alessandra nur mit einem kurzen Nicken. Der verletzte Ausdruck in den Augen der jungen Frau tat ihr weh, aber im

Moment musste sie ihre eigene Verletzlichkeit vor alles andere stellen. Sie würde mit Alessandra reden, die Sache klären, Frieden schließen. Aber nicht heute. An einem anderen Tag.

Die Strahlen der Sonne schienen durch die gelbgrünen Glasfenster der kleinen Kirche, kreierten drei bunte Rechtecke aus Licht auf dem Kalkboden. Diana, noch Kind, ließ ihre Murmeln über den Boden rollen, in ihrem ganz eigenen Spiel, versuchend, sie abwechselnd in je einem der bunten Lichtflecken stoppen zu lassen.

Die Kugeln rollten langsam, schabten über den Kalk, während draußen in den Olivenbäumen Vögel sangen und Zikaden zirpten. Alles war friedlich und sicher. Diana war glücklich.

Sie warf die nächste Murmel, die rote, schimmernde, ihren wertvollsten Besitz.

Die kleine Kugel rollte entlang der Sitzbänke auf das erste Lichtmosaik zu.

Doch sie stoppte nicht. Diana war verwundert. Die Murmel wurde schneller, größer, das Schaben auf dem Stein bekam ein Echo, hallte von den Wänden der Kirche wider.

Plötzlich standen zwei Schatten links und rechts von dem kleinen Altar. Die Murmel rollte weiter, donnernd jetzt, und zerschellte noch in der Bewegung mit einem Geräusch wie ein Schuss.

Anstelle des Schabens hörte Diana, jugendlich, nun die Stimmen der Schattenpriester. Doch sie sprachen keine

Worte, zumindest keine, die sie verstehen konnte. An der Hand des einen Priesters funkelte ein Licht.

Draußen zuckten Blitze, Regenwasser lief über die Scheiben. Das unheimliche Raunen füllte den Raum. Diana stand auf, presste die Hände auf ihre Ohren. Doch die unheilige Liturgie verstummte nicht, dieses Zischen wie von Schlangen, unauslöschlich eingebrannt in ihrem Kopf.

Diana stürzte nach draußen, in den Regen, rannte durch den Schlamm zwischen den Olivenbäumen. Äste und Zweige streckten sich nach ihr aus, kratzten sie, lockten sie.

Wieder waren da Schatten, viele jetzt, inmitten der Stämme, ihre Häscher. Diana, erwachsen, rannte schneller und schneller. Die Schatten verfolgten sie, würden nicht aufgeben, niemals aufgeben, aber zumindest konnte sie den Abstand halten, zumindest das.

Doch plötzlich stand sie auf einer Lichtung, im kalten Mondlicht, umgeben von Wald auf allen Seiten, gefangen. Und aus dem Nebel vor ihr schälte sich der Schatten des Schlangenpriesters, streckte ihr seine Hand entgegen, die Hand mit dem silbernen Ring.

»Beichte.«

Diana zuckte zusammen, atmete lautstark ein, versuchte, sich zu orientieren. Vor ihr befand sich die Frontscheibe des Autos, dahinter der Verkehr Roms. Und neben ihr am Steuer saß Riccardo, der sie besorgt ansah.

»Du bist eingeschlafen«, sagte der Commissario sanft. »Hast du schlecht geträumt?«

Diana sammelte sich, so gut es ging, und nickte.

»Ich bin Tiefschlaf tagsüber nicht gewohnt«, erklärte sie ausweichend.

Riccardo zeigte auf die nächste Kreuzung, wo die Ampel gerade auf Rot schaltete.

»Deine Pension ist nicht weit weg«, sagte er. »Findest du den Weg, wenn ich dich hier rauswerfe?«

Die Kommissarin sah sich kurz um. Ja, hier war sie schon gewesen.

»Kein Problem.«

»Gut. Dann ruh dich noch etwas aus, und ich melde mich dann.«

Riccardo bremste an der Ampel, Diana öffnete die Beifahrertür und verabschiedete sich mit einem kurzen Lächeln.

Draußen umfing sie der Lärm der Autos und Menschen, und sie brauchte noch einen Moment, um die Bilder und Gefühle des Traumes abzuschütteln und gänzlich zurück in die Realität zu finden. Einen Moment lang sah sie Riccardos Wagen beim Wegfahren nach.

Dann verließ sie die Hauptstraße, ging in eine der schmalen Gassen Trasteveres, dachte nach. Wie lange hatte die Fahrt gedauert? Von der Farm bis hierher doch sicher mindestens eine Stunde. War es genug Zeit gewesen für die realen Schatten, um sie einzuholen?

Diana betrat das Gebäude der Pension, stieg die Treppe zur zweiten Etage mit zunehmend schnellen Schritten hinauf. Auf der letzten Stufe verweilte sie kurz, zog dann den Schlüssel aus ihrer Hosentasche und schloss auf.

In ihrem Apartment schien auf den ersten Blick alles so, wie sie es verlassen hatte. Die Kommissarin ging in Richtung Schlafzimmer. Und sah das Haar, das sie am Morgen wieder sorgfältig in den Türspalt geklemmt hatte, auf dem Boden liegen.

Diana schloss kurz die Augen, atmete aus. Sie waren schnell gewesen. Jetzt gab es kein Wegrennen mehr. Im besten Fall konnte sie die Distanz halten.

Die Kommissarin ging ins Schlafzimmer, öffnete den kleinsten ihrer Koffer und holte aus dem doppelten Boden den Multifrequenzdetektor hervor.

Es war früher Abend, und die halbstündige Fahrt nach Ostia zog sich in die Länge. Links und rechts der Landstraße lagen meist Felder und Brachgelände, gelegentlich Tankstellen, Häuser und kleinere Ortschaften. Diana war angespannt, aus einer Vielzahl von Gründen. Sie schaute einen Moment lang in den Rückspiegel, obwohl sie wusste, dass es überflüssig war.

»Du bist sehr still«, brach Riccardo das schon länger während Schweigen.

»Müsstest du als Italiener nicht derjenige sein, der ständig redet?«, bemühte sich die Kommissarin um unverbindlichen Humor. Ihr Kollege lächelte.

»Mag sein«, erwiderte er. »Aber du hast dieselben Gene.«

»In Deutschland kaputtgegangen.«

»Ihr schweigt euch alle nur an?«

»Lang und bedeutungsschwanger.«

Riccardo lachte kurz, sah zu ihr herüber.

»Wird dir in der Jacke nicht warm?«, fragte er. »Ich muss ja eine tragen, aber du …«

Diana reagierte schnell, schüttelte den Kopf.

»Nein«, antwortete sie. »Alles gut.«

»Noch eine deutsche Gewohnheit?«

»Genau.«

Sie hatte auf dem Bett ihres Apartments gesessen, während Riccardo in der Tür stand.

»Der Dealer hat zugestimmt«, hatte der Commissario ihr eröffnet. »Du kannst mitkommen.«

Es war eine leichte Sorge im Tonfall ihres Kollegen auszumachen gewesen.

»Du wirkst angespannt«, hatte sie kommentiert.

»Fabio ist paranoid. Er will sich nur an einem Ort treffen, den er für sicher hält. Ein kleines Stück außerhalb von Ostia.«

Ihr Blick war kurz zu ihrem Kleiderschrank gewandert. Das darf keine Option sein, hatte sie gedacht, aber die Frage musste sie trotzdem stellen.

»Könnte es gefährlich werden?«

»Wir müssen ein Stück direkt durch den Ort fahren. Mein Gesicht ist dort nicht völlig unbekannt. Aber solange wir nicht aussteigen, sollte es klargehen.«

Sie hatte Riccardo einen Moment lang angeschaut. Er hat eine Tochter, war es durch ihre Gedanken gezuckt. Ich würde es für ihn tun. Zu unser beider Sicherheit. Und wenn alles glattläuft, wird er eh nichts merken.

»Dann lass uns fahren«, hatte sie schließlich gesagt, ihr Smartphone eingesteckt und ihre Jacke übergezogen.

Diana räusperte sich, versuchte, ein neues Thema zu finden. Über den Fall zu reden erschien ihr zu riskant. Aber der Dealer, den sie treffen würden? Er war eh bereits Teil des Gesprächs gewesen.

»Erzähl mir von deinem Informanten«, sagte sie. »Wie sieht euer Arrangement aus?«

Riccardo wog seine Antwort kurz ab.

»Fabio gibt mir Informationen im Fall von Gewaltverbrechen«, erwiderte er. »Dafür mische ich mich nicht in sein Tagesgeschäft ein.«

Die implizite Aussage des Commissarios missfiel Diana zutiefst. Trotzdem formulierte auch sie ihren nächsten Satz vorsichtig.

»Nach welchem Maßstab legst du fest, welches Verbrechen das größere Übel ist?«

Riccardo warf ihr einen kritischen Blick aus den Augenwinkeln zu, wich dann einer direkten Antwort aber aus.

»Die Köpfe des Ostia-Clans sind drei Brüder«, erläuterte er stattdessen eine Tatsache, deren Kontext sich Diana nicht sofort erschloss. »Michele, Rocco und Renato Serrano. Alle drei sind für ihr Temperament bekannt und ihren Hang zur Gewalt. Aber Rocco war der übelste.«

»War?«

»Er sitzt im Gefängnis. Wegen Totschlags.«

Diana glaubte zu verstehen.

»Du hast ihn dorthin gebracht?«

Riccardo nickte.

»Weil Fabio mir den Weg zu einem Zeugen gewiesen hat.«

Da war sie wieder. Die Gerechtigkeit zu einem Preis. Der Zweck, der die Mittel heiligte. Im Inneren der Kommissarin rumorte es.

»Das war ein Sieg für dich?«, hakte sie nach.

»Ich konnte einen gefährlichen Mafioso für ein paar Jahre aus dem Verkehr ziehen.«

Musste Riccardo sich selbst von der Richtigkeit seines Handelns überzeugen? Es klang beinahe so.

»Was ist, wenn ein Junkie an den Drogen krepiert, die Fabio verkauft? Schaust du dann weg?«

Der Commissario atmete flach und scharf ein, fuhr sich mit der Zunge über die Lippen.

»Ich mache Kompromisse, da, wo es nötig ist«, erwiderte er. »Wie wir schon festgestellt hatten: Wir beide halten uns nicht immer genau an die Regeln.«

»Es ist eine Sache, die Regeln zu beugen«, hielt Diana dagegen. »Es ist eine völlig andere, Verbrecher mithilfe von Verbrechern zu bekämpfen. Unrecht ist Unrecht. Es ist die andere Seite, nicht die, auf der wir stehen. Oder stehen sollten.«

Heuchle ich gerade? Immerhin trage ich die Jacke. Aber ich glaube doch ehrlich daran ...

»Willst du damit sagen, du hältst mich für korrupt?«

Der Tonfall des Commissarios war schneidend, was Diana klarmachte, dass sie dringend zurückrudern musste.

»Nein«, erwiderte sie und bemühte sich, mit möglichst ruhiger, sachlicher Stimme weiterzusprechen. »Natürlich nicht. Aber die Frage ist doch: Wenn wir Recht um jeden Preis schaffen, auch außerhalb der Gesetze, folgen wir dann nicht derselben Logik wie unser Killer?«

Riccardo überlegte, antwortete schließlich auch seinerseits etwas neutraler.

»Also ist das Gesetz für dich der einzige Maßstab?«, fragte er.

»Die Gesetze sind nicht perfekt«, argumentierte die Kommissarin. »Aber sie sind das Beste, was wir haben. Sie schützen uns davor, im Chaos zu versinken.«

»Und wenn du einen Schuldigen verhaftest und dank eines windigen Anwalts kommt er wieder auf freien Fuß?«

Riccardo schien nicht willens, ihre Anschuldigung auf sich beruhen zu lassen, und Diana bereute zutiefst, dass sie sich dazu hatte hinreißen lassen. »Glaubst du trotzdem noch an die absolute Gerechtigkeit?«

»Ich finde die Wahrheit«, erwiderte sie. »Der Rest ist nicht mehr meine Verantwortung.«

»Also schaust auch du weg.«

»Wir suchen Täter, und wir verhaften sie. Es ist nicht unsere Aufgabe, sie zu richten. Auch das ist wieder die Logik des Killers.«

Der Commissario schwieg für einige Sekunden. Seine Körperhaltung entspannte sich leicht.

»Ich weiß«, sagte er schließlich leiser. »Es kann nur manchmal alles … so frustrierend sein.«

»Ich verstehe dich.« Diana strich in einer versöhnlichen Geste über seinen Arm. »Und ich wollte dich nicht angreifen. Entschuldige.«

»Schon gut«, entgegnete Riccardo, sprach jetzt sehr ruhig, fast melancholisch. »Du hast ja recht. Wir können nur unseren Teil tun. *La nostra parte, piccola, piccola.* Und vielleicht sind es nur Tropfen – *piccole, piccole* – auf den heißen Stein. Doch sollten wir nicht trotzdem versuchen, so viele von ihnen wie möglich zu erschaffen?«

Die Kommissarin lächelte sanft. Der verborgene Idealismus, den ihr Kollege mit seinen letzten Worten offenbart hatte, rührte sie. Und so zwang sie sich, etwas auszusprechen, was ihr eigentlich widerstrebte.

»Du hast gesagt, mein Vater hat dich inspiriert, Polizist zu werden. Wolltest du ein Held sein?«

Riccardo formte ebenfalls ein Lächeln, leicht bitter in seinem Fall.

»Vielleicht. Vor langer Zeit.«

Diesmal fasste Diana den Arm des Commissarios mit festem Griff.

»Dann gibt es nur eine Sache, die du falsch machen kannst.«

Riccardo schaute zu ihr herüber.

»Welche?«

»Zu glauben, dass du es jetzt nicht mehr sein kannst.«

Der Commissario wirkte überrascht, auch bewegt. Er suchte in Dianas Augen nach der Reflexion einer Plattitüde oder einer Unwahrheit, aber sie wusste, dass er darin nur ehrliche Überzeugung finden würde. Denn sie glaubte daran, dass Riccardo noch eine Chance hatte. Er konnte sich befreien, seine Fehler korrigieren, zurück zu einem puren Glauben finden, der Diana immer verwehrt bleiben würde. Ihn umschlangen nicht die Tentakel des Oktopus.

Schließlich lächelte Riccardo, sagte aber nichts weiter und richtete seinen Blick wieder auf die Straße. Auch Diana beließ es bei dem jetzt im positiven Sinne nachdenklichen Schweigen und schaute stattdessen nach draußen.

Sie hatten inzwischen Ostia erreicht, und in der Tat machte der Ort nicht den ansehnlichsten Eindruck. Entlang der Hauptstraße reihten sich mehrgeschossige moderne Häuserblöcke aneinander, meist in braunen oder beigen Farbtönen gehalten, manche von ihnen in recht heruntergekommenem Zustand. Die monotone Tristesse wurde erst durchbrochen, als sie sich dem Lido näherten, wo auch ältere Gebäude und einzelne Villen das Bild auflockerten.

Als Riccardo nach links auf die Strandpromenade abbog, konnte Diana kurz die Wellen des Tyrrhenischen Meeres in der Sonne funkeln sehen. Unwillkürlich schoss ihr eine Erinnerung an ihre Kindheit durch den Kopf, wie sie oft von der Küste Trapanis aus hinaus aufs Mittelmeer geschaut hatte, in Richtung der Ägadischen Inseln, von fernen Ländern und Abenteuern geträumt hatte, irgendwo dort draußen in der scheinbaren Unendlichkeit jenseits des Horizonts. Sie war glücklich gewesen, damals. So unschuldig, so unwissend …

Der Blick hinaus auf die See wurde der Kommissarin jedoch schnell wieder genommen, denn Umkleidekabinen, Clubs und Wohnhäuser zwischen Straße und Strand verbauten die Sicht. Auf dem Gehweg tummelten sich zudem zahlreiche Badegäste allen Alters, denn es war Samstag, und entsprechend viele Hauptstädter frequentierten auch jetzt, am späten Nachmittag, noch einen ihrer bevorzugten Vergnügungsorte. Diana konnte in diesem Moment nicht anders, als in dem bunten Treiben eine heuchlerische Maskerade zu sehen: Menschen wurden ermordet, Korruption und Perversion wucherten, und irgendwie gelang es sogar dem Faschismus, sich trotz der Schatten seiner grausamen Vergangenheit mit unverändert hasserfüllten Parolen wieder salonfähig zu machen. Natürlich sollte – durfte – über alldem das normale Leben nicht zum Erliegen kommen. Aber ähnelte all das nicht trotzdem ein wenig dem Tanz am Abgrund oder den letzten Jahren des römischen Reiches, in denen sich ein dekadentes Imperium in der Illusion seiner eigenen Unverwundbarkeit sonnte? Dem Glauben, alles würde auf ewig seinen gewohnten Gang gehen, bis der Lauf der Geschichte den Herren der Welt eine bittere Lektion über die Vergänglichkeit selbst der größten Macht erteilte?

Es war ironischerweise in genau diesem Moment, in dem Diana über die Brüchigkeit des schönen Scheins nachdachte, als sie die drei in Schwarz gekleideten Männer sah. Sie kamen aus Richtung des Strandes und zerrten einen dunkelhäutigen Mann mit sich, der einen kleinen Bauchkasten umgeschnallt hatte und vergeblich versuchte, sich aus ihrem Griff zu winden. Klar erkennbar waren auch die Armbinden der Angreifer, auf denen das Symbol der Forza Nazionale prangte.

Die Kommissarin schaute hinüber zu Riccardo, der die Szene ebenfalls beobachtet hatte, das Tempo leicht drosselte, aber zunächst weiterfuhr. In den Augen ihres Kollegen war der spontane innere Kampf zwischen dem Bedürfnis einzugreifen und der Notwendigkeit, möglichst nicht aufzufallen, deutlich erkennbar.

»Jeder Tropfen zählt?«, fragte ihn Diana. Der Commissario atmete aus.

»Merda.«

Er bremste ab, fuhr ein Stück auf den Gehweg hinauf und hielt an. Die beiden Kommissare stiegen aus, eilten die wenigen Meter zurück und fanden die drei Anhänger der Forza, die Mitglieder der von Riccardo erwähnten sogenannten Bürgerwehr sein mussten, nach wie vor am Ringen mit ihrem Opfer. Keiner der vorbeiflanierenden Badegäste reagierte in irgendeiner Weise auf die offensichtliche Auseinandersetzung.

»Was geht hier vor sich?«, fragte Riccardo laut.

Die Männer hielten inne, schauten ihn und Diana verblüfft an, machten aber zunächst keine Anstalten, ihr Opfer loszulassen. Im Bauchkasten des Souvenirverkäufers waren noch einige Schmuckstücke und Geldbörsen zu sehen; der

Großteil seiner Ware war im Laufe der Rangelei herausgefallen. Der Mann schaute mit verzweifelter Hoffnung in Richtung der beiden Kommissare.

»Bitte helfen Sie mir«, rief er in brüchigem Italienisch. »Sie wollen mich …«

»Halt's Maul!«, blaffte ihn der kleinste der drei Forza-Anhänger an. Seine beiden Kumpane, die den Verkäufer weiterhin festhielten, waren größer und kräftiger gebaut; einer von ihnen hatte ein Tattoo auf seinem geschorenen Schädel, das den römischen Adler zeigte.

»Lassen Sie den Mann los«, befahl Riccardo mit ruhigem, aber bestimmtem Tonfall. Der kleine Forzista, der als Anführer des Trupps zu fungieren schien, grinste ihn provozierend an.

»Sagt wer?«

Riccardo zückte seinen Ausweis.

»Staatspolizei.«

Das Grinsen auf den Lippen des kleinen Mannes fror ein. Er musterte den Commissario, tauschte dann kurz einen Blick mit seinen Kumpanen aus.

»Wir sind eine legitime Bürgerwehr«, versuchte er zu argumentieren. Riccardo ließ sich nicht auf das Spiel ein.

»Lassen Sie den Mann los«, wiederholte er, noch langsamer und gleichzeitig noch schärfer.

»Oder was, *poliziotto*?«, höhnte der glatzköpfige Forzista, der offensichtlich nicht in der Lage war, die Feinheiten der Körpersprache und Ausdrucksweise des Commissarios richtig zu interpretieren. Riccardo fixierte den Mann mit seinem Blick, zog dann langsam die linke Seite seiner Jacke leicht beiseite, um das Schulterhalfter mit seiner Pistole zu offenbaren. Diana musste zugeben, dass sie der völlig schockierte Ausdruck des Neonazis zutiefst befriedigte, sodass sie es fast bereute, dass sie hier im Ausland nicht selbst eine Waffe tragen durfte.

Der kleine Forza-Anhänger, der intelligent genug war, die Situation besser einzuschätzen, hob beschwichtigend die Hände.

»Hier handelt es sich wohl um einen Irrtum«, versuchte er mit einem gezwungenen Lächeln abzuwiegeln, gab gleichzeitig seinen Mitstreitern mit einer Handgeste zu verstehen, dass sie den Souvenirverkäufer loslassen sollten. Dieser brachte eilig einige Schritte Abstand zwischen sich und die Forzisti, schien aber auch bedacht, sich nicht zu sehr den beiden Kommissaren zu nähern, die er mit einer Mischung aus Angst und Dankbarkeit betrachtete. Diana konnte sich vorstellen, dass der Mann wohl kaum einen Gewerbeschein hatte und vielleicht auch keine Aufenthaltserlaubnis, sodass er eine Kontrolle durch die Polizei ebenfalls fürchtete. Riccardo, der sicher ähnlich dachte, bewegte nur kurz den Kopf seitwärts und bedeutete dem Mann so, dass er gehen könne. Der Verkäufer lächelte erleichtert, nickte dem Commissario und Diana noch einmal dankbar zu und bahnte sich dann eilig seinen Weg durch die Badegäste, von denen im Gegensatz zu vorher jetzt viele stehen geblieben waren und die Konfrontation interessiert beobachteten.

»Ist damit jetzt alles in Ordnung?«, erkundigte sich der kleine Forzista bei Riccardo, bemüht, die Situation zu entspannen. Der zweite seiner Kumpane, ein kräftiger Mann mit Sidecut und kurzem Pferdeschwanz, fixierte den Commissario dagegen mit wütendem Blick.

»Was läuft hier eigentlich ab?«, schimpfte er los. »Seit

wann beschützt die Polizei diesen ausländischen Abschaum?«

Der Anführer des Trupps verkrampfte sich sichtbar, als er seine Bemühungen zur Deeskalation vom eigenen Mann torpediert sah. Diana nutzte die Gelegenheit, um sich ebenfalls einzumischen.

»Was soll der Mann denn Ihrer Meinung nach getan haben?«, erkundigte sie sich. Der wütende Forzista musterte die Kommissarin mit abschätzigem Blick.

»Wer sind Sie denn?«, fragte er aggressiv.

»Tonio, *stai zitto*!«, forderte ihn der kleine Mann mit scharfem Ton zum Schweigen auf, ließ dann seinen Blick umgehend zu Diana wandern und setzte wieder sein schlecht geheucheltes Lächeln auf.

»Der Mann hat am Strand Badegäste belästigt«, lieferte er als Erklärung.

»Und was hat das mit Ihnen zu tun?«, hakte Diana nach.

»Wie ich schon sagte: Wir sorgen hier für Ordnung«, erwiderte ihr Gegenüber, bemüht, seine zunehmende Genervtheit im Zaum zu halten.

»Auf wessen Anordnung? Tindaris?«

Der kleine Forzista fixierte Diana einen Moment lang, ignorierte dann die Frage und wandte sich an Riccardo.

»Commissario, ich denke, wir können jetzt gehen«, stellte er vorsichtig fest. »Es liegt schließlich keine Straftat vor.«

»Das war ein tätlicher Angriff«, entgegnete der Angesprochene trocken.

»Ich glaube nicht, dass der Mann Anzeige erstatten wird. Oder dass es Zeugen gibt.«

Bei seinen letzten, bewusst laut gesprochenen Worten ließ der Mann seinen Blick über die umstehenden Passanten gleiten, die sich mit einem Mal beeilten, auf ihrem ursprünglichen Weg fortzufahren. Der Anführer des Schlägertrupps grinste kurz, zynisch und siegessicher, nickte dann seinen Mitstreitern zu, und gemeinsam drehten sich die Männer zum Weggehen.

»Einen Moment noch.«

Die Forzisti stoppten, schauten wieder in Richtung des Commissarios.

»Was ist jetzt noch?«

Auch der Anführer verlor langsam seine Selbstbeherrschung; seine Stimme war inzwischen ohne jede Spur falscher Höflichkeit. Das betont freundliche Lächeln, mit dem der Commissario seinen nächsten Satz untermalte, war unter anderem auch ein Spiegel tiefer innerer Genugtuung.

»Ihre Ausweise, bitte.«

Die Neonazis starrten Riccardo völlig ungläubig an.

»Das kann nicht Ihr Ernst sein«, raunte der Rädelsführer.

»Ich mache ganz sicher keine Scherze«, erwiderte Riccardo kühl.

Der kleine Forzista legte den Kopf leicht schief, musterte sein Gegenüber, und sein darauffolgendes Grinsen war so bösartig wie seine Entgegnung. »Reicht es Ihnen noch nicht, dass Sie sich bereits an Signor Tindari die Finger verbrannt haben?«

Riccardo fror ein, und Diana ging es ähnlich. Die Offenbarung, dass die Forzisti sehr genau wussten, wer der Commissario war, und die gleichzeitige Zurschaustellung ihres unverfrorenen Selbstvertrauens hoben die Konfrontation potenziell auf eine gänzlich neue Eskalationsstufe. Doch Riccardo blieb ruhig, vielleicht ruhiger, als es Diana unter ähnlichen Umständen gelungen wäre, und wiederholte seine Aufforderung lediglich mit unveränderter Selbstverständlichkeit.

»Ihre Ausweise. Jetzt.«

Der Anführer der Gruppe betrachtete sein Gegenüber einen weiteren Moment lang abwägend, sah sich dann auf der Straße um. Die Badegäste liefen um sie herum, aber nahmen weiterhin durchaus Kenntnis von der Auseinandersetzung. Schließlich schien der Forzista zu einem Entschluss zu kommen, denn er fletschte leicht die Zähne, zog seinen Ausweis aus der Hosentasche und bedeutete im selben Atemzug seinen Leuten, es ihm gleichzutun. Die kräftigeren Schläger folgten der Anweisung nur mit großem Widerwillen, gaben ihre Ausweise aber dem kleinen Mann, der alle drei Riccardo in die Hand drückte.

Der Commissario ließ sich nicht aus der Ruhe bringen, studierte die Papiere bewusst langsam, verglich die Fotos mit den Gesichtern, zückte dann Stift und Notizblock, notierte sich die Namen.

»Ihre Personalien gehen morgen an alle Polizeistationen in Ostia«, sagte er dabei mit trockener Sachlichkeit. »Sollte einer von Ihnen hier noch einmal eine Straftat begehen, dann wandert er ins Gefängnis, und ich verspreche Ihnen, dass es der letzte Tag sein wird, an dem Ihre sogenannte Bürgerwehr hier herumläuft.«

Der glatzköpfige Forzista musste lachen.

»Die Polizei? Hier in Ostia?«, höhnte er.

Riccardo warf dem Mann einen kurzen Blick zu, ignorierte ihn aber ansonsten, steckte Notizbuch und Stift zurück in seine Jacke und gab die Ausweise dem Anführer zurück.

Dieser taxierte den Commissario, machte dann einen Schritt nach vorn und zischte seine nächsten Worte zwischen zusammengepressten Lippen hervor. »In diesem Land wird sich bald einiges ändern, Commissario. Und dann werden Leute wie Sie von echten Patrioten ersetzt.«

»Das werden wir sehen«, erwiderte Riccardo mit unbewegtem Gesicht.

Der kleine Forzista nickte, drehte sich dann scharf um und ging mit schnellen Schritten weg, eilig gefolgt von seinen Kumpanen. Diana sah, wie sich Riccardos Züge entspannten, als er den davonstürmenden Schlägern nachsah. Doch sein Ausdruck war mehr melancholisch als triumphierend.

»Er hat leider recht«, hielt der Commissario fest. »Die Polizei hier vor Ort hätte nicht eingegriffen, und das wird sie auch in Zukunft kaum. Besonders nicht, falls die Forza bei der Wahl Erfolg hat.«

»Aber trotzdem war es richtig, dem Mann zu helfen«, hielt Diana fest. »Es war … zumindest ein Tropfen.«

Riccardo schaute zu ihr, lächelte und wirkte jetzt doch ein wenig stolz und zufrieden.

»Ein kleiner«, erwiderte er.

Der Wagen rollte langsam über den teils von Sand verwehten, teils mit Gras überwucherten Asphaltweg, der in Richtung der alten Strandbar führte. Links und rechts der Straße türmten sich Müllberge auf, und auch in den Büschen sah Diana Plastikabfälle und Toilettenpapier hängen. Dieses abgelegene Stück Küste machte den Eindruck, vor langer

Zeit Veranstaltungsort einer großen Party gewesen zu sein, nach deren Ende alle Menschen verschwunden und niemals zurückgekehrt waren. Der Kommissarin missfiel die einsame Örtlichkeit instinktiv, denn hier, einige Kilometer entfernt von den letzten Ausläufern des Lidos, befanden sie sich gänzlich allein auf dem Territorium der Mafia.

Diana schaute hinüber zu Riccardo. Auch der Commissario wirkte angespannt.

»Kennst du diesen Treffpunkt?«, erkundigte sie sich.

»Ich war schon einmal hier«, erwiderte ihr Kollege und schaute zu ihr herüber. »Mach dir keine Sorgen. Wir können Fabio vertrauen.«

»Wie kannst du dir dessen sicher sein?«

»Er hat mir Rocco Serrano geliefert. Wenn der Clan das erfährt, ist Fabio tot.«

Diana nickte vorsichtig. Dieses Argument war nicht von der Hand zu weisen.

Der Wagen, der für dieses Gelände kaum geeignet war, kam auf dem sandigen Untergrund zunehmend schlecht voran, weshalb Riccardo auf die Bremse trat und den Motor ausschaltete.

»Lass uns die letzten Meter laufen«, sagte er. Dabei überprüfte er noch kurz den Sitz seiner Waffe. Diana zog leicht eine Augenbraue hoch. Der Commissario lächelte trocken. »Ich vertraue ihm, weil ich es muss. Nicht weil ich es für eine gute Idee halte.«

Sie stiegen gemeinsam aus, Riccardo schloss das Auto ab. Diana versuchte, während des Laufens noch mehr Details ihrer Umgebung aufzunehmen. Hier hinten erstreckten sich einige flache Dünen mit einzelnen Bäumen, während die Strandbar sich inmitten eines dünnen Streifens von Palmen befand, die man vor langer Zeit hier gepflanzt haben musste. Die Bäume machten keinen sehr gesunden Eindruck, viele ihrer Blätter baumelten braun und leblos neben den Stämmen. Hinter den Palmen lag der eigentliche Strand, hier und da glitzerte die Gischt der Brandung. Ein sanfter Wind trug den Geruch von Salz in Dianas Nase, und die sich langsam senkende Sonne tauchte alles in ein goldenes Licht. Sie schützte kurz ihre Augen, um besser nach vorn schauen zu können, und konnte jetzt neben dem Gebäude einen parkenden Jeep ausmachen, an dessen Außenseite ein Mann lehnte. Die Kommissarin schaute sich noch einmal um, blickte den Weg zurück, den sie von der Küstenstraße aus genommen hatten; dort war niemand zu sehen.

Gemeinsam mit Riccardo trat sie in den Schatten der Palmen. Fabio stieß sich von seinem Wagen ab und kam ihnen einen Schritt entgegen, ließ die Hände dabei in seinen Hosentaschen. Diana betrachtete den Dealer. Er war vielleicht Mitte dreißig, hatte lockiges blondiertes Haar und war unauffällig in Jeans und Hoodie gekleidet.

»Ciao, Fiorentini«, begrüßte er Riccardo, musterte dann Diana. »Das ist also deine Kollegin?«

»Diana Brandt«, stellte sich die Kommissarin vor. Fabio nickte, deutete dann auf die verfallene Bar.

»Lasst uns drin reden«, sagte er.

Die Kommissare folgten der Aufforderung. Ebenso wie die Wände außen waren auch die Innenräume der Ruine von Graffiti bedeckt. Unter Dianas Schuhen knirschte Kalk. In dem ehemaligen Gastbereich stand der Tresen, dessen gekachelte Oberfläche nur noch zur Hälfte intakt war. Die restlichen Kacheln lagen auf dem Boden verstreut, zusammen mit einigen umgekippten Stühlen. Gegenüber öffnete sich eine Tür in Richtung Strand, und ein weiterer Durchgang hinter dem Tresen führte sicher in die ehemalige Küche. Alles war still, nur der leichte Wind wehte vom Meer aus durch die Ruine.

Fabio zog einen der Stühle zu sich heran, wobei dessen metallene Beine über den Boden kratzten. Der Dealer nahm Platz, schaute die Kommissare erwartungsvoll an. Riccardo und Diana sahen sich noch einmal um, griffen dann jeder ebenfalls nach einem Stuhl und setzten sich.

»Ich war etwas überrascht von deinem Anruf«, wandte sich der Informant an den Commissario. »In Ostia ist es seit Monaten ruhig.«

»Es geht diesmal auch nicht direkt um Ostia«, erwiderte Riccardo.

Fabio musterte ihn, holte dann eine Zigarettenschachtel aus der Tasche seines Hoodies und zündete sich mit einem silbernen Feuerzeug eine der Kippen an.

»Was kann ich dann für dich tun?«, fragte er abwartend.

»Wir sind hier wegen der Forza Nazionale«, entgegnete Riccardo. »Und ihren Kontakten zu den Serranos.«

Fabio nahm einen Zug, stieß den Rauch durch die Nase aus.

»Das ist nicht ganz mein Metier«, hielt er ausweichend fest.

»Ich brauche einen Namen«, erläuterte Riccardo sein Anliegen. »Niemanden von den Serranos, wenn dir das zu heiß ist. Aber der Clan und die Forza sprechen sich ab, also muss es bei der Partei Kontaktleute geben. Ich bin sicher, du kennst wenigstens einen davon.«

Der Dealer überlegte. Sein Blick wanderte dabei zwischen Riccardo und Diana hin und her, und er verlagerte leicht sein Gewicht. Kalk knirschte unter den Beinen des Stuhles. Die Kommissarin verkrampfte sich innerlich. Es war nur ein Gefühl, aber … Irgendetwas stimmte hier nicht.

»Hilf mir, das zu verstehen, Fiorentini.« Fabio zog wieder an seiner Zigarette. »Ihr bearbeitet doch den Fall dieses Serienkillers, oder?«

Riccardo zögerte kurz, nickte schließlich.

»Das stimmt«, sagte er.

»Und was hat das alles mit der Forza oder den Serranos zu tun?«

»Das kann ich dir nicht sagen.«

Fabio kaute kurz auf seiner Unterlippe.

»Hm.« Er schnalzte mit der Zunge. »Du willst, dass ich ein Risiko eingehe, ohne zu wissen, wie groß es ist.«

»Nur ein Name. Von der Forza. Niemand wird dich damit in Verbindung bringen.«

Der Dealer musterte den Commissario.

»Geht es hier darum, dass du glaubst, die Serranos hätten etwas mit dem Mord an de Luca zu tun?«

Riccardo spannte sich jetzt sichtbar an. Auch er hatte bemerkt, dass sein Informant das Gespräch zu steuern versuchte. Sicher, die Vorsicht des Mannes war nachvollziehbar. Und nach außen wirkte er ruhig. Aber da war irgendetwas in seinen Augen …

»Riccardo?«, fragte Diana leise. Ihr Kollege hob kurz die Hand, bedeutete ihr, abzuwarten, beließ seine Aufmerksamkeit zunächst auf Fabio.

»Ich habe dich nach der Forza gefragt«, hakte er nach. »Wieso ziehst du eine Verbindung zwischen den Serranos und de Luca?«

»Was sollte ich sonst tun?« Der Dealer ließ sich nicht aus der Ruhe bringen. »De Luca ist euer neuestes Opfer. Und jetzt seid ihr hier und fragt mich nach der Forza und den Serranos. Ich sehe dort keinen Zusammenhang. Aber es liegt auf der Hand, dass ihr das tut.«

»Selbst wenn es so wäre – was hätte es mit dir zu tun?«

»Jetzt bist du naiv, Fiorentini. Hätten die Serranos etwas mit dem Mord zu tun, dann gäbe es einen Krieg mit der Camorra. Und das steigert mein Risiko enorm. Also: Du willst einen Namen, und ich will wissen, wie weit ich mich aus dem Fenster lehne.«

Riccardo dachte nach, wog ab.

»Vielleicht gibt es eine Verbindung«, antwortete er schließlich. »Aber unser Fokus liegt auf der Forza, nicht den Serranos. Wir suchen den Killer. Das hat Priorität.«

Fabio beließ seinen Blick auf dem Commissario, nahm einen tiefen Zug, stieß den Rauch dann langsam aus.

»Weißt du, was schade ist, Fiorentini?«, fragte er unvermittelt. Riccardo legte die Stirn in Falten, und in Dianas Kopf schrillten jetzt alle denkbaren Alarmglocken. Die Kommissarin stemmte sich leicht in ihrem Stuhl hoch. Fabio lehnte sich derweil ein Stück nach vorn in Richtung Riccardos.

»Du bist mir trotz allem irgendwie sympathisch«, sagte er. »Und darum hätte ich mir ehrlich gewünscht, dass du mich heute etwas anderes fragst.«

Die beiden Kommissare realisierten die Falle im selben Moment, hörten das Knirschen von Kalk und Sand aus verschiedenen Richtungen, sprangen auf und schauten sich um. Aber es war längst zu spät.

In beiden Ausgängen, ebenso wie hinter der Bar, stand plötzlich je ein Mann mit Pistole, und alle drei Mündungen waren auf Diana und Riccardo gerichtet. Die rechte Hand des Commissarios war in Richtung seiner Waffe gewandert, doch er hielt inne und führte sie dann langsam nach oben, gemeinsam mit seinem linken Arm. Auch Diana hob die Hände. Sie waren umzingelt, jeder Widerstand oder Fluchtversuch war zwecklos.

Fabio stand ebenfalls auf, trat die Zigarette aus.

»Mi dispiace davvero«, entschuldigte er sich, ging dann zu Riccardo und zog dessen Pistole aus dem Halfter. Der Commissario musterte den Dealer mit einer Mischung aus Wut und Unglauben.

Einer der Mafiosi trat an Diana heran, tastete sie ab, zog ihr Telefon aus ihrer Jackentasche und zerschlug es auf dem Tresen. Als Nächstes spürte die Kommissarin die kalte Berührung von Metall an ihrer Schläfe, und eine tiefe Stimme raunte einen Befehl in ihr Ohr.

»Gehen wir, Polizistin!«

Der Kabelbinder schnitt in das Fleisch an Dianas Handgelenken, und die Muskeln ihrer nach hinten gefesselten Arme verkrampften sich zusehends. Sie saß auf einem Stuhl, genau wie Riccardo schräg neben ihr, während zwei der Mafiosi an der Wand lehnten und Fabio sich halb auf eine alte Tischtennisplatte gesetzt hatte. Auf dieser stand auch die Campingleuchte, die die einzige Lichtquelle in dem großen, ansonsten dunklen Keller der Strandbar war. Diana war überzeugt, dass der Raum nicht zum ersten Mal Ort eines kriminellen Treffens war, denn einerseits war die

Tür stabil und abgeschlossen gewesen, und in einer Ecke des Raumes standen neben den hier von früher verbliebenen Einrichtungsgegenständen auch ein voller Kasten mit Wasserflaschen sowie ein Pack Plastikbecher.

Sie schaute hinüber zu Riccardo. Der Commissario erwiderte ihren Blick, aber es fiel Diana schwer, einzuschätzen, was er dachte. Natürlich musste er genau wie sie frustriert darüber sein, so blindlings in eine Falle getappt zu sein – und weit mehr noch, denn schließlich hatte er sich in seiner Einschätzung Fabios massiv getäuscht. Sicher plagte auch ihn in diesem Moment dieses unbeantwortbare *Warum?*. Sie konnte es so gut nachempfinden. In der Tat hatte Riccardo mehrfach versucht, von Fabio eine Auskunft zu erhalten, was hier vor sich ging. Doch der Dealer hatte nur den Kopf geschüttelt und geschwiegen.

Also warteten sie, bereits seit einer halben Stunde jetzt, auf was auch immer als Nächstes kommen würde. Und die Beklommenheit in der Seele der Kommissarin verdichtete sich von Minute zu Minute, denn die drohende Eskalation wurde immer mehr Gewissheit als Vorahnung. Gab es denn keinen Weg, diesen Albtraum aufzuhalten?

Im selben Augenblick war dumpf das Geräusch eines sich nähernden Motors von oben zu hören, das kurz darauf stoppte. Dann Schritte im Barraum über ihnen, die sich kurz nach rechts entfernten, bevor sie sich auf der Treppe in den Keller wieder näherten. Fabio schnalzte mit der Zunge, sprang von der Tischtennisplatte und schaute erwartungsvoll in Richtung Tür. Diana drehte den Kopf, um sehen zu können, was geschah.

Ein elegant gekleideter Mann betrat den Raum, gefolgt von zwei weiteren kräftig gebauten Männern, die Diana zuvor nicht gesehen hatte. Einer von ihnen ließ sich von Fabio den Schlüssel geben und schloss dann die Tür ab. Das Geräusch des einrastenden Riegels hatte ein unheilvolles Echo fataler Endgültigkeit.

Der Mann im modernen Sportsakko, der Ende dreißig war, lockiges Haar hatte und mehrere Goldringe trug, trat vor die beiden Gefesselten.

»Michele Serrano«, identifizierte ihn Riccardo.

Der Angesprochene lächelte trocken. »Commissario Fiorentini«, entgegnete er, ließ seinen Blick dann zu Diana wandern. »Und Commissaria Brandt. Ich wünschte, ich könnte sagen, dass es mir ein Vergnügen ist.«

Er nahm sich einen der an der Wand lehnenden Klappstühle, stellte ihn auf und nahm gegenüber der Kommissare Platz. Die beiden kräftigen Männer, die die Leibwächter des Mafiabosses sein mussten, flankierten ihn in geringem Abstand. Serrano strich über seinen perfekt gestutzten Bart.

»Sie können mir glauben, diese Situation hätte ich sehr gern vermieden«, offerierte er.

»Was genau glauben Sie, das Sie hier tun?«, erkundigte sich Riccardo.

»Mich schützen ganz offensichtlich.«

»Und was haben Sie mit uns vor?«, fragte Diana direkt.

»Ich denke, Sie sind Profi genug, um zu wissen, dass wir bereits über den Punkt ohne Wiederkehr hinaus sind«, entgegnete Serrano. Die Stimme des Mannes war extrem monoton, fluktuierte kaum, spiegelte weder Groll noch Mitgefühl wider.

»Sie glauben nicht ernsthaft, dass Sie zwei Polizisten ermorden können und damit durchkommen!«

Der Protest war von Riccardo gekommen, und in der Tat fragte sich auch Diana, was den Mafioso bewegen könnte, zu so drastischen Maßnahmen greifen zu wollen. Sichere Geschäfte waren die Priorität aller modernen Mafiaclans, und die blutigen Morde an Polizisten und Richtern gehörten in weiten Teilen der Vergangenheit an. Wenn sie mit ihrer Theorie allerdings richtiggelegen hatten …

Michele Serrano nickte, überlegte kurz.

»Sie haben natürlich recht, Commissario«, erwiderte er. »Sie beide zu töten ist ein großes Risiko. Aber …« Sein Blick wanderte kurz in die Ecke des Raumes. »Lassen Sie uns doch einmal abwägen.«

Er stand auf, ging zu dem Pack Wasserflaschen, nahm eine davon sowie zwei der Plastikbecher, welche er nebeneinander auf die Tischtennisplatte stellte. Dann öffnete er die Flasche, schaute zu Riccardo und Diana.

»Auf der einen Seite – sagen wir, ich töte Sie beide. Oder besser gesagt, Sie verschwinden, denn Ihre Körper wird man niemals finden. Was passiert dann? Wahrscheinlich kommen Polizisten zu mir und meinen Leuten und stellen Fragen. Das ist nicht wirklich gut.«

Er kippte die Flasche an und ließ ein wenig Wasser in den linken Becher fließen.

»Aber die Polizisten haben keine Beweise«, fuhr Serrano fort. »Und niemand kann sagen, wo Sie überhaupt hinwollten.«

»Das stimmt nicht«, entgegnete Riccardo.

Der Mafiaboss taxierte den Commissario einen Moment lang mit kritischem Blick, bevor seine Lippen ein eisiges Lächeln formten. »Jetzt lügen Sie, Fiorentini«, hielt er fest. »Ich nehme es Ihnen natürlich nicht übel. Aber Sie sollten mich auch nicht für einen Idioten halten. Sie sind hergekommen, um einen Informanten zu treffen, von dem aus Sicherheitsgründen nur Sie selber wussten. Also glaube ich nicht, dass irgendjemand in der Questura darüber informiert ist, dass Sie beide hier sind.«

»Man hat uns auf der Strandpromenade gesehen«, wandte Diana ein.

»Ich weiß.« Serrano schaute zu ihr. »Bei einem Streit mit der Bürgerwehr. Also wenn Sie jetzt verschwinden, dann wird man wohl eher die Forza verdächtigen als uns.«

Hier fehlte der Kommissarin ein Gegenargument. Der Mafioso war nicht nur gut informiert, sondern in seiner kühl kalkulierten Argumentation bisher auch stichhaltig.

»Aber man kann nie alle Variablen kontrollieren«, fuhr Serrano fort. »Sagen wir meinetwegen, irgendjemand nimmt uns trotzdem ins Visier.«

Wieder goss er ein wenig Wasser in den Becher. *Gluck, gluck.* Die meisten der anderen Mafiosi verfolgten das Handeln ihres Bosses so amüsiert wie fasziniert.

»Mit Beweisen wird es schwierig. Wie gesagt, ohne Leichen kein Mord. DNA-Spuren? Ich habe nicht vor, Sie hier zu töten, aber ich habe vor, diese Bar bis auf die Grundmauern niederzubrennen. Also wird auch das schwierig. Was noch? Vielleicht hat jemand Ihr Auto herfahren sehen und später unseres? Sehr unwahrscheinlich, aber sagen wir mal, irgendein Spaziergänger in den Dünen gibt der Polizei einen Tipp.«

Wieder ein Schluck Wasser.

»Man könnte mich in Untersuchungshaft stecken.«

Gluck, gluck.

»Aber verurteilen? Anhand von was? Und selbst wenn …«

Ein größerer Schluck. *Gluck, gluck, gluck.*

»Dann verbringe ich einige Jahre in demselben komfortablen Gefängnis wie mein Bruder.«

Serrano stellte die Flasche ab, nahm den Becher und hielt ihn nahe vor die Gesichter beider Kommissare, damit sie das Ergebnis begutachten konnten.

»Also selbst im schlimmsten Fall«, resümierte der Mafiaboss, »ein halb volles Glas.«

Er stellte den Becher zurück, griff erneut nach der Wasserflasche und sah wieder zu Riccardo und Diana. Spätestens jetzt war jeder Anflug eines Lächelns aus seinem Gesicht verschwunden.

»Und nun zum zweiten Szenario. Was würden Sie tun, wenn Sie morgen in die Questura kommen, Commissario? Sie würden einen Bericht schreiben – denn das ist es, was gute Polizisten tun. Einen Bericht über Ihren Verdacht, dass wir etwas mit dem Mord an de Luca zu tun hatten.«

Ein großer Schluck Wasser floss in den rechten Becher. *Gluck, gluck, gluck.*

»Nun wissen wir beide, dass es auch bei der Polizei undichte Stellen gibt. Wie lange würde es wohl dauern, bis die Camorra von Ihrem Bericht erfährt? Einen Tag? Zwei?«

Gluck, gluck, gluck, gluck.

»Und dann wird die Camorra nicht herkommen und Fragen stellen. Sie werden keine Beweise suchen. Es wird ihnen egal sein, ob Ihre Theorie stimmt oder nicht. Sie werden herkommen, mit Maschinenpistolen, und sie werden ein Exempel statuieren. Vielleicht trifft es die Richtigen, oder es dient als Warnung an die wahren Schuldigen. Und ich werde nicht in einem Gefängnis enden, sondern in einer Blutlache auf der Straße.«

Serrano leerte die Wasserflasche in einem Zug in den rechten Becher. *Gluck, gluck, gluck* – ohne Unterlass, bis das Wasser überquoll und von der Tischtennisplatte auf den Boden tropfte. *Platsch, platsch, platsch.*

»Und damit haben wir abgewogen.«

Serrano warf die leere Flasche zurück in die Ecke. Alle Mafiosi in dem Raum spannten sich instinktiv an, und in ihren Augen leuchtete düstere Entschlossenheit.

Riccardo schaute zu Diana, wirkte in diesem Moment vollkommen hilflos. Auch über den Körper der Kommissarin kroch eine Gänsehaut. *Wie lange noch?*

»Wir werden es kurz und sauber machen«, fuhr Michele Serrano fort, wieder komplett emotionslos, nachdem in den letzten Worten seiner Ansprache eine gewisse Erregung mitgeschwungen hatte. »Sie fahren ein Stück die Küste hinauf, und dann werden Ihnen meine Männer hier ...« Er deutete auf seine Leibwächter. »... in den Kopf schießen. Die beiden wissen, was sie tun, also geht es schnell und gibt keine Schweinerei. Wie gesagt, es ist nichts Persönliches.«

Diana spannte sich innerlich an. Die Uhr tickte erbarmungslos. Sollte sie alles riskieren und jetzt eingreifen? Riccardo schien ratlos. Michele Serrano war offensichtlich fest entschlossen. Aber zum Glück trieb sein Ego den Commissario zu einer Nachfrage, die Diana noch etwas Zeit verschaffte.

»Eins würde ich gerne wissen«, wandte Riccardo sich an Serrano. Der Mafioso zuckte mit den Schultern.

»Bitte.«

Der Commissario nickte in Richtung Fabios.

»Warum lebt er noch?«

Serrano warf dem Dealer einen Blick zu.

»Was denken Sie?«, fragte er dann Riccardo.

Dianas Aufmerksamkeit verlagerte sich von dem Gespräch weg. Sie nahm die Stimmen der beiden Männer nur noch wie aus der Distanz wahr, während ihre Augen alle Details des Raums registrierten, ihr Gehirn alle denkbaren Szenarien durchspielte.

»Er muss schon immer für Sie gearbeitet haben«, vernahm sie Riccardos Stimme. »Aber dann macht es keinen Sinn …«

»… dass er Rocco verraten hat?«, fragte Michele Serrano. Diana beobachtete jedoch die anderen Mafiosi. Die beiden Männer, die ihnen oben aufgelauert hatten, flüsterten sich im Hintergrund etwas zu, grinsten. Sie waren entspannt, fürchteten nichts. Einer der Leibwächter schob leicht ungeduldig den Ehering an seinem Finger auf und ab. Es lag eine greifbare Energie in der Luft, die Männer wollten handeln. Es würde einen kompletten Paradigmenwechsel brauchen, um den angedachten Lauf der Ereignisse noch zu ändern. *Muss ich es tun, oder wird es mir doch noch abgenommen?*

»Fabio hat Ihnen einen Zeugen geliefert, mit dessen Hilfe Sie Rocco Totschlag beweisen konnten«, sagte Serrano zu Riccardo. »Und das war unter den Umständen unsere beste Option.«

Wenn ich zu diesem Mittel greife, waren all die Jahre umsonst.

»Es war geplanter Mord«, erkannte der Commissario.

Ich werde mich direkt schuldig machen.

»Und es gab DNA-Spuren. Rocco war schon immer sehr impulsiv. Und offen gesagt nicht sehr klug. Ein paar Jahre bei geringer Sicherheitsstufe kühlen ihn vielleicht etwas ab.«

Aber es wird jetzt eh passieren, oder? Und – falls sie nicht kommen – welche andere Wahl habe ich?

Serrano klatschte in die Hände.

»Aber gut jetzt«, proklamierte er. »Sie wissen alles, was Sie wissen müssen. Kein Grund, es unnötig hinauszuzögern.«

Er winkte seinen beiden Leibwächtern zu, die sich daraufhin auf Riccardo und Diana zubewegten. Die Kommissarin wusste: Sollten sie den Raum verlassen, aus Michele Serranos Umfeld gezogen werden, bevor irgendjemand eingreifen konnte, wären sie verloren.

Ich muss es tun. Ich kann sie nicht gewinnen lassen. Und für Riccardo. Er hat das nicht verdient.

»Aber Sie wissen nicht alles, was Sie wissen müssen.«

Serrano hielt inne, sah Diana fragend an, und auch seine Leibwächter zögerten. Die Kommissarin richtete den Kopf auf und sah dem Mafiaboss in die Augen, ohne zu blinzeln.

»Was weiß ich nicht?«, fragte er.

»Wer ich bin.«

Allein das Aussprechen dieses Satzes war wie ein Erdbeben, das alle Mauern, die Diana innerlich zusammenhielten, in Schutt und Asche legte. Von einem Moment zum nächsten war sie nicht mehr sie selbst, nicht mehr die Kommissarin, sondern alles, was sie nie hatte sein wollen.

Serrano schüttelte den Kopf, lächelte etwas unsicher.

»Was soll das denn heißen?«, fragte er.

Auch Riccardo schaute angespannt zu Diana, versuchte zu verstehen, was sie erreichen wollte.

Ist es jetzt wirklich so weit?

Diana atmete ein, formte im Geist die gefürchteten Sätze, zwang das erste Wort auf ihre Zunge.

»Ich ...«

In diesem Augenblick klopfte es. Zwei Mal lang, drei Mal kurz. Und der Kommissarin fiel ein immenser Stein vom Herzen.

Serrano schaute zur Tür, nickte einem seiner Leibwächter zu. Die Männer schienen nicht übertrieben besorgt, denn das Klopfen war offensichtlich ein Code. Der Leibwächter holte den Schlüssel hervor, öffnete die Tür – und machte einen schnellen Schritt rückwärts, zog dabei seine Pistole. Schon einen Augenblick später hatten alle Mafiosi bis auf Fabio ihre Waffen in der Hand, richteten sie auf den Eingang des Kellers. Diana sah die Überraschung in Riccardos Gesicht, reckte selbst den Kopf, um zu sehen, was vor sich ging.

In diesem Moment trat der dritte Mafioso, der zuvor Dianas Telefon zerstört hatte, in den Raum. Sicher hatte der Mann oben Wache gestanden. Und er kam nicht aus eigenem Antrieb in den Keller, sondern vielmehr war er es jetzt, dem eine Pistolenmündung an die Schläfe gepresst wurde, von einem durchtrainierten Mann, der eine schwarze Skimaske trug. Hinter ihm folgten zwei weitere Männer, einer ebenfalls maskiert und mit Maschinenpistole im Anschlag, der andere hingegen ohne Vermummung und mit beschwichtigend erhobenen Händen. In seiner Linken hielt er ein Mobiltelefon älterer Bauart.

Die Mafiosi in dem Keller waren völlig konsterniert, schauten hilfesuchend zu ihrem Boss, doch auch Serrano schien von dem abrupten Wandel der Situation überfordert. Angespanntes Atmen hallte aus allen Winkeln des Raumes.

Jetzt brauchte es nur eine falsche Geste, eine Panikreaktion, und es würde ein Blutbad geben.

Der unmaskierte Neuankömmling trat vorsichtig einen Schritt weiter in den Raum hinein als seine beiden Begleiter, die sich links und rechts der Tür positionierten. Er hatte kurzes blondes Haar und blaue Augen, die in starkem Kontrast zu seiner eher braunen Hautfarbe standen. Vor allem aber projizierte er absolutes Selbstvertrauen und völlige Ruhe. Sein Blick hatte beim Hereinkommen kurz Diana gestreift, doch seitdem fokussierte er ihn ausschließlich auf Michele Serrano, ignorierte alle anderen Anwesenden. Er hielt weiter beide Hände erhoben, drehte jetzt jedoch die freie Rechte leicht ein. Serrano bemerkte die Geste, schaute genauer hin und nahm den silbernen Ring am Zeigefinger seines Gegenübers wahr. Den Ring in Form einer Schlange, die sich selber verschlang.

Diana sah den Mafiaboss stocksteif werden. Erst jetzt verstand er, was die Kommissarin schon die ganze Zeit wusste – wer die drei fremden Männer waren. Denn nur ganz wenige durften diesen Ring tragen. Licatas Treueste der Treuen. *Praetoriani.*

Serrano hob extrem langsam die rechte Hand, drehte sich zu seinen Männern um.

»Wartet«, befahl er ihnen, schaute dann wieder zu dem blonden Mafioso. Dieser streckte ihm die Hand mit dem Telefon entgegen.

»Don Licata«, sagte der Neuankömmling nur.

Alle anwesenden Serrano-Leute tauschten ungläubige Blicke aus. Diana konnte sich vorstellen, dass sicher auch Riccardo in diesem Moment mit genau demselben Ausdruck zu ihr schaute – aber wenn sie eines in diesem Moment nicht ertragen konnte, dann, in die Augen des Commissarios zu blicken.

Serrano nahm das Handy mit leicht zitternder Hand, führte es an sein Ohr.

»Pronto?«, meldete er sich, und diesmal war seine bisher so kalte Stimme von tiefer Verunsicherung geprägt. Dann hörte er eine längere Zeit zu. Die Blicke aller Anwesenden waren auf ihn gerichtet. Über die Gesichter mehrerer seiner Leute lief Schweiß. Und schließlich bildete sich auf den Zügen Serranos ein Ausdruck absoluten Unglaubens. Er schaute zu Diana. Sie hielt seinen Blick. *Jetzt weiß er es. Kein Zurück mehr. Es wird passieren. Wegen mir.*

Der Mafiaboss befeuchtete sich die spröden Lippen mit der Zunge.

»Welche Garantien habe ich?«, fragte er, hörte dann wieder zu. Seine Mimik verriet, dass ihm die Antwort wenig behagte, doch gleichzeitig sackten seine Schultern nach unten – die Körperhaltung eines Unterlegenen.

»Ich verstehe, Don Licata.«

Serrano senkte das Telefon, schaute zu einem seiner Leibwächter.

»Schneide sie los«, befahl er ihm.

Der Mann zögerte kurz, sah zu den drei Praetoriani, steckte dann vorsichtig seine Pistole weg. Er zog ein Schmetterlingsmesser aus seiner Hosentasche, kniete sich hinter Dianas Stuhl, durchtrennte den Kabelbinder. Danach ging er hinüber zu Riccardo und befreite ihn ebenfalls.

Michele Serrano reichte das Telefon zurück an den blonden Mann, der es seinerseits an sein Ohr führte.

»Sie sind frei«, sagte er leise und ruhig.

»Also sind wir im Guten?«, erkundigte sich Serrano.

Der Praetorianus beendete das Gespräch, steckte das Telefon weg und nickte.

»Wir sind im Guten.«

»Was jetzt?«

»Wir gehen mit den Polizisten. Ihr bleibt hier, zehn Minuten, dann geht auch ihr. *Va bene?*«

Serrano schien kurz widersprechen zu wollen, überlegte es sich dann aber anders.

»Va bene«, bestätigte er.

Der blonde Mann winkte Diana und Riccardo zu sich.

»Kommt langsam rüber«, wies er sie an. Die beiden Kommissare folgten der Order, traten hinter den Mann und blieben vor der Tür stehen. Der Praetorianus schaute weiterhin zu Serrano.

»Die Waffen auf drei?«, fragte er.

Der Angesprochene nickte. Der Anführer der Praetoriani zeigte in Richtung des Mannes mit der Maschinenpistole.

»Er deckt uns beim Abzug.«

Serrano fletschte kurz die Zähne, war offensichtlich mehr als frustriert. Aber schließlich bestätigte er auch diese Bedingung. Der blonde Mann hob die rechte Hand, drei Finger ausgestreckt, und knickte dann einen nach dem anderen ein. Als seine Hand eine Faust bildete, senkte sein Kamerad die Pistole und ließ den gefangenen Serrano-Mann los. Im Gegenzug richteten dessen Kumpane die Waffen zu Boden. Der dritte Praetorianus mit der Maschinenpistole behielt die feindlichen Mafiosi im Schussfeld.

Der blonde Mann bedeutete Diana und Riccardo, den Raum zu verlassen, folgte ihnen dabei selbst. Im Aufgang verweilten sie auf den untersten Treppenstufen. Als Nächster kam der Mann mit der Pistole hinterher, danach verließ der Träger der Maschinenpistole den Raum rückwärts, und der zweite Mann zog hinter ihm die Tür zu. Der blonde Praetorianus deutete nach oben. Die beiden Kommissare stiegen langsam die Stufen hinauf und hörten die anderen drei Männer ihnen mit etwas Abstand folgen.

Oben lag der schmale Gang, der in Richtung Bar führte. Von ihm gingen mehrere leere Türrahmen ab, die in ehemalige Lagerräume, eine Toilette und die Küche führten. Diana und Riccardo konnten im Vorbeigehen in zwei der Räume je einen weiteren vermummten Praetorianus mit Maschinenpistole erkennen, ihre Konturen vom fahlen Mondlicht nachgezeichnet. Die Männer nahmen sie nur kurz zur Kenntnis, konzentrierten sich dann sofort wieder auf die Deckung des Flures. Alle Praetoriani waren perfekt trainierte Exmilitärs. *Die Serranos werden keine Chance haben.*

Die Kommissare betraten den Barraum, und auch hier lehnte ein Mafiakiller neben der Tür, eine Pistole im Anschlag. Er nickte zu dem vorderen Ausgang. Diana und Riccardo gingen in die angezeigte Richtung, stolperten dabei fast über drei Benzinkanister, die in der Mitte des Raumes abgestellt worden waren – sicher von den Serrano-Leuten, um das Gebäude wie angekündigt niederzubrennen. Diana hörte Schritte und sah sich um. Der blonde Praetorianus folgte ihnen nach draußen, während seine beiden Gefolgsleute aus dem Keller im Barraum verblieben, dort ihre Waffen überprüften.

Draußen war die Nacht sehr hell, Mond und Sterne strahlten am Himmel, nur wenige dünne Wolkenstreifen zogen geisterhaft über das Firmament. Da oben ist es wunderschön, dachte Diana. *Und hier unten herrscht die Hölle.*

Zwischen den Palmen nahe dem Eingang konnte sie zwei weitere Praetoriani ausmachen, die das Gebäude mit Sturmgewehren absicherten; die Mafiosi senkten die Waffen, als sie die beiden Kommissare und ihren Anführer sahen. Also acht Mann insgesamt. Licata machte keine halben Sachen. Aber wann hatte er das je getan?

Riccardo drehte sich zu Diana, schaute sie fragend an. Sie konnte sich nur zu gut vorstellen, welches Chaos jetzt im Kopf des Commissarios herrschen musste, wie groß sein Bedürfnis nach Antworten war. Aber wenn er jetzt die falsche Frage stellte, würde sein Leben verwirkt sein. Also streckte Diana schnell die Hand aus, legte ihre Finger auf Riccardos Lippen und schüttelte energisch den Kopf. Sie hoffte inständig, dass er ihr vertrauen würde, zumindest jetzt noch. Der Commissario nickte schließlich, wenn auch widerstrebend, und Diana war erleichtert.

Sie senkte ihre Hand, drehte sich zu dem blonden Mafioso, der sie aufmerksam betrachtete. Die Kommissarin konzentrierte sich, so gut sie es nur irgendwie konnte. Kein falsches Wort jetzt und keines zu viel. Vor allem aber kein Zeichen von Schwäche. Sie schaute direkt in die blauen Augen des Mannes.

»Wie ist dein Name, Soldat?«, fragte sie.

»Scalidda«, kam die Antwort. Diana überlegte kurz. Es war sein Kampfname – natürlich – und bedeutete »kleine Stufe« auf Sizilianisch.

»Hör mir zu, Scalidda«, fuhr sie fort, nie den Blickkontakt unterbrechend. »Der Commissario … Ich bürge für ihn.«

Scalidda musterte sie, und für einen unendlich langen Moment blinzelte auch er nicht. Schließlich, endlich, nickte er.

»*Vabbè.*« Er deutete in Richtung der Zufahrtsstraße. »Geht. Jetzt.«

Er schaute hinüber zu seinen beiden Männern zwischen den Palmen, gab ihnen ein kurzes Signal mit zweimal kreisendem Zeigefinger, woraufhin diese sich hinknieten, ihre Sturmgewehre erneut in Anschlag nahmen und entsicherten. Scalidda zog seine eigene Pistole aus dem Halfter und ging ohne weitere Worte zurück in die Strandbar.

Riccardo schaute dem Praetorianus hinterher, dann zu Diana.

»Was passiert hier?«, fragte er erregt.

Diana hatte selbst große Mühe, die Fassung zu wahren, aber es gelang ihr, zumindest noch diesen einen entscheidenden Moment länger.

»Riccardo, hör mir jetzt ganz genau zu.« Ihre Stimme war fest und klar. »Du nimmst meine Hand. Wir gehen zum Auto. Und wir drehen uns nicht um.«

»Was meinst du damit? Werden sie …«

»Riccardo. Bitte.« Diana ließ ihre Stimme so eindringlich wie nur möglich klingen, und in ihren Blick legte sie mehr eine geschriene Warnung als eine stumme Bitte. »Denk an Francesca. Sie soll auch morgen noch einen Vater haben, oder?«

Riccardo sah sie an, völlig aus der Fassung. Doch Gott sei Dank verstand er, wenn nicht ihre Worte, dann die Verzweiflung in ihren Augen. Und er ergriff ihre ausgestreckte Hand.

Diana ging los, zog ihn mit sich, hielt seine Hand fester als je die Hand eines anderen Menschen. Der Sand knirschte unter ihren Füßen, ihr hektisches Atmen klang in ihren Ohren, das Wummern ihres Herzens hallte bis in ihren Schädel. Sie hatten noch nicht ganz das Auto erreicht, als hinter ihnen die ersten Salven automatischer Waffen aufbrandeten und die Schreie begannen. Diana zuckte zusammen, aber sie ging weiter, zog weiter, auch wenn Riccardo sich umschaute, aber er durfte sich nicht losreißen, nicht zurückstürzen, um sinnlos seine Pflicht tun zu wollen. Sie durfte ihn nicht lassen.

Endlich erreichten sie den Wagen. Diana ließ Riccardo nicht los, zog mit der freien Hand den Autoschlüssel aus seiner Jacke, bugsierte ihn dann zur Beifahrertür. Der Commissario starrte weiter in Richtung der Strandbar, hin zu den Schüssen und Schreien.

»Steig ein. Bitte.«

Riccardo schaute sie noch einmal an, und die fast kindliche Hilflosigkeit in seinem Blick hinterließ einen Schnitt in Dianas Seele, von dem sie wusste, dass er nie vernarben würde. Dann ließ sich der Commissario nahezu widerstandslos auf den Beifahrersitz drücken.

Diana rannte um das Auto herum, stieg ein, brauchte mehrere Versuche, um den Motor zu starten. Sie fuhr los, zunächst rückwärts und langsam, doch auf diese Weise sah sie das Irrlichtern des Mündungsfeuers aus Richtung der Bar und die ersten Flammen, die aus den Fenstern leckten.

Die Kommissarin riss das Steuer herum, drehte den Wagen und trat aufs Gas, ohne Rücksicht auf den Untergrund oder das Risiko, stecken zu bleiben. Sie hatte Glück, und das Auto trug sie weg, weg von dieser Hölle, zumindest für den Moment. Ein Teil ihrer Seele aber würde für immer dort bleiben, in dieser Strandbar, inmitten des Feuers, des Blutes und der Schuld.

Diana wusste nicht, wie lange sie bereits das Auto die Küstenstraße hinauf zurück in Richtung Ostia gelenkt hatte, als ihr Magen revoltierte. Die Kommissarin trat auf die Bremse, verringerte die hohe Geschwindigkeit so schnell wie möglich, steuerte an den Rand und stürzte aus der Tür, herum um die Motorhaube und hinein in das taufeuchte Gras. Sie übergab sich minutenlang, wieder und wieder, bis ihr Magen endlich leer war.

Diana stemmte sich zurück auf die Knie, versuchte, ein- und auszuatmen. Sie bemerkte erst, dass Riccardo neben ihr stand, als der Commissario sich zu ihr herunterbeugte und ihr ein Zellstofftaschentuch reichte.

»*Grazie*«, bedankte sie sich, wischte Mund und Kinn sauber. Dann lehnte sie sich nach hinten gegen die Beifahrertür und versuchte, irgendwie ruhiger zu werden, irgendwie wieder klar zu denken. Beides fiel ihr unendlich schwer.

Riccardo setzte sich neben Diana, betrachtete sie, und in seinen Augen spiegelten sich ebenso viele Fragen wie widerstrebende Emotionen. Jetzt war es so weit – noch länger würde sie den Moment der Wahrheit nicht aufschieben können.

»Bitte erklär mir, was gerade passiert ist«, forderte der Commissario. Diana schaute ihn an, nickte schließlich. Sie stemmte sich auf die Beine, zog ihre Lederjacke aus, holte noch schnell ihr Drehzeug aus der Tasche und warf die Jacke dann auf den Fahrersitz, schloss die Tür und setzte sich wieder. Riccardo verfolgte ihr Handeln mit verwundertem Ausdruck.

Die Kommissarin klemmte den Filter in ihren Mund, holte ein Zigarettenpapier aus der Packung und versuchte, den Tabak daraufzustreuen. Doch ihre Hände zitterten so sehr, dass er augenblicklich auf den Boden fiel.

»Kannst du rollen?«, fragte sie Riccardo.

»Nein. Tut mir leid.«

Scheiße.

Diana atmete scharf aus, warf den Drehbedarf dann neben sich ins Gras.

»Rede mit mir«, drängte ihr Kollege voller Ungeduld. »Warum haben uns die Elitekiller Orsino Licatas gerettet?«

Die Kommissarin schaute ihrem Kollegen fest in die Augen.

»Was ich dir jetzt sage, darfst du mit niemandem teilen. Niemals. Du würdest nicht nur dein Leben gefährden, sondern auch das der anderen Person. Verstehst du mich?«

Riccardo zögerte kurz, nickte schließlich. Diana zog tief die frische Nachtluft in ihre Lungen. *Wo anfangen, welche Worte wählen? Wo sonst? Bei ihm.*

»Adolfo Ferretti … Mein Vater …« Sie brach kurz ab. Alles in ihr sträubte sich dagegen, die Wahrheit auszusprechen, zum ersten Mal überhaupt diesen Teil ihres Geheimnisses preiszugeben. Aber die Wahl war ihr genommen worden.

»Er war nicht der Held, für den ihn alle halten. Ja, er hat den Velardi-Clan zerschlagen. Aber nicht allein. Er hatte Hilfe, die ganze Zeit. Die Hilfe … Orsino Licatas.«

Riccardo überlegte, schien einen Moment lang dagegen anzukämpfen, das Gehörte zu akzeptieren.

»Soll das heißen …«

Diana nickte.

»Mein Vater wollte die Velardis zerschlagen. Um jeden Preis. Er hat es jahrelang versucht, ohne Erfolg, und sie wurden … sein weißer Wal. Dann wollte Licata an die Macht. Und als er anbot, meinem Vater die Informationen zu liefern, die er brauchte … hat Adolfo Ferretti Ja gesagt.«

In die Augen des Commissarios stahl sich Erkenntnis.

»Und daraus entstand ein Pakt des Schweigens«, folgerte er.

»Genau. Meinen Vater hätte die Wahrheit seine Karriere gekostet. Und was Licata angeht … Du weißt, dass er nach außen für die klassischen Regeln der Cosa Nostra steht. Für ihren verzerrten Sinn von Ehre. Wenn die anderen Clans erfahren würden, dass er nur mithilfe eines Polizisten an die Spitze der neuen Cupola gekommen ist und auf Kosten der Velardi, denen er eigentlich Treue schuldete – sein Ruf würde schweren Schaden nehmen.«

Riccardo betrachtete Diana aufmerksam.

»Hat dein Vater auch Licatas Vendetta gedeckt?«, fragte er nach. »Die Rachemorde, nachdem bei dem Attentat auf ihn seine schwangere Frau gestorben war?«

Ganz vorsichtig jetzt, zuckte es durch Dianas Kopf, und sie musste sich bemühen, ihre Gedanken genug zu fokussieren, um ja nichts Verhängnisvolles zu sagen.

»Davon gehe ich zumindest aus«, erwiderte sie bedachtsam. »Und auch von dieser Hilfestellung darf die Cosa Nostra nichts wissen.«

»Also hütet Licata das Geheimnis.«

»Mit allen nötigen Mitteln.«

Riccardo nickte, schwieg einen Augenblick, bevor er die nächste, entscheidende Frage stellte.

»Aber was hat das alles mit dir zu tun?«

Diana senkte den Blick.

»Ich habe die Wahrheit erfahren, als ich fünfzehn war«, fuhr sie fort, bemüht, sich nicht von ihren Gefühlen übermannen zu lassen. »Ich habe … Mein Vater war mein Held, weißt du? Mein Vorbild, all die Jahre lang. Und dann … Ich bin gegangen. Zu meinen Großeltern nach Deutschland. Meine Mutter blieb in Sizilien. Fünf Jahre später … ist Adolfo gestorben.«

»Hast du ihn vorher noch einmal …«

Diana schüttelte den Kopf und konnte nicht verhindern, dass ihre Augen feucht wurden.

»Ich konnte es nicht. Er hat … versucht, mich zu erreichen, wollte es erklären. Aber ich habe nicht verstanden, was es noch zu sagen gegeben hätte.«

»Du bereust es?«

Jeden Tag. Aber zu diesem Geständnis war Diana nicht bereit.

»Ich dachte, damit wäre es vorbei«, erwiderte sie stattdessen und achtete erneut sehr auf ihre Worte. *Nur den Teil der Wahrheit, mit dem ich Riccardo nicht noch mehr gefährde.* »Aber Licata … Du musst wissen, mein Vater und er, sie kannten sich aus ihrer Jugend. Sie kamen aus demselben Dorf.«

»Sie waren Freunde?«, fragte Riccardo ungläubig.

»Ja«, erwiderte Diana. »Auch deshalb sah sich Licata immer in der Schuld meines Vaters. Und Teil dieser Schuld … ist mein Schutz.«

»Warum?«

»Weil er es Adolfo geschworen hat. Als mein Vater krank wurde …« Diana musste schlucken. »Er wollte gewährleisten, dass ich sicher bin.«

Sie schaute zu Riccardo, konnte dessen Blick aber nur kurz halten. In ihm lagen zu viele Fragen, zu viele Gefühle, und in diesem Moment war sie bereits von ihren eigenen Fragen und Emotionen überfordert.

»Wie sieht dieser Schutz aus?«, erkundigte sich der Commissario.

»In Deutschland bin ich von alldem weg. Licata weiß, dass ich auf mich aufpassen kann. Aber hier in Italien … Das ist sein Land. Hier sieht er es als seine Pflicht.«

»Ah.« Riccardo verstand, nickte. »Mit dem Mord an de Luca – als die Mafia involviert wurde …«

»Ein paar seiner Männer waren sicher schon hier. Im Hintergrund. Für alle Fälle.«

»Sie sind dir also gefolgt.«

»Mein Telefon zu hacken dürfte für die Praetoriani kein Problem gewesen sein.«

Diana konnte sehen, wie es hinter der Stirn des Commissarios arbeitete, und sie erahnte – und fürchtete – seine nächste Frage, noch bevor er sie aussprach.

»Aber wie haben sie bemerkt, dass wir in Gefahr waren?«

Die Kommissarin schloss kurz die Augen, atmete aus.

»Meine Jacke«, antwortete sie schließlich. »Sie haben eine GSM-Wanze im Futter platziert.«

Für einen Moment herrschte Schweigen neben ihr, bevor Riccardo die konsequente Folgefrage stellte.

»Woher wusstest du das?«

»Wenn ich nach Italien fahre, rechne ich mit allem. Ich hatte ein Suchgerät eingepackt.«

Diana bemerkte auch ohne Blickkontakt, wie der Commissario sie für einen langen Moment musterte.

»Du wolltest, dass sie uns folgen. Und dass sie uns hören können.«

Die Kommissarin schaute ihren Kollegen an, suchte nach Verständnis in seinen Augen.

»Du hast gesagt, es könnte gefährlich sein«, versuchte sie eine Erklärung. »Ich dachte ... ein Sicherheitsnetz könnte nichts schaden. Ich konnte nicht ahnen, dass wir es brauchen.«

Noch während sie die Worte sprach, war ihr klar, wie leer sie klangen, wie schwach ihr Argument war. *Aber warum habe ich es sonst getan? Ich wollte doch nur Riccardo schützen. Wenn nicht allein deshalb – warum dann?*

»Licata musste Serrano die Wahrheit sagen, um unsere Freilassung zu erwirken«, folgerte der Commissario korrekt.

»Eine Wahrheit, die niemand kennen darf«, fügte Diana hinzu. »Ab dem Moment, in dem die Praetoriani eingreifen mussten, gab es nur einen Ausgang.«

Riccardo schaute zu Boden.

»Sie haben uns das Leben gerettet«, hielt er fest, aber seine Stimme klang nicht so, als würde er eine positive Tatsache reflektieren.

»Es ist meine Bürde«, versuchte Diana ihren Kollegen zu entlasten. Doch dieser schaute sie verständnislos an.

»Wir waren beide Zeugen eines Verbrechens«, sagte er eindringlich. »Eines Schwerverbrechens. Es wäre unsere Pflicht, Bericht zu erstatten. Das weißt du.«

Diana nickte.

»Nur zu gut«, entgegnete sie. »Aber das können wir nicht. Wir dürfen niemals über das reden, was heute Nacht passiert ist.«

»Was würde passieren?«

»Bitte, Riccardo …«

»Nein. Sag es mir.«

Diana schluckte, senkte den Kopf.

»Ich würde meinen Job verlieren. Das ist egal. Es wäre konsequent. Aber wenn du redest …«

Sie blickte ihm in die Augen und konnte nicht verhindern, dass eine Träne über ihre Wange lief.

»Sie würden dich töten. Es tut mir so leid.«

Der Commissario betrachtete sie, schien hin- und hergerissen zwischen Wut und Mitgefühl.

»Du …« Er brach ab, schüttelte den Kopf. »Nein. Wie kann ich es dir vorwerfen? Ich habe mich von den Serranos vorführen lassen. Du bist nicht schuld daran, dass es zu diesem Massaker gekommen ist.«

In Diana wallten die widersprüchlichsten Emotionen auf, aber in diesem Moment war das Gefühl der Schuld so erdrückend, dass es ihr den Atem raubte. Sie konnte nicht länger an sich halten, und die Tränen strömten jetzt ungebremst aus ihren Augen.

»Doch«, setzte sie an, und für einen Moment brach ihre Stimme weg. »Diese Männer … sind wegen mir gestorben. Sieben Menschen …«

Riccardo beugte sich vor und nahm sie in den Arm.

Diana war ungeheuer dankbar für die Geste, das Verständnis, die Nähe. Aber es dauerte auch nicht lange, bis sie bemerkte, dass der Commissario leicht steif blieb, ein gewisses Widerstreben nicht unterdrücken konnte. *Er misstraut mir jetzt. Was auch sonst?*

Die Kommissarin löste sich aus der Umarmung, zwang sich zur Ruhe, wischte die Tränen ab. Trotzdem war das Bild Riccardos in ihren Augen noch leicht verwaschen, als sie wieder zu ihm sah.

»Wir müssen es hinter uns lassen«, sagte sie, rang um Ruhe in ihrer Stimme, um Glauben an ihre eigenen Worte. »Wir sind am Leben. Das … ist doch das Wichtigste, oder?«

Der Commissario wich ihrem Blick kurz aus, nickte dann aber.

»Ich habe schon Kompromisse gemacht. Ich werde auch mit diesem leben können.«

Er versuchte, abgeklärt zu klingen, aber Diana nahm nur zu genau wahr, dass er sich mehr als unsicher war. Er hatte einen Traum, dachte sie. *Noch einen Rest an Idealen, den er gehütet hat, tief in sich drin. Und ich habe ihm das alles genommen, vielleicht für immer. Und wenn es je herauskommt …*

Riccardo war sicher nicht perfekt, aber schon allein für Francesca würde er der bestmögliche Mensch sein wollen. Der Gedanke, dass durch ihre Schuld vielleicht irgendwann eine weitere Tochter nicht mehr zu ihrem Vater aufsehen konnte, erfüllte Diana erneut mit einem Ekel, der ihr die Kehle zuschnürte.

Er muss sich wünschen, dass er mir nie begegnet wäre.

Riccardo stand auf, reichte ihr die Hand und half ihr hoch.

»Ich fahre den Rest der Strecke«, sagte er. Diana nickte nur, gab ihm den Schlüssel. Sie verbrachten die Fahrt zurück nach Rom in Schweigen, während draußen die vom Mondschein versilberte Nachtwelt vorbeizog, mit Bäumen wie Gespenstern und Feldern wie eisigen Meeren.

Zurück in der Stadt, verabschiedeten sie sich mit einem wortlosen Blick – beide konnten, wollten oder wagten nichts mehr zu sagen.

Diana fand sich auf ihrem Bett wieder, ohne recht zu wissen, wie sie überhaupt dorthin gekommen war. Sie starrte an die Decke, versuchte, nicht von der grenzenlosen Erschöpfung übermannt zu werden, doch irgendwann fielen ihre Augen doch zu. Aber nur für einen kurzen Moment, denn sofort stürzten die Bilder wieder auf sie ein – die Gesichter der Serranos, der Praetoriani, die irrlichternden Flammen und Mündungsfeuer. Diana richtete sich im Bett auf, krampfte ihre Hände so fest in ihr Laken, dass es zerriss, und schrie minutenlang, ohne dass ein Laut über ihre Lippen kam.

»Wir müssen Ressourcen abziehen.«

Questore Marchetti hielt kurz inne, rückte seine Brille zurecht, obwohl es nicht nötig gewesen wäre. Der sonst so reservierte Polizeichef war merklich irritiert und konnte es trotz allen Bemühens um Haltung nicht gänzlich verbergen.

»Natürlich behält auch der Fall des Serienkillers Priorität«, fuhr er fort. »Aber für den Moment ist es nötig, einige

Spezialisten dem Ostia-Massaker zuzuweisen. Immerhin haben wir es mit dem schwersten Mafia-Attentat seit Jahrzehnten zu tun.« Er schaute zu Riccardo. »Ich werde versuchen, Ihnen so schnell wie möglich Kräfte von außerhalb zur Verfügung zu stellen.«

Diana nahm den Rest des Notfall-Briefings nur noch unterbewusst war. Ihr Kopf war gefüllt vom Echo der Sirenen, der Sirenen der zahllosen Polizeiwagen, die ihr Taxi auf dem Weg in die Questura passiert hatten, in die entgegengesetzte Richtung, nach Ostia. *Ostia.* Der Name würde sie ihr Leben lang verfolgen, gleich dem strafenden Zorn der Furien.

Nach Ende des Briefings trat Marchetti an Riccardo und Diana heran.

»Unter uns«, sagte er nachdenklich. »Glauben Sie, dieses Massaker könnte etwas mit dem Tod de Lucas zu tun haben?«

Riccardo hielt den Blick seines Vorgesetzten mit neutralem Pokerface.

»Ein Camorra-Chef wird im Einflussbereich der Serranos ermordet«, hielt er so sachlich wie unverbindlich fest. »Und zwischen der Camorra und den Serranos bestehen Spannungen. Aber der Täter war offensichtlich der Serienkiller. Und was sollte er mit den Serranos zu tun haben? Ich glaube kaum, dass Neapel aus diesem Grund eine Todesschwadron losschickt. Wenn es die Camorra war, dann ging es wahrscheinlich um Territorium.«

Marchetti musterte den Commissario, nickte schließlich.

»Sicher haben Sie recht«, erwiderte er. »Trotzdem … Sollten Sie über irgendeine Verbindung zu Ihrem Fall stolpern, lassen Sie es mich bitte sofort wissen.«

»Natürlich«, log Riccardo, und nur Diana nahm wahr, wie sehr es dabei in seinem Innersten brodelte.

Zusammen mit Alessandra und Michele gingen sie aus dem Besprechungsraum ins Büro des Commissarios. Sie setzten sich an den Tisch, und für einen Moment herrschte zutiefst unangenehmes Schweigen. Diana fand es schwer, sowohl Riccardo als auch Alessandra direkt in die Augen zu schauen. Mit beiden teilte sie nun unausgesprochene oder unaussprechbare Geheimnisse, und die Last dieser stumm schwelenden Konflikte schien ihr Herz zu einem kalten Diamanten zu pressen. Michele war von der bedrückten Atmosphäre verunsichert, versuchte dann, sie in seinem jugendlichen Leichtsinn auf die direkteste denkbare Art zu brechen.

»Das ist schon eine krasse Sache, oder?«, fragte er in die Runde. »Ein Mafiakrieg direkt vor unserer Haustür!«

Riccardo schaute zu ihm, konnte eine Instinktreaktion nicht vermeiden.

»Konzentrieren wir uns auf unseren Fall!«, raunte er Michele barsch an.

Der junge Polizist zuckte zusammen, sah seinen Vorgesetzten konsterniert an, nickte dann eilig.

»Ja … Ja, natürlich«, erwiderte er.

Auch Alessandra war von der Reaktion des Commissarios sichtbar überrascht, schaute zwischen ihm und Diana hin und her; doch die Kommissarin mied den Blick der Psychologin, aus Furcht, was ihre eigenen Augen offenbaren könnten.

»Sind wir bei den Armeescharfschützen weiter?«, fragte Riccardo bei Michele nach.

»Wir haben fast neunzig Prozent der Schützen überprüft, die nicht mehr im aktiven Heeresdienst sind«, antwortete der Angesprochene, bemüht, durch kompetente Sachlichkeit seinen ihm unbekannten Fehler zu korrigieren. »Besonders intensiv all jene, die in der Vergangenheit durch Sympathie für extremistische Anschauungen aufgefallen sind. Bisher haben alle ein belegbares Alibi.«

Diana schaute zu Riccardo.

»Ich glaube nicht, dass der Scharfschütze Italiener war«, wand sie ein. »Dem Killer muss klar gewesen sein, dass wir dort zuerst nachforschen. Ich wette, es war ein Ausländer.«

Der Commissario nickte.

»Und wenn er weiß, was er tut, ist er über ein Drittland eingereist und unkontrolliert über die Grenze. Du hast recht. Auch diese Spur führt wahrscheinlich ins Leere.«

»Was ist mit …« Diana stoppte kurz, wog ihre Worte ab, denn sie musste vor Michele sehr darauf achten, nicht zu viel preiszugeben. »Angenommen, der Mörder hat eher im kriminellen Milieu Kontakte. Gibt es eine Liste bekannter Auftragskiller?«

Sie umging das Wort »Mafia«, auch wenn es implizit Teil ihrer Aussage war. Riccardo nickte vorsichtig.

»Das könnte noch ein Ansatz sein«, stimmte er schließlich zu und schaute zu dem jungen Polizisten. »Michele, kannst du bitte aus der Datenbank eine solche Liste zusammenfassen und sie dann ans Team weitergeben?«

»Natürlich.« Er stand auf und ging zur Tür, wo ihn Riccardos weitere Worte ereilten.

»Michele?«

Der Angesprochene sah sich um.

»Entschuldige wegen vorhin. Es ist … Wir alle stehen unter Stress.«

Michele beeilte sich, Verständnis zu zeigen, und lächelte. »Natürlich. Ich war auch nicht … *Tutto bene.*«

Er verließ den Raum, ließ die drei restlichen Ermittler zurück.

»Glaubst du, diese Liste hilft uns weiter?«, fragte Diana den Commissario.

»Nicht wirklich«, kam die ehrliche Antwort. »Die meisten uns bekannten Mafiakiller sind selbstverständlich untergetaucht. Sie werden sich kaum an einem hochriskanten Mord mitten in Rom beteiligen.«

»Was können wir dann tun?«, fragte Alessandra. Diana streifte kurz mit dem Blick die junge Psychologin. Was konnten sie in der Tat tun?

»Wir müssen aufhören, dem Killer hinterherzulaufen«, hielt Riccardo mit entschlossenem Ton fest. »Er war uns bisher immer mehrere Schritte voraus, und wir können nicht davon ausgehen, dass er einen Fehler machen wird.«

»Also wird es Zeit, dass wir ihm einen Schritt voraus sind«, führte Diana die Vorlage ihres Kollegen zu Ende.

»Esattamente.«

»Dann müssen wir mit dem wenigen arbeiten, was wir wissen«, überlegte Alessandra. »Und das sind vor allem die drei Exekutionsmethoden, die unser Killer noch inszenieren könnte.«

»Bring sie mir kurz in Erinnerung«, forderte Riccardo die Psychologin auf. Alessandra holte ein Notizbuch hervor.

»Ich habe mir die zusätzlichen Details aufgeschrieben, die uns der Historiker geliefert hat«, ergänzte sie. »Also: Wir haben die Hinrichtung durch Verbrennung. Sie wurde vor allem gegen Staatsfeinde eingesetzt, gegen Überläufer zum Feind, gegen Brandstifter und Sklaven, die ihre Herren schädigten.«

»Okay«, sagte Diana. »Dann gab es das Zerfleischen durch wilde Tiere, richtig?«

Alessandra nickte.

»Die *Damnatio ad bestias*, genau.« Sie schaute auf ihre Notizen. »Sie galt besonders für Schwerverbrecher wie Fälscher und Giftmischer. Zudem wurden auf diese Art Aufständische und Armeedeserteure bestraft.«

»Und als letzte Hinrichtungsmethode blieb das Einnähen in einen Sack mit anschließendem Ertränken«, ergänzte Riccardo. »Ich erinnere mich.«

»Die *Poena cullei*«, lieferte Alessandra die lateinische Bezeichnung der grausamen Hinrichtungsmethode. »Oft wurden Schlangen mit dem Verurteilten eingenäht oder auch andere Tiere wie ein Hund und ein Hahn.«

»Welche Verbrechen wurden so geahndet?«, erkundigte sich der Commissario.

»Ausschließlich Elternmord.«

Diana dachte nach.

»Bisher haben alle Opfer weitreichende Probleme symbolisiert«, hielt sie fest. »Kindesmissbrauch in der Kirche. Korruption in der Politik. Und die Kriminalität an sich in Gestalt der Mafia. Elternmord klingt zu spezifisch, um in dieses Muster zu passen.« Sie schaute Alessandra an, obwohl es sie Überwindung kostete. »Oder?«

Die Psychologin nickte.

»Das könnte stimmen«, entgegnete sie. »Vielleicht wird er diese Methode dann auslassen.«

»Damit würden nur zwei Exekutionsmethoden verbleiben«, überlegte Riccardo. »Wir haben aber noch drei infrage kommende Institutionen. Justiz, Polizei und Wirtschaft.«

»Allesamt stark von Korruption betroffen«, stimmte Diana zu. »Ich kann mir kaum vorstellen, dass er eine davon auslässt.«

»Aber was wäre dann die dritte Methode?«, fragte Alessandra.

Die drei Ermittler sahen sich gegenseitig an, und auch ohne Worte war für alle offensichtlich, dass sie auf diesen scheinbaren Widerspruch im Moment keine Antwort finden konnten.

»Hat denn die Inszenierung der bisherigen Morde immer genau mit den Vergehen übereingestimmt?«, erkundigte sich Riccardo stattdessen.

»Weitgehend schon«, entgegnete Alessandra. »Der Tarpejische Felsen war die Hinrichtungsstätte für Hochverräter und Meineidleister, und in gewissem Sinn hat Kardinal Schorlemmer sein Amt missbraucht und sein Gelöbnis verraten.«

»Im Tullianum wurden bedeutende Staatsfeinde festgehalten«, erinnerte sich Diana. »Einen korrupten Politiker kann man als solchen interpretieren.«

»Und die Kreuzigung kam meist gegen Kriminelle zur Anwendung«, schloss Riccardo die von ihm angeregte Argumentationskette ab. Der Commissario trommelte mit den Fingern auf der Tischplatte, überlegte.

»Also gut«, fuhr er fort. »Das heißt also, der Mörder legt zwar nicht unbedingt Wert auf die technisch korrekte Ausführung der Todesart – vor allem dann nicht, wenn sie zu riskant wäre –, aber der Ort der Hinrichtung und das dazugehörige Verbrechen waren bisher immer passend.«

»Das ist richtig«, stimmte Diana zu, und im selben Moment blitzte eine Idee durch ihren Kopf.

»Die Verbrennung und die Hinrichtung durch Tiere – wo fanden die statt?«, fragte sie Alessandra. Die Psychologin blätterte in ihrem Notizblock.

»Die *Damnatio ad bestias* ausschließlich öffentlich, in Arenen«, antwortete sie. »Für die Verbrennung habe ich hier wenig Konkretes, aber viele frühe Christen wurden auf jeden Fall auch in Amphitheatern verbrannt.«

Zum ersten Mal an diesem Tag stahl sich ein Anflug von Zufriedenheit auf Riccardos Gesicht, als auch der Commissario die Möglichkeit begriff, die sich ihnen hier bot.

»Das heißt, wir haben vielleicht nur noch zwei Morde, und mindestens einen davon wird er in einer Arena inszenieren.«

»Im besten Fall also eine Fünfzig-Prozent-Chance«, bestätigte Diana, und auch sie musste jetzt ob ihrer Erregung ein wenig lächeln. Endlich eine positive Entwicklung. Endlich eine Ablenkung.

»Also, welche Amphitheater gibt es in Rom?«, führte sie ihren unmittelbaren Gedanken aus, gefolgt von der naheliegendsten Antwort. »Das Kolosseum natürlich.«

»Das massiv überwacht wird.« Riccardo schüttelte den Kopf. »Dort wird er nicht auftauchen.«

»Gibt es hier sonst noch eine antike Arena?«, fragte Diana und schaute zwischen ihren Kollegen hin und her. Beide wirkten kurz ratlos, aber dann hob Riccardo leicht die rechte Hand, schien eine Eingebung zu haben.

»Wartet.«

Er holte sein Smartphone hervor, suchte nach etwas im Internet, lächelte dann triumphierend.

»*Eccolo!*«, rief er aus und drehte Diana und Alessandra das Display mit dem Bild zu. Es zeigte eine Außenmauer, die die typische Rundung einer Arena aufwies und in der man noch die Formen zugemauerter Bogengänge erkennen konnte.

»Das Anfiteatro Castrense«, erläuterte der Commissario. »Es war eine kleine Arena, die später in die Stadtmauer integriert wurde. Sie ist nicht sehr bekannt und auch nicht öffentlich zugänglich, weil sich darin der Garten der benachbarten Kirche befindet.«

»Also ein diskreter Tatort«, folgerte Diana.

»Perfekt für einen vorsichtigen Mörder«, schloss Alessandra.

Alle drei schauten sich an. Die Konsequenz war klar.

»Dort können wir ihm auflauern«, fasste sie Riccardo in Worte.

In Dianas Kopf überschlugen sich die Gedanken. Hier konnte sie tatsächlich sein – ihre erste konkrete Chance, den Killer zu ergreifen. Ihm endlich einmal selbst einen Schritt voraus zu sein. Außer …

»Allerdings …«

Ihre Kollegen schauten zu ihr.

»Was hast du?«, fragte Riccardo. Diana formulierte ihre folgenden Worte sehr vorsichtig.

»Wie genau gehen wir jetzt vor?«, begann sie. »Was ich meine, ist … Der Scharfschütze hat es gesagt. Die Fähigkeiten, die der Mörder am Gewehr hat … Er könnte Jäger sein, aber genauso gut Polizeischütze.«

»Ich erinnere mich«, stimmte der Commissario etwas zögerlich zu.

»Hast du diese Möglichkeit mit Marchetti besprochen?«

»Er stand dem Ganzen sehr kritisch gegenüber, wie du dir vorstellen kannst. Aber er lässt die interne Abteilung alle örtlichen Polizeischützen überprüfen. Diskret und inoffiziell.«

»Das heißt, wir können für den Moment nicht zu einhundert Prozent ausschließen, dass der Mörder Teil der Truppe ist.«

Riccardo betrachtete die Kommissarin, ihren Einwand reflektierend.

»Ich ahne, worauf du hinauswillst«, erwiderte er. »Und es gefällt mir nicht.«

»Mir genauso wenig«, gab Diana zu. »Aber das hier könnte unsere einzige Chance sein, den Killer zu fassen. Und wenn auch nur die geringste Gefahr besteht, dass er über offizielle Polizeikanäle von unserem Plan erfahren könnte, dann müssen wir dieses Risiko ausschließen, oder?«

Diana ließ die Aussage offen im Raum stehen. Alessandra schaute sie an, zunehmend überrascht, als auch ihr klar wurde, was die Kommissarin sagen wollte.

»Du meinst, wir sollen es im Alleingang machen?«, fragte sie ungläubig.

Diana verstand nur zu gut, wie ihr Vorschlag für eine junge Kollegin klingen musste, die noch fest ans System glaubte. Aber blindes Vertrauen war gefährlich – bei Personen sowieso, und die Kommissarin tendierte zunehmend dahin, diese Philosophie auch auf Institutionen anzuwenden.

Entsprechend nickte sie, Alessandras Vermutung bestätigend. Diese sah fragend zu Riccardo.

»Aber das ist gegen alle Regeln«, sagte sie.

Der Commissario schaute seinerseits zu Diana. Nur sie beide wussten, wie weit jenseits der Regeln sie seit letzter Nacht eh schon standen.

Riccardo stapelte die Hände unter dem Kinn, dachte einen langen Moment nach. Dann erwiderte er den Blick Alessandras.

»Du hast eine Ausbildung an der Waffe, oder?«, fragte er. Die junge Psychologin sah ihn verblüfft an, sammelte sich schließlich.

»Ja«, bestätigte sie.

»Gut«, hielt Riccardo sachlich fest. »Ich lasse dir eine Pistole aushändigen. Diana, was dich angeht, ich denke, da kann ich auch etwas tun.«

Diana nickte. Es tat gut, ein Gefühl der Initiative zu haben, auch wenn sie sehr genau wusste, mit wie vielen Gefahren diese Entscheidung verbunden war. Gleichzeitig sah sie das Flackern in Alessandras Augen, den inneren Kampf der Psychologin, und sie konnte nicht anders, als Mitgefühl zu empfinden.

»Du musst nicht dabei sein, wenn du dich dabei unwohl fühlst«, richtete sich die Kommissarin an ihre Kollegin. »Das wird dir keiner übelnehmen.«

Alessandra sah zu ihr, und diesmal hielt Diana den Blickkontakt.

»Aber wenn wir ihm eine Falle stellen wollen …« Die junge Frau zögerte kurz. »Zu dritt sind wir eh schon wenige. Wenn ihr nur zu zweit wärt, sind die Chancen noch geringer.«

Damit hatte sie natürlich recht. Diana konnte kein Gegenargument vorbringen. In Alessandras Blick stahl sich Entschlossenheit.

»Ich bin dabei«, sagte sie auf eine Weise, die keinen Widerspruch duldete. Wieder empfand Diana großen Respekt für ihre Kollegin. Und gleichzeitig war ihr klar, wie sehr die junge Frau eine Erklärung von ihr verdiente. Und vielleicht auch eine Entschuldigung. Nicht jetzt und nicht hier, aber … beim nächsten geeigneten Zeitpunkt. Wenigstens diesen Fehler zu beheben lag noch in Dianas Macht.

Im selben Moment klopfte es, und Michele kam zurück in den Raum, wie so oft ein Telefon in der Hand.

»Commissario?«, wandte er sich an Riccardo. »Ein Anruf für Sie. Das Büro der Forza.«

Riccardo warf Diana einen überraschten Blick zu, und auch die Kommissarin wunderte sich, was es mit diesem Gespräch wohl auf sich haben könnte. Der Commissario nahm das Telefon, meldete sich, hörte einen Moment lang zu.

»Und wann?«, fragte er nach, schaute dann auf seine Uhr.

»Einverstanden«, erwiderte Riccardo. »Wir werden da sein.«

Er gab das Gerät an Michele zurück, schaute wieder zu Diana.

»Tindari will uns sprechen. Dich und mich.«

Jetzt war die Kommissarin tatsächlich verblüfft. Wenn sie mit vielem gerechnet hatte, dann sicher nicht mit einem Gesprächsangebot des Parteichefs. Irgendetwas passierte, Zahnräder drehten sich unsichtbar im Hintergrund. Könnte es tatsächlich sein, dass endlich einmal etwas zu ihren Gunsten verlief?

Die beiden Kommissare wurden an der Tür der Parteizentrale empfangen und ins Innere des Gebäudes geführt. Zunächst passierten sie den unteren Flur mit den Namen der Leitfiguren der Forza, den Diana bereits aus dem Internetvideo kannte. Dann ging es über eine Treppe nach oben, durch einige der Gemeinschaftsräume, deren Wände Plakate mit rechtsgerichteten Botschaften und naive Malereien einer mythisch überhöhten Antike schmückten. Vereinzelte Parteimitglieder beäugten die Ermittler misstrauisch. Schließlich erreichten sie Tindaris Büro, in dessen Tür der Parteichef sie bereits erwartete. Und bereits auf den ersten Blick war sein Gebaren ein gänzlich anderes als bei ihrem ersten Treffen, denn er begrüßte sie mit ausgestreckter Hand und einem Lächeln.

»Commissario Fiorentini. Commissaria Brandt.« Er schüttelte ihnen beiden die Hand, trat dann einen Schritt zur Seite und wies in Richtung seines Büros. »Bitte, treten Sie ein.«

Diana und Riccardo folgten der Aufforderung, nahmen auf den Gästestühlen gegenüber von Tindaris Schreibtisch Platz. Der Kommissarin fiel unmittelbar die vergoldete Plastik des römischen Adlers auf, die nicht wirklich überraschend Teil der Dekoration des Tisches war. Der Parteichef schloss die Tür.

»Einen Kaffee? Einen Tee?«, fragte er.

Riccardo schaute kurz zu Diana, verneinte dann für sie mit.

Tindari nickte, nahm auf seinem ausladenden Stuhl Platz,

schaute in Richtung der Kommissare. Sein Lächeln versuchte er nach bestem Können beizubehalten. Es war nicht ehrlich, so viel war klar, aber Diana hatte das Gefühl, dass es noch eine andere Nuance in sich trug als nur geheuchelte Freundlichkeit. Was war es? Nervosität?

»Sie können sich vielleicht denken, weshalb ich mit Ihnen reden wollte«, begann der Forza-Chef.

»Ehrlich gesagt, nein«, antwortete Riccardo so direkt wie ehrlich.

Tindari lehnte sich in seinem Stuhl zurück, faltete die Hände ineinander. Es war offensichtlich, dass er die nächsten Sätze nur mit Widerwillen aussprach, auch wenn er diesen mit charmantem Habitus zu überspielen versuchte.

»Bei unserer letzten Begegnung sind einige unschöne Worte gefallen. Es war ... ein emotionaler Moment, aber ich habe sicher überreagiert. Nicht professionell, wenn Sie so wollen. Und dafür möchte ich mich entschuldigen.«

Tindari schaute direkt zu Diana.

»Ihr Verdacht, Signora Commissaria, war falsch. Und er hat mich verletzt. Aber ich kann im Nachhinein auch verstehen, wie Sie darauf gekommen sind. Meine Äußerungen bezüglich des Serienmörders waren ... unklug. Ich habe eine tragische Situation, die einen taktvolleren Umgang erfordert hätte, parteipolitisch ausgeschlachtet.«

Der Blick des Parteichefs wanderte weiter zu Riccardo.

»Ich bin ein Mann, der seine Fehler eingestehen kann. Und das gedenke ich zu tun. In einer Stunde ist eine Pressekonferenz anberaumt, und auf dieser werde ich erklären, dass die Forza Nazionale die Morde explizit verurteilt – und der Polizei auf Wunsch jede denkbare Unterstützung bei den Ermittlungen zuteilwerden lassen wird. Ich hoffe, dass diese Maßnahme dazu beitragen kann, etwaiges verlorenes Vertrauen zwischen meiner Partei«, Tindari zeigte auf sich, »und der Exekutive«, er deutete auf die beiden Kommissare, »wiederherzustellen.«

Der Blick des Parteichefs suchte, ja heischte nach etwas, und in diesem Moment realisierte Diana, was es war. Ein Zeichen, irgendein wortloses Zeichen, dass er sicher war. Denn Tindari hatte Angst. Und zwar Angst vor ihr und Riccardo.

Mit einem Mal fügten sich vor dem geistigen Auge der Kommissarin die Puzzlestücke zu einem schlüssigen Gesamtbild. Natürlich hatte Tindari von seinen Männern erfahren, dass sie und ihr Partner gestern in Ostia unterwegs gewesen waren. Wenn er mit den Serranos verbündet war und dem Serienkiller über den Mafiaclan tatsächlich den zusätzlichen Scharfschützen vermittelt hatte, würde er sich sehr gut denken können, dass die Ermittlungen der Kommissare eben jenen Serranos gegolten hatten. Womit er auch wusste, dass sie die existierenden Verbindungen korrekt erahnten.

Nun waren die Serranos Opfer eines Massakers geworden, und dafür konnte Tindari keine sichere Erklärung haben. Aber letztendlich auch nur zwei Theorien. Entweder hatte die Camorra zugeschlagen, oder das Gemetzel in der Strandbar stand in direktem Zusammenhang mit der Anwesenheit der Kommissare in Ostia. Tindari war clever und ein Instinktmensch. Was auch immer genau geschehen war, ihm musste klar geworden sein, dass er sich zu weit aus dem Fenster gelehnt hatte. Die Affäre, in die er sich nun verstrickt sah, war auf einen Schlag um ein Vielfaches gefährlicher geworden, als er je hätte ahnen können. Also war seine Devise Schadensbegrenzung. Sich von dem Killer zu distanzieren, jeden Verdacht von seiner Person und der Forza wegzulenken, bevor auch sie ins Visier jener unbekannten und gewaltbereiten Kräfte gerieten, die das Blutbad in Ostia zu verantworten hatten.

Und jetzt, in diesem Moment, suchte er in den Augen der Kommissare nach irgendeiner Bestätigung seiner Befürchtungen. Diana konnte nicht sicher sein, ob Riccardo das Verhalten des Parteichefs genauso interpretierte wie sie, aber auf jeden Fall blieb der Commissario ruhig und zeigte einmal mehr ein perfektes Pokerface.

»Ich weiß es zu schätzen, dass Sie Ihre Position überdacht haben«, antwortete er diplomatisch. »Ich denke, wir sind uns einig, dass der Serienkiller so wenig Rückendeckung wie möglich erhalten sollte.«

Tindari musterte Riccardo einen Moment lang, wog die Bedeutung von dessen indirekter Aufforderung ebenso ab wie seine Antwort.

»Absolut«, entgegnete er schließlich simpel.

Der Forza-Chef wirkte erleichtert, langsam wieder selbstsicherer. Diana focht einen inneren Kampf aus. Auf der einen Seite widerstrebte es ihr, den Mann so leicht davonkommen zu lassen. In diesem Moment war er mehr oder minder in ihrer Hand. Rein theoretisch hätte sie Druck ausüben, allein mit der Andeutung möglicher Kontakte zu Don Licata weitere Aussagen erpressen können. Vielleicht sogar den Namen des Killers erfahren. Den Fall lösen, das Leben Unschuldiger retten.

Hier war die Kontrolle, die Sicherheit, von der ihr in letzter Zeit so viel abhandengekommen war. Hier war die

Versuchung. Die Versuchung, die sie nur zu gut kannte, von der sie sich zu distanzieren suchte, in dem Kampf, der ihr ganzes bisheriges Leben geprägt hatte. Das eine Geheimnis, das niemand über sie wusste und nie jemand wissen durfte: dass ihr die Gerechtigkeit des Gesetzes so sehr am Herzen lag, weil ihr nur allzu klar vor Augen stand, wie verführerisch das Gegenteil war.

Die direkte Macht über Leben und Tod. Es war eine Macht, die sie nie gewollt hatte. Was, wenn es um einen Menschen ging, von dessen Schuld sie überzeugt war? Der aber mit den Mitteln des Gesetzes nicht zur Verantwortung gezogen werden konnte, so wie in diesem Augenblick der Mann vor ihr?

Nein. Dieser Gedankengang führte unweigerlich hin zu der brutalen Urteilsfindung des Verbrechens, aber ebenso zu der pervertierten Gesetzgebung des Faschismus. In diesem Moment realisierte Diana, wie wenig sich das Selbstverständnis eines Mafioso und eines Faschisten letztendlich unterschieden – in ihrem Glauben, Macht verdient zu haben und sie rücksichtslos für den eigenen Zweck einsetzen zu dürfen. Dieser Versuchung durfte sie nicht erliegen. *Niemals.*

»Dann, denke ich, sind wir fertig«, sagte sie in Richtung des Parteichefs, zumindest langsam und selbstsicher genug, damit dieser verstehen konnte, dass sie sein wahres Anliegen sehr wohl verstanden hatte – und vielleicht, nur vielleicht, eine Gegnerin war, mit der er sich nicht weiter messen wollte.

Tindari nickte, rieb sich die Hände.

»Dann möchte ich Sie auch nicht weiter aufhalten«, sagte er. »Und ich muss mich auf die Pressekonferenz vorbereiten. Ich lasse Sie …«

»Wir finden selber hinaus«, unterbrach ihn Riccardo aufstehend. Diana folgte seiner Vorgabe.

»Natürlich«, erwiderte Tindari leicht kleinlaut. »Also *buona giornata.*«

»Buona giornata«, verabschiedeten sich die Kommissare, und Diana ertappte sich dabei, dass sie ihren Blick nur eine kurze Sekunde länger als nötig mit dem des Parteichefs kreuzte. *Nein. Nicht auf diese Art.*

Sie sprach erst wieder mit Riccardo, als sie in ihr Auto stiegen.

»Was hältst du davon?«, erkundigte sie sich vorsichtig. Der Commissario betrachtete sie für einen Moment, dessen Dauer Diana als unangenehm empfand.

»Tindari war eingeschüchtert«, hielt Riccardo dann fest. »Er weiß nicht, was in Ostia passiert ist, aber er hat Angst, dass es auf ihn zurückfallen könnte.«

Diana nickte.

»Wir lagen richtig mit unserer Vermutung. Er hatte sowohl Kontakte zu dem Killer als auch zu den Serranos.«

»Wahrscheinlich«, bremste sie der Commissario ab. »Aber wir werden es nie beweisen können. Nicht, ohne dass wir die Ostia-Affäre aufwühlen.«

Die Kommissarin musste sich widerwillig eingestehen, dass ihr Kollege mit dieser Einschätzung recht hatte. Doch wenigstens einen Erfolg gab es zu verbuchen.

»Zumindest wissen wir eines: Die Forza wird den Killer nicht mehr unterstützen. Das hat uns Tindari indirekt zu verstehen gegeben.«

Riccardo wog kurz ab.

»Das stimmt«, entgegnete er dann. »Womit unser Mörder jetzt auf sich allein gestellt wäre.«

»Und unter Zugzwang, weil auch er nicht weiß, ob ihm die Verbindung zur Partei oder den Serranos zum Verhängnis werden kann.«

»Mit etwas Glück handelt er beim nächsten Mord überstürzt.«

»Und wir konzentrieren uns auf die Falle.«

Der Commissario nickte.

»Ich werde mit dem Priester der Kirche sprechen, zu dem die Arena gehört«, sagte er. »Und dann kümmere ich mich um Waffen für dich und Alessandra.«

Er schaute zu Diana.

»Das mache ich am besten allein«, fuhr er fort. »Soll ich dich solange zu Hause absetzen? Dann hole ich dich nach Dienstschluss ab.«

»Einverstanden.«

Riccardo startete den Motor, fuhr los. Diana betrachtete ihn einen Moment lang von der Seite. Sein Ausdruck schien härter als zuvor – oder bildete sie es sich nur ein?

»Wir tun das Richtige, oder?«, fragte sie vorsichtig. Ihr Kollege sah weiter geradeaus auf den Verkehr, antwortete zunächst nicht.

»Ich weiß es nicht mehr«, sagte er schließlich. »Sind wir zu Recht vorsichtig? Oder handeln wir komplett verantwortungslos? Seit gestern Abend … Es fällt mir schwer, einen Maßstab zu finden.«

Er stoppte an einer Ampel und sah Diana in die Augen.

»Ja, ich habe auch früher schon Kompromisse gemacht«, fuhr er fort. »Aber ein Kompromiss ist ein Punkt zwischen zwei Extremen. Jetzt scheinen auf einmal alle Optionen Extreme zu sein.«

Diana konnte Riccardos Dilemma nur zu gut nachempfinden. Aber sie wusste keine Lösung dafür. Sie war in derselben Situation, mit ihren eigenen offenen Fragen.

»Wenn wir den Mörder fassen, tun wir unseren Job«, erwiderte sie. »Und wir retten damit Leben. Halten wir uns daran fest.«

Es war keine Lösung, aber es war eine Wahrheit. Riccardo akzeptierte sie.

»Du hast recht«, sagte er. »Schauen wir nach vorne.«

Weg von der Vergangenheit. Solange sie es zulässt.

Als Diana ihr Apartment betrat, fiel ihr ein, dass sie vergessen hatte, ein weiteres Haar in den Türspalt zu stecken. Aber die Maßnahme wäre auch überflüssig gewesen – denn als sie das Schlafzimmer betrat, lag dort auf dem Nachttisch ein neues Smartphone, daneben ein Zettel mit einem kurzen Text.

Deine SIM-Karte. Direktwahl Taste 1.

Und schon war die Vergangenheit wieder Gegenwart, und die Versuchung lag in gefährlicher Reichweite.

Im Gegensatz zur letzten Nacht stand diesmal kein Mond am Himmel; dichte Wolken verdeckten die Gestirne. Somit herrschte tiefste Finsternis im unbeleuchteten Rund des Anfiteatro Castrense, ein Umstand, der das ohnehin gewagte Unterfangen der Ermittler noch zusätzlich erschweren konnte – sollte der Mörder denn tatsächlich hier auftauchen.

In der Theorie war die antike Arena perfekt geeignet für eine Falle. Die Kirche Santa Croce di Gerusalemme lag an einer großen Piazza; rechts von dem Gotteshaus schloss sich ein Verwaltungsgebäude an, und direkt daneben befand sich das Eisentor, das in das Anfiteatro führte. Es war der einzige Eingang in die ovale Ruine, von der nur noch die ehemals untere Arkade stand, deren Bogengänge allesamt zugemauert worden waren und von einer weiteren Mauer gekrönt wurden. So entstand ein durchgängiger Wall von über drei Metern Höhe, den man ausschließlich durch das Tor oder über den Hinterhof der Kirchenverwaltung betreten konnte – letzterer Umweg würde für den Killer aber keinen Sinn ergeben, denn er musste auch diesen Ort zwangsläufig mit einem Auto ansteuern. Das Tor selbst würde für ihn kein Hindernis darstellen: Es ließ sich elektronisch über eine Fernbedienung öffnen, und zwar gab es einen Sicherheitscode, doch das Modell der Anlage war für jeden Vorübergehenden deutlich zu erkennen. Ein Profi konnte sich also problemlos eine Fernsteuerung desselben Herstellers besorgen und mit digitaler Zusatztechnik den vierstelligen Code leicht knacken.

Der Garten im Inneren der ehemaligen Arena war in vier gleich große Teile untergliedert. Ein Rundweg führte außen an der Mauer entlang; von ihm zweigten nach je einem Viertel der Strecke insgesamt vier Wege ab, die sich, eine Kreuzform bildend, an dem flachen, momentan leeren Zierbrunnen im Zentrum der Anlage trafen. Eine begrünte Holzkolonnade überdachte alle Pfade und spendete tagsüber Schatten. Den Garten an sich füllten Büsche, viele Obst- und einige Nadelbäume. All diese Elemente vermengten sich jedoch in der sternlosen Nacht gleichermaßen zu Schemen, differenzierbar nur als etwas grauere oder etwas schwärzere Flecken von Dunkelheit. Es war bizarr: Diana befand sich inmitten der Metropole Rom, und dennoch hätte sie auch irgendwo in der abgelegensten Wildnis sein können. Die Mauern waren zu hoch, als dass das Licht der Straßenbeleuchtung von draußen hereindringen konnte, und auch die Geräusche gelegentlich auf der angrenzenden Straße vorbeifahrender Autos drangen nur als fernes Echo ins Innere der Arena.

Sollte der Killer auftauchen, war es wahrscheinlich, dass er mit seinem Wagen vom Tor geradeaus in Richtung des Brunnens fahren würde – nur wie weit genau, das ließ sich schlecht abschätzen. Auf jeden Fall würde sich das Tor hinter ihm wieder schließen, denn es war entsprechend programmiert. Das würde den Ermittlern die Chance geben, ihr Ziel in die Zange zu nehmen.

Diana hatte sich zu diesem Zweck in einem Schuppen postiert, der unmittelbar rechter Hand hinter dem Tor an die Mauer anschloss und zur Lagerung von Holz diente – Stämme und Äste lagen gestapelt auf dem Boden, alte Paletten auf einem Tisch an der Wand. Von hier aus konnte sie den einzigen direkten Fluchtweg innerhalb von Sekunden blockieren. Alessandra befand sich ein paar Dutzend Meter links von ihr, verborgen in einem Durchgang, der zum Hinterhof des Verwaltungsgebäudes führte. Und Riccardo schließlich lauerte ein Stück tiefer im Inneren der Arena, in einem schmalen Steinverschlag am Ende des rechts von Diana nächstgelegenen Innenweges.

Die Positionierung war taktisch sinnvoll, aber dennoch gab es eine Menge Probleme. Zunächst einmal konnten sich die Ermittler gegenseitig nicht sehen, was eine Koordinierung ihres Vorgehens im Zweifelsfall unmöglich machen würde. Nachtsichtgeräte, die ungemein praktisch gewesen wären, hatte Riccardo in der Kürze der Zeit nicht auftun können. Zumindest aber Pistolen und je zwei Magazine für sie und Alessandra. Diana ließ kurz ihre Finger über das kühle Metall in ihrem Schulterholster gleiten. Es fühlte sich gut an, in dieser Situation die Sicherheit einer Waffe zu haben.

Um sich trotz der eingeschränkten Möglichkeiten einen strategischen Vorteil zu verschaffen, hatten sie Don Giorgio, den freundlichen Priester, der ihnen Zutritt zu dem Gelände gewährt hatte, an einem Fenster im zweiten Stock des Verwaltungsgebäudes positioniert, mit einer Flutlichtlampe, die sich Riccardo von einem befreundeten Bauunternehmer geborgt hatte. Diesen ins Innere der Arena gerichteten Strahler sollte der Geistliche einschalten, sobald er laute Stimmen hörte. Riccardo würde als Erster einschreiten, alle anderen seinem Signal folgen.

Es war ein provisorisches, unprofessionelles, mehr als riskantes Szenario. Gleichzeitig war es das Beste, was sie in Anbetracht der Umstände hatten bewerkstelligen können – und falls der Täter wirklich ein Polizist war oder einen Insider in der Questura hatte, war es tatsächlich ihre einzige und beste Wahl. Diana hoffte inständig, dass ihr Verdacht nicht völlig unbegründet war. Dass sie und ihre Kollegen das Risiko für Leben und Karriere, das diese ungenehmigte Aktion darstellte, nicht sinnlos eingingen. Dass sie wenigstens hier, wenigstens heute, vielleicht ihrem Instinkt vertrauen konnte.

Ja, ich habe viele Fälle gelöst. Aber die Wahrheit über meinen Vater habe ich nicht erkannt. Und bei Sabine war es genauso.

Die Kommissarin zog das alte Mobiltelefon aus ihrer Hosentasche, das sie sich am Nachmittag noch schnell gebraucht gekauft hatte, und schaute auf die Uhrzeit. Es war neun Minuten nach Mitternacht. Die drei Ermittler harrten nun schon über vier Stunden in ihren Verstecken aus, und bei Diana machte die ursprüngliche Anspannung zunehmend Ermüdung Platz. Kein Wunder nach den zwei vorangegangenen, fast schlaflosen Nächten. Sie streckte ihre Glieder, schüttelte sich, schaute dann wieder durch das leicht milchige Glas des Fensters nach draußen in die diffuse Dunkelheit.

Wie würde der Killer diesen Mord inszenieren? Diese Frage hatten sie, Riccardo und Alessandra noch auf der Hinfahrt diskutiert, waren aber aus Zeitmangel zu keinem abschließenden Konsens gelangt. Sollte er den Tod durch Verbrennung wählen, stünde er kaum vor einer größeren Herausforderung. Die *Damnatio ad bestias* hingegen war im antiken Rom oft mit Raubkatzen vollstreckt worden, doch es war kaum denkbar, dass der Mörder Zugang zu derart exotischen Tieren haben könnte. Andererseits … Es mochte stimmen, dass er bei der Todesursache Kompromisse einging, aber die eigentliche Hinrichtungsmethode hatte er stets exakt nachgestellt. Es blieb also zu sehen, wie er in diesem Fall vorgehen würde.

Und wer würde das Opfer sein? Korruption in Justiz, Polizei und Wirtschaft hatte der Mörder bisher noch nicht geahndet. Also mit hoher Wahrscheinlichkeit ein Richter, ein Polizist oder ein Ökonom. Würde er das Opfer wieder bereits vorher töten? Oder hatten sie vielleicht diesmal noch eine Chance, die betreffende Person zu retten? Diana hoffte inständig auf Letzteres.

Sie spürte einen leichten Schauer auf ihrer Haut. War es die Erschöpfung oder doch die etwas kühlere Nacht? Immerhin trug sie nur einen Pullover. Die Kommissarin schaute erneut auf ihr Handy. Erst vier Minuten später. Das konnte ein langer Einsatz werden. Oder? Normalerweise wohnte niemand in der Kirchenverwaltung – also musste der Mörder nicht darauf achten, mögliche Zeugen aus dem Schlaf zu reißen. Und zudem hatte er bei seinen bisherigen Taten oft im Zeitraum zwischen Mitternacht und den Stunden unmittelbar danach agiert. Wenn er sich tatsächlich durch den Kurswechsel der Forza unter Druck gesetzt fühlte, könnte es dann sein, dass sie Glück haben würden? Dass er nicht morgen oder übermorgen zuschlagen würde, sondern noch heute Nacht, vielleicht überstürzt, und vielleicht einen Fehler machte, der …

In genau diesem Moment vernahm die Kommissarin von draußen auf der Piazza ein leises Motorengeräusch, das sich langsam näherte. Und einen Moment später quietschten kurz die Scharniere des Tores, genau so, wie es am Abend geklungen hatte, als Don Giorgio es für sie geöffnet hatte.

Mein Gott. Er kommt tatsächlich. Wir hatten recht. Ich hatte recht.

Die Kommissarin spannte sich an, presste ihr Gesicht, so nahe es ging, an die Fensterscheibe. Es dauerte eine Weile – das Tor öffnete sich langsam –, doch dann sah sie durch die angrenzenden Orangenbäume die Silhouette eines rückwärtsfahrenden dunklen Lieferwagens die Einfahrt passieren. Der noch unsichtbare Fahrer steuerte sehr vorsichtig, denn er musste sowohl den recht schmalen Weg als auch die für ein Auto dieser Höhe niedrig hängenden Holzstreben der Kolonnade beachten. Zentimeter um Zentimeter schob sich der Wagen tiefer in die Arena hinein – tiefer in die Falle.

Dianas Herz wummerte in ihrer Brust. Ihre Rechte fand den Griff der Pistole, zog sie aus dem Halfter und umklammerte sie fest. *Jetzt keinen Fehler.*

Der Killer manövrierte den Lieferwagen beinahe bis ins Zentrum des Amphitheaters, stoppte ihn ganz knapp vor dem Brunnen. Das ohnehin schon leise Geräusch des Motors verklang, und für einen Moment herrschte wieder Stille in dem Garten, durchbrochen nur hin und wieder von gedämpften Verkehrsgeräuschen jenseits der Mauern. Diana ertappte sich dabei, dass sie den Atem anhielt. Dann der Klang einer Tür, die geöffnet wurde, und in dem Flickenteppich aus Grau- und Schwarztönen vor ihren Augen konnte die Kommissarin gerade so ausmachen, wie sich eine dunkle Figur aus der Fahrerkabine schälte. Der Schatten hielt kurz inne – wohl um sich noch einmal umzusehen – und ging dann nach hinten in Richtung der Ladefläche. In diesem Moment befand sich der Mörder sowohl in Riccardos als auch Dianas Schussfeld. Würde der Commissario jetzt schon einschreiten?

Zwischen dem Metall der Pistole und Dianas Handfläche bildete sich ein dünner Schweißfilm, und ihr Blick wanderte kurz hinüber nach rechts zu dem Verschlag, in dem sich Riccardo verbarg. Aber dort war keine Aktivität zu erkennen, und die Kommissarin ahnte den Grund. Sie konnten nicht genau wissen, ob das Opfer vielleicht diesmal noch am Leben war. Das Opfer, das sich irgendwo in dem Lieferwagen befinden musste. Und wenn es jetzt zu einem Schusswechsel kam, würde sich nicht ausschließen lassen, dass Kugeln die Seitenwand des Fahrzeugs durchschlugen. Dieses Risiko wollte Riccardo nicht eingehen und würde deshalb abwarten, bis der Killer sein Opfer ausgeladen hatte. Auch das war nicht ungefährlich, aber besser als ein unnötiger Tod durch einen verirrten Schuss.

Der Schatten des Killers bewegte sich um den Lieferwagen herum und damit aus Dianas Blickfeld hinaus. Die Kommissarin vernahm das Geräusch der Ladetüren, die geöffnet wurden, und ging auch ihrerseits ein paar Schritte nach rechts zur Tür des Schuppens. Diese war nur mit einer Plastikplane abgehangen, durch deren Sichtfenster sie nach draußen schauen konnte. Diana umfasste mit der Linken vorsichtig den Rand der Plane, bereitete sich darauf vor, diese jederzeit schnell zur Seite ziehen zu können.

Sie strengte sich an, aus der ungünstigen Perspektive etwas zu erkennen. Eine Weile lang war nichts zu sehen. Dafür meinte sie, ganz leise etwas aus dem Lieferwagen zu hören. War es das Knurren von Tieren?

Dann ein schleifendes Geräusch, und der Wagen federte leicht nach oben, als Gewicht von der Ladefläche entfernt wurde. Hatte der Killer sein Opfer jetzt abgeladen? Diana biss sich vor Anspannung fast in die Unterlippe. Sie konnte weiterhin nichts sehen, die offenen Hecktüren blockierten ihre Sicht, und sofern der Mörder zwischen diesen stand, musste es Riccardo aus seiner Position ähnlich gehen.

Dann wieder ein Laut, dumpf, von Holz auf Stein. Ein Stuhl vielleicht? Jedenfalls war etwas abgestellt worden, wahrscheinlich in dem flachen steinernen Brunnen. Sollte er für das unbekannte Opfer zur Schlachtbank werden? Es würde aus der Perspektive des Täters Sinn machen, denn schließlich war auch im antiken Rom im Zentrum der Arenen gekämpft und gestorben worden.

Erneut bewegte sich der Lieferwagen, aber diesmal senkte sich die Ladefläche leicht nach unten. Der Killer war wieder eingestiegen. Was würde er als Nächstes tun? Auf jeden Fall war die Zeit gekommen zu handeln. Das Opfer war aus der Schusslinie, und sobald der Mörder das nächste Mal ausstieg …

Im selben Moment wurde aus dem dumpfen Grollen, das Diana zuvor zu hören geglaubt hatte, ein heiseres Knurren und Gebell. *Es sind Hunde. Bluthunde, die das Opfer zerfleischen sollen. Und jetzt nimmt er ihnen die Maulkörbe ab.*

Der Kommissarin stockte der Atem.

Verdammte Scheiße, zuckte es schlagartig durch ihre Gedanken. *Wir hätten schon längst zugreifen müssen.*

Denn wenn der Killer das nächste Mal ausstieg … *Wenn er aussteigt mit auf Menschen abgerichteten, ausgehungerten Hunden – mit Hunden, die uns wittern werden …*

Doch in diesem Moment war es bereits zu spät und der Fehler nicht mehr korrigierbar. Der Wagen federte wieder nach oben – *jetzt steigt er aus* –, und für einen unendlich lang scheinenden Augenblick geschah gar nichts. *Wenn nur einer der Hunde nicht in Richtung Brunnen ausschlägt …*

Und genau das passierte. Die von Diana aus gesehen rechte Tür der Ladefläche wurde leicht zurückgezogen, jetzt sah sie die Schatten der Hunde, und mindestens zwei von ihnen bellten nicht in Richtung des Brunnens, nicht in Richtung des Opfers, dessen Geruch sie bereits kannten, sondern in Richtung des Verschlages, in dem sich Riccardo befand.

Der Commissario handelte im selben Augenblick. Diana sah seinen Schatten hinaus auf den Rundweg stürzen, die Waffe im Anschlag.

»Polizei!«, schrie er laut. »Keine Bewegung!«

Diana zerrte die Plane beiseite, drückte sich nach draußen, legte ebenfalls an.

»Sie sind umzingelt!«, rief sie ihrerseits.

Und noch während die Worte über ihre Lippen kamen, schaltete oben im Verwaltungsgebäude Don Giorgio das Flutlicht ein und tauchte das Zentrum der Arena in gleißende Helligkeit. Die Kommissarin sah nun deutlich die drei Hunde – Rottweiler – und ebenso den Mann mit Skimaske, im schwarzen Overall mit darunter hervorschauender klinischer Schutzkleidung, der die rasenden Tiere in diesem Augenblick noch an der Leine hielt. Aber nur für eine weitere Sekunde, denn der Killer reagierte blitzschnell.

Er schrie ein Kommando, das Diana nicht verstand, ließ dann die Hunde los und tauchte selbst zurück auf die Ladefläche. Riccardo schoss, doch die Kugel traf nur eine der Hecktüren. Die Hunde preschten los, bellend und zähnefletschend, zwei in Richtung des Commissarios und einer auf Diana zu. Ein weiterer Schuss fiel zu ihrer Rechten, sie hörte ein Heulen und sah einen der anderen Hunde zu Boden fallen, legte dann auf den Rottweiler an, der auf sie selbst zustürzte, aber alles ging zu schnell, die Kugel verfehlte ihr Ziel, und eine Sekunde später katapultierte sich eine kompakte schwarze Kugel auf sie zu, die nur aus Muskeln und Reißzähnen zu bestehen schien.

Diana wich instinktiv zurück, schaffte es gerade noch, die Türplane zwischen sich und das Tier zu bringen, sodass sich der Hund nicht in sie verbeißen konnte, sondern zunächst mit dem Plastik kollidierte. Sie machte zwei weitere Schritte rückwärts, bis sie den Tisch im Rücken spürte, stützte sich dort ab und legte auf die Unterkante der Plane an, durch die sich der Rottweiler in diesem Moment drückte.

Doch plötzlich wurde sie geblendet – der Motor des Lieferwagens heulte auf, und gleichzeitig schaltete der Killer die Scheinwerfer ein und beschleunigte. Laut bellend kam der Hund in den Raum gerast. Vor Dianas noch an die Dunkelheit gewöhnten Augen tanzten helle Sterne. Sie konnte nicht zielen, reagierte aber trotzdem und griff mit der freien Hand nach einigen Brettern links neben ihr, schleuderte sie nach unten auf den angreifenden Hund und zwang ihn zum Ausweichen.

Draußen fielen vier Schüsse in schneller Folge. Einer rechts von ihr, wo Riccardo war, doch drei kamen von links – Alessandra! Das Geräusch eines platzenden Reifens, das Quietschen der Bremsen, eine Kollision von Metall gegen Stein. Zwei weitere Schüsse, doch diesmal aus Richtung des Lieferwagens. Glas splitterte, das Flutlicht ging aus – der Killer musste es zerschossen haben. Und im selben Atemzug löschte er die Lampen des eigenen Autos.

Mit einem Mal herrschte wieder Dunkelheit, und erneut musste sich die Kommissarin kurz umorientieren. Der kompakte schwarze Schatten zu ihren Füßen sprang auf sie zu. Sie hob eher panisch das rechte Bein, rammte es nach vorn – und die Zähne des Hundes schlossen sich um ihren Schuh. Hier war die wertvolle Sekunde, die sie brauchte.

Diana führte auch die Linke zu ihrer Pistole, sodass sie die Waffe jetzt mit beiden Händen hielt, so fest wie möglich. Sie legte an, schüttelte den Fuß los, zog das Bein zurück. Der Hund versuchte nachzuschnappen – und Diana drückte ab. Ein Heulen, gefolgt von einem dumpfen Schlag, als der Rottweiler zu Boden fiel.

Von draußen hörte die Kommissarin rennende Schritte, erst auf Sand, dann auf Stein, gefolgt vom Quietschen der Torscharniere. Der Killer – er versuchte zu fliehen! Wo waren Riccardo und Alessandra?

Im selben Moment fiel wie als Antwort ein weiterer Schuss aus der Richtung, wo die Psychologin sich befand – unmittelbar gefolgt von zwei Schüssen direkt neben dem Holzschuppen, zweifellos abgegeben von dem Mörder, der versuchte, Alessandra in Deckung zu zwingen.

Diana sprintete los in Richtung des Ausgangs. Wenn sie jetzt den Killer ins Kreuzfeuer bekamen …

Sie hörte zu spät das Knurren, und plötzlich schien sich ein glühend heißes Fangeisen in ihre linke Wade zu graben. *Er war nur verletzt.* Die Kommissarin schrie vor Schmerz auf, stürzte kopfüber nach vorn, in die Plastikplane hinein, die sie beim Versuch, sich festzuhalten, aus ihrer ohnehin schon gelockerten Verankerung riss. Diana versuchte, sich herumzudrehen – und schrie erneut, da der Hund in genau die entgegengesetzte Richtung zerrte. Sie befreite ihre rechte Hand mit der Pistole aus der Verstrickung mit der darüberliegenden Plane, doch sie konnte nicht schießen. Nicht ohne zu riskieren, sich selbst den Fuß zu zertrümmern.

Wie durch einen Nebel aus Schmerz hörte sie von draußen Alessandras Stimme.

»Ich folge ihm!«, rief die Psychologin, gefolgt von schnellen Schritten Richtung Tor.

Nein! Nicht allein! Warte!

Diana nahm all ihre Willenskraft zusammen, konzentrierte sich. Links von ihr an der Wand lag ein Stapel mit

Holzscheiten. Sie griff danach, warf eines davon auf den Kopf des Rottweilers – mit aller Kraft, die sie aufbringen konnte. Es brachte nichts. Sie griff ein zweites Scheit, warf erneut, und diesmal musste sie die Schusswunde getroffen haben, denn der Hund jaulte auf und ließ ihr Bein los. Die Kommissarin führte Rechte und Linke zusammen, nahm Maß, schoss – und traf den Rottweiler genau zwischen die Irrlichter seiner Augen. Er sackte zu Boden, und diesmal endgültig.

Diana zog das linke Bein an, biss die Zähne zusammen. Aus der Wunde in ihrer Wade troff dunkles Blut, doch es schien so, als hätte ihr mittelhoher Schuh einen Teil der Attacke abgefangen. Die Kommissarin steckte die Pistole kurz zurück ins Halfter, zog sich am Türrahmen hoch, versuchte vorsichtig, das betroffene Bein zu belasten. Der Schmerz war scharf und stechend, aber gerade noch erträglich – scheinbar war keine Sehne durchtrennt.

Jetzt schnell – so schnell es geht.

Diana humpelte nach draußen, schaute in die Richtung, wo sie den Commissario vermutete.

»Riccardo?«, rief sie laut.

»Das Vieh hat mich erwischt«, hörte sie – zumindest beruhigend schnell – seine Antwort. »Ich kann nicht laufen!«

Verdammt. Riccardo musste es genauso ergangen sein wie ihr, aber mit schlimmeren Folgen.

Doch das hat Zeit.

Diana lief nach links zum Tor, vorbei an dem Lieferwagen, der mit einer Steinsäule kollidiert war. Sie zog dabei wieder die Waffe, lud eilig das zweite Magazin nach und legte instinktiv an, als eine Gestalt aus der Tür des Verwaltungsgebäudes gerannt kam. Es war Don Giorgio. Der Geistliche hob erschrocken die Hände, doch da senkte die Kommissarin ihre Waffe bereits wieder.

»Der Commissario ist verletzt«, rief sie dem Pfarrer stattdessen zu. »Rufen Sie einen Krankenwagen! Und die Polizei!«

Don Giorgio wirkte kurz überfordert, nickte dann aber und eilte zurück ins Haus. Diana ging weiter zum Tor, schälte sich mit der Waffe im Anschlag um die Mauerkante. Die Piazza war menschenleer.

Wohin war der Killer geflohen? Nicht nach vorn über den weiten, hell beleuchteten Platz. Alessandra hätte ihm ohne Weiteres in den Rücken schießen können. Rechts war die verschlossene Kirche – auch sie bot kein Versteck. Also nach links.

Diana lief los. Eine kleine Grünfläche schloss sich hier an das Oval der Arena an, mehrere Pinien säumten die Außenmauer. Zur Rechten der Kommissarin lag die Straße, die ein Stück vor ihr durch einen zweibogigen Tunnel in der altrömischen Stadtmauer führte, in die das Anfiteatro einst eingegliedert worden war. Hatte der Mörder diesen Weg genommen, durch die Torbögen auf die andere Seite der Mauer? Hier hätte er auf jeden Fall gute Deckung …

Im selben Augenblick fiel ein weiterer Schuss, rechts hinter der Durchfahrt.

Ich hatte recht, fuhr es Diana durch den Kopf. *Aber wer hat geschossen? Bitte, lass es Alessandra gewesen sein.*

Sie eilte nach vorn mit so großen Schritten, wie ihr möglich waren. Den Schmerz spürte sie in diesem Moment nicht mehr.

Zwei Autos passierten die Unterführung, auf sie zukommend, blendeten die Kommissarin kurz. Sie lief über die Straße, schob sich an der Außenwand des rechten Torbogens nach vorn bis zur nächsten Ecke. Dort lugte sie vorsichtig um die Biegung. Die antike Stadtmauer erstreckte sich hier ein langes Stück geradeaus, links daneben lag eine einspurige Straße, und unmittelbar vor der Kommissarin befand sich ein verwildertes Eck mit Bäumen, Unkraut und Müll.

Diana atmete zweimal kurz und tief ein, bog dann mit der Waffe im Anschlag um die Ecke. Nichts passierte. Unten auf der Straße war keine Bewegung zu sehen – aber der Killer hätte sehr gut hinter einem der dort parkenden Autos lauern können. Oder auch hinter dem mehrere Meter breiten Mauervorsprung einige Schritte vor Diana.

Sie hielt sich so nahe wie möglich an dem Steinwall, drückte sich Meter um Meter voran. Die Kommissarin erreichte den Vorsprung, schob sich um ihn herum – und plötzlich fror ihr Körper genauso ein wie ihr Innerstes. *Nein. Bitte nicht.*

Vor ihr auf dem ausgetretenen Kieselpfad lag ein lebloser Körper auf dem Bauch. Dianas Gedärme krampften sich zusammen, und sie musste dagegen ankämpfen, sich wie letzte Nacht zu übergeben.

Es war Alessandra.

Die Kommissarin musste schnell wieder wegblicken, presste den Kopf gegen den Stein der Mauer. Das Bild konnte sie trotzdem nicht auslöschen. Alessandras wunderschönes lockiges Haar, obszön verunstaltet durch Stücken von Gehirn und Schädelknochen, denn der Mörder hatte ihr eiskalt von hinten in den Kopf geschossen.

Als hätte er sie exekutiert. Als wäre sie der Verbrecher gewesen.

Diana schüttelte sich, rang um Haltung, schaffte es, zumindest noch den toten Winkel hinter dem Mauervorsprung zu sichern. Aber dort war niemand – zumindest jetzt nicht mehr. Doch genau hier musste der Killer gelauert haben, und Alessandra in ihrer Unerfahrenheit hatte es versäumt, die Falle zu erkennen.

Ich wollte ihr doch so viel sagen.

Tränen wallten in Dianas Augen hoch, und mit der alles wegreißenden Emotion kam auch der Kontrollverlust über ihren Körper.

Ich habe mich nicht einmal entschuldigt.

Sie sackte schluchzend an der Mauer nach unten, krampfte sich zusammen in die Haltung eines Fötus und weinte auch dann noch bitterlich, als sie die Carabinieri viele Minuten später fanden.

Die Strahlen der Sonne waren warm, genauso wie die Wand in Dianas Rücken, aber die Kommissarin nahm die Einflüsse ihrer Umgebung kaum mehr wahr. Alles in ihr war kalt, und dort, wo Stunden zuvor tiefer Schmerz ihre Seele zerrissen hatte, herrschte nun stumpfe Leere. Es war zu viel gewesen, zu viel in viel zu kurzer Zeit, als dass Diana die emotionale Last noch weiter hätte ertragen können; und so war ihre Psyche in die Defensive gegangen, indem sie die Gefühle vergrub, die unausweichliche Auseinandersetzung mit der untragbaren Bürde zumindest aufschob. Der Absturz würde kommen, aber noch nicht jetzt. Es gab eine Gnadenfrist – doch wozu sollte sie diese nutzen? Die Kommissarin hatte keine Idee mehr, keine Kraft und, vielleicht am schlimmsten von allem, keinen Antrieb.

Diana zog zweimal an ihrer Zigarette, blies den Rauch in Richtung der Einfahrt. Einfach aufhören. Wahrscheinlich war es besser so. Schließlich hatten fast alle ihre Entscheidungen der letzten Tage katastrophale Resultate gezeitigt. Das Massaker von Ostia, den Tod Alessandras und als Nächstes …

Die Kommissarin schloss einen Moment lang die Augen. Die Dunkelheit fühlte sich so unendlich willkommen an. Aber sie konnte nicht ewig währen, genauso wenig wie sie es nicht länger hinauszögern konnte, den verbleibenden Konsequenzen der letzten Nacht gegenüberzutreten.

Diana stieß sich von der Wand ab, drückte die Zigarette in der Metallschale des Mülleimers aus und ging zurück durch den Eingang des Krankenhauses. Ihre Wade schmerzte, vor allem beim Steigen der Treppen, aber der Verband behinderte sie nicht allzu sehr beim Gehen, und zudem hatte ihr der Arzt ein leichtes Schmerzmittel verabreicht. Solange sie ihr Gewicht vor allem auf das rechte Bein verlagerte, war ihre Mobilität nicht allzu eingeschränkt.

Im Flur der ersten Etage trennten sie nur wenige Schritte von dem Einzelzimmer, in dem Riccardo lag. Diana verweilte einen langen Moment vor der Tür, genau wie schon eine Viertelstunde vorher, als sie sich entschlossen hatte, dass sie erst einmal eine Zigarette brauchte. Dieses Mal klopfte sie – es führte ja eh kein Weg daran vorbei.

»Herein«, hörte sie von drinnen die Stimme des Commissarios.

Diana schloss kurz noch einmal die Augen, öffnete dann die Tür und betrat das Zimmer. Riccardo lag auf dem Bett, neben ihm auf einem der Besucherstühle saß Michele. Die Blicke beider Männer waren für die Kommissarin schwer zu ertragen, denn sie konnte nicht anders, als eine stumme Schuldzuweisung in ihnen zu sehen – auch wenn sie nicht länger sagen konnte, ob diese real war oder nur ihrer Einbildung entsprang.

»Danke für das Update«, wandte sich der Commissario zurück an den jungen Polizisten. »Lass mich jetzt bitte mit Diana sprechen.«

Michele nickte, stand auf.

»Ich fahre in die Questura«, sagte er. »Sobald es Neuigkeiten gibt, erstatte ich Ihnen Bericht.«

Riccardo lächelte reumütig.

»Wir wissen beide, dass du noch heute einen neuen Vorgesetzten haben wirst.«

Michele setzte an, etwas zu sagen, zögerte dann jedoch und senkte nur den Kopf. Er ging an Diana vorbei zur Tür, ohne sie anzusehen, hielt dann aber inne und drehte sich doch noch einmal in Richtung Bett.

»Ich weiß, dass Sie nach bestem Gewissen gehandelt haben«, sagte er mit ungewohnt fester Stimme. »Und für mich werden Sie immer der beste Vorgesetzte sein, den man sich wünschen könnte.«

Riccardo wirkte überrascht, gerührt.

»Danke«, entgegnete er schließlich nur. Michele lächelte leicht, öffnete dann die Tür und verließ den Raum. Die beiden Kommissare blieben allein zurück, und für einen Moment herrschte Schweigen. Diana war unsicher, wo sie ansetzen sollte, aber zum Glück formte Riccardo den ersten Satz.

»Es scheint, als hattest du mehr Glück«, observierte er, in Richtung ihres linken Fußes deutend. Diana machte einen Schritt näher ans Bett und betrachtete das rechte Bein des Commissarios, das bis zum Knie bandagiert war.

»Wie schlimm ist es bei dir?«, fragte sie.

»Zwei durchtrennte Sehnen«, erwiderte ihr Kollege. »Der Rest sind Fleischwunden. Er hat zweimal zugebissen, bevor ich ihn erwischt habe.«

Diana nickte, suchte nach weiteren Worten. Aber sie fand nur diejenigen, die sie ebenso scheute, wie sie sich verpflichtet fühlte, sie auszusprechen.

»Es tut mir so leid.«

Riccardo musterte sie kurz, schüttelte dann den Kopf.

»Diesmal war es wirklich nicht deine Schuld«, sagte er sachlich, um dann nachdenklicher fortzufahren: »Wenn, dann war es unser aller Fehler.«

»Hätten wir anders gehandelt, würde Alessandra noch leben.«

»Aber vielleicht wäre das Opfer gestorben. Wir können es nicht wissen.«

Es war eine pragmatische Sicht der Dinge, doch gleichzeitig nicht von der Hand zu weisen. Und wenn die Rechtfertigung für den Commissario funktionierte, dann konnte auch Diana sie sich zu eigen machen – zumindest für den Moment. Die Kommissarin atmete aus, setzte sich auf den Stuhl.

»Dem Mann geht es gut?«, erkundigte sie sich. Riccardo nickte.

»Er hat keinen körperlichen Schaden genommen«, erklärte er. »Der Killer hat ihn in einer Tiefgarage mit der Injektion eines Betäubungsmittels außer Gefecht gesetzt. Aber töten sollten ihn diesmal tatsächlich die Hunde.«

In diesem Fall ein sicherer Ausgang, kein Risiko wie bei den anderen Opfern. Die Denkweise des Mörders war so pervers wie zwingend.

»Wen haben wir gerettet?«, fragte Diana weiter.

»Sein Name ist Antonio Faieta«, antwortete der Commissario. »Ein Großindustrieller, der unter anderem mehrere Chemiefabriken besitzt. Vor einigen Jahren gab es einen Skandal, weil toxische Abwässer seiner Werke einen Fluss vergiftet hatten und Leute an Krebs erkrankten.«

Im Kopf der Kommissarin hallten – mit so schmerzvollem Echo – die Worte Alessandras wider, als sie am Vortag die klassischen Opfer der *Damnatio ad bestias* aufgezählt hatte.

»Ein Giftmischer«, hielt sie fest.

»Und einer, der der Justiz entwischt ist«, stimmte Riccardo zu. »Das Verfahren gegen ihn wurde eingestellt, nachdem wichtige Zeugen ihre Aussage zurückgezogen haben. Wahrscheinlich in Folge von Einschüchterung.«

Diana schüttelte den Kopf.

»Und für so jemanden …«

Die Worte entfuhren ihr, bevor sie sich zügeln konnte. Riccardo betrachtete sie kritisch, verstand offensichtlich genau, was sie in diesem emotionalen Moment hatte sagen wollen.

»Alessandra ist im Dienst gestorben«, hielt der Commissario mit Überzeugung gegen. »Um ein Leben zu retten. So wie es ihre Pflicht war.«

Diana atmete einmal ein und aus.

»Ich weiß. Es ist nicht an uns, zu richten.«

Riccardo betrachtete sie einen Moment lang, nickte dann.

»Zumindest haben wir eine erste DNA-Spur«, fügte er hinzu. »Der Killer hat sich verletzt, als er auf die Ladefläche gesprungen ist.«

»Blut?«

»Ganz wenig. Aber genug.«

»Dann haben wir einen Ansatzpunkt.«

Riccardo schaute sie leicht mitleidig an.

»Nicht wir. Wie ich schon zu Michele sagte: Sobald Marchetti durch diese Tür tritt, werden wir beide nichts mehr mit dem Fall zu tun haben.«

»Der Questore kommt her?«

»Er muss jeden Moment hier sein.«

Etwas regte sich in Diana. Ein Funke nur, aber … Ja, sie hatte kaum mehr Kraft und keinen Ansatz, wie es weitergehen könnte. Doch die direkte Konfrontation mit dem Gedanken, überhaupt nichts mehr tun zu können, die Jagd nach dem Mörder in fremde Hände zu legen, die Suche nach der Wahrheit aufzugeben und Alessandras Tod nicht …

Nein. Keine Vendetta. Rache ist kein Motiv, aus dem du handeln darfst.

Aber den Killer vielleicht davonkommen zu lassen? Der Mord an Alessandra ungesühnt – und ihre eigene Schuld damit umso größer?

»Es ist vorbei«, hörte sie Riccardo sagen, und ein Blick in seine Augen machte ihr klar, dass er auch diesmal sehr genau wusste, woran sie dachte. »Finde dich damit ab.«

Es klang so endgültig und ließ Diana ein Gefühl von Hilflosigkeit empfinden, das ihr in diesem Moment unerträglich schien.

»Haben wir denn nicht die Pflicht …«, setzte sie zu einem Einwand an, doch Riccardo unterbrach sie.

»Es gibt viele andere gute Polizisten da draußen, die unsere Aufgabe übernehmen können. Die den Fall ohne den Ballast angehen werden, den wir mitbringen. Es ist besser so.«

Diana betrachtete den Commissario. Das Feuer, das sie mehrfach in seinen Augen hatte brennen sehen, schien erloschen zu sein, und stattdessen sah sie in ihnen Müdigkeit.

»Du gibst also auf.«

Riccardo blickte kurz zur Seite, schüttelte den Kopf.

»Wir sind zu weit gegangen, und der Preis ist schon jetzt viel zu hoch.« Er schaute zurück zu der Kommissarin, fixierte sie mit seinem Blick. »Bitte, versprich mir, dass du nicht noch weiter gehst.«

Natürlich war Diana klar, dass ihr außerdienstliches Vorgehen Konsequenzen haben würde. Und dass sie Verantwortung für Alessandras Tod übernehmen mussten. Aber es zu verstehen, war das nicht etwas anderes, als es widerspruchslos zu akzeptieren, sich zu fügen, den Kampf aufzugeben …

»Versprich es mir.«

Riccardos Stimme war ebenso eindringlich wie der Ausdruck in seinen Augen.

Er sorgt sich um mich. Trotz allem liege ich ihm noch am Herzen. Ich darf ihn nicht enttäuschen.

Diana nickte.

»Ich verspreche es.«

Der Commissario betrachtete sie kurz eindringlich, schien schließlich zufrieden.

»Danke.«

Im selben Moment klopfte es an der Tür. Die beiden Kommissare tauschten einen Blick aus; in Riccardos Pupillen spiegelten sich Ruhe und Resignation, während Diana wusste, dass in ihren eigenen Augen widersprüchlichere Emotionen zu lesen sein mussten.

»Kommen Sie herein!«, rief der Commissario, und Questore Marchetti betrat den Raum. Er schloss die Tür hinter sich, blieb dann zunächst einige Schritte entfernt stehen und betrachtete die Ermittler durch das Glas seiner Brille, nahm dabei besonders ihre Verbände in Augenschein.

»Wie geht es Ihnen?«, erkundigte er sich direkt.

»Bei mir war es zum Glück nur eine Fleischwunde«, erwiderte Diana.

»Ich werde wohl ein wenig länger außer Gefecht gesetzt sein«, antwortete Riccardo seinerseits.

Marchetti nickte, und es war in diesem Moment noch schwerer als sonst, seine Emotionen einzuschätzen.

»Was haben Sie sich dabei gedacht?«, fragte er dann.

»Es war ein Fehler«, erwiderte Riccardo, hielt dabei den Blickkontakt mit seinem Vorgesetzten.

»Das wissen wir alle«, entgegnete der Questore schroff. »Und es beantwortet nicht meine Frage.«

»Wir wollten …« Diana musste sich kurz straffen, innerlich wie äußerlich, als der kritische Blick Marchettis ruckartig zu ihr wanderte. »Wir dachten, dass es unsere beste Chance wäre. Und dass wir sie vergeben würden, falls der

Killer tatsächlich ein Polizeischütze ist und von der Aktion Wind bekommt.«

Der Ausdruck des Questores schien wie aus Stein gemeißelt.

»Und aufgrund dieser verschwindend geringen Möglichkeit riskieren Sie Ihr eigenes Leben, und zwei andere, und opfern am Ende eines davon?«

Die harte Aussage bohrte sich wie ein kalter Pfeil in Dianas Herz, und ihre Schuld wog plötzlich noch so viel schwerer. Hatte sie wirklich daran geglaubt, das Richtige zu tun – oder hatte ihre Angst vor Vertrauen ihre Entscheidung beeinflusst?

Marchetti schaute wieder zu Riccardo, benutzte dann genau dasselbe Wort, das in diesem Moment auch Dianas Gedanken dominierte.

»Haben Sie so wenig Vertrauen zu Ihren Kollegen?«, fragte der Polizeichef. »Haben Sie so wenig Vertrauen zu mir?«

Diesmal konnte der Commissario den Augenkontakt nicht halten und sah beschämt zur Seite weg. Marchetti schüttelte den Kopf.

»Sie waren immer zuverlässig, Fiorentini«, fuhr er fort. »Sie waren … eine feste Größe. Was ist mit Ihnen passiert?«

In Diana rumorte es. Das hatte Riccardo nicht verdient Die Kommissarin stand auf, reagierte vor allem instinktiv.

»Die Aktion war mein Vorschlag«, hörte sie sich sagen. »Ich übernehme die Verantwortung.«

Marchetti legte leicht den Kopf schief, musterte sie über den Rand seiner Brille.

»Ich respektiere Ihre Aufrichtigkeit«, kommentierte er schließlich. »Und Ihr wenn auch verspätetes Gefühl von Kollegialität. Aber es muss Ihnen klar sein, dass beides in diesem Moment absolut nichts mehr ändert.«

Auch Riccardo blickte zu Diana, wiederum mit gefasster Akzeptanz.

»Es waren meine Ermittlungen«, sagte er. »Und damit geschah das alles in meiner Verantwortung.«

»Genau das«, stimmte der Questore zu, weiterhin zu Diana schauend. »Davon abgesehen hat der Commissario Ihnen und Dottoressa Rasi illegal Waffen aus Polizeibeständen ausgehändigt. Und Signorina Rasi verfügte nicht ansatzweise über die nötige Erfahrung für einen solchen Einsatz. Glauben Sie, das alles ließe sich unter den Tisch kehren? Bei einem Fall wie diesem, im Scheinwerferlicht der Weltöffentlichkeit?«

Die Kommissarin schluckte. Er hatte recht. Natürlich. Gab es denn wirklich gar nichts, was sie am Lauf der Dinge noch ändern konnte? Aber ihr fiel nichts ein, und in diesem Augenblick war ihre Frustration tatsächlich noch größer als zu irgendeinem anderen Zeitpunkt seit ihrer Ankunft in Rom.

»Bringen wir es hinter uns«, forderte Riccardo von seinem Vorgesetzten, und die kaum vernehmbare Nuance von Traurigkeit in seiner Stimme brach Diana das Herz.

Marchetti nickte.

»Commissario Fiorentini«, sagte er. »Ich suspendiere Sie auf unbestimmte Zeit vom Dienst. Gegen Sie wird ein internes Verfahren angestrengt, das neben dem Missbrauch von Polizeieigentum auch Ihre Mitschuld am Tod von Alessandra Rasi zu klären haben wird.«

»Ich verstehe«, erwiderte Riccardo zumindest ohne hörbare Emotion. Diana suchte weiterhin nach Worten, Einwänden, Vorschlägen, aber die ziellose Leere in ihrem Kopf blieb bestehen.

Der Questore wandte sich zu ihr.

»Commissaria Brandt«, fuhr er fort. »Ihr Fehlverhalten einzuschätzen ist Angelegenheit Ihrer Berliner Vorgesetzten. Sie werden in Ihre Pension zurückkehren und Ihre Koffer packen. Ich werde Ihren Rückflug für heute Abend organisieren lassen und Sie persönlich zum Flughafen bringen.«

»Aus Respekt vor meinem Vater?« Diana biss sich auf die Zunge. Der sarkastische Kommentar hätte ihr nicht entfahren dürfen, aber der autoritäre Befehlston Marchettis ging ihr einfach zu sehr gegen den Strich. Der Polizeichef zeigte keine sichtbare emotionale Reaktion, aber dafür war seine Antwort an kalter Direktheit kaum zu überbieten.

»Nein«, korrigierte er die Kommissarin. »Weil ich Ihnen nicht mehr traue. Und es ist wiederum meine Verantwortung, sicherzustellen, dass Sie dieses Flugzeug auch wirklich besteigen.«

Er rückte seine Brille zurecht.

»Damit ist wohl alles gesagt«, hielt er fest, schaute noch einmal zu Riccardo. »Was Sie angeht, Fiorentini: Ich wünsche Ihnen gute Genesung.«

Marchetti nickte dem Commissario zu, drehte sich dann zur Tür, streifte in der Bewegung Diana mit einem Blick, den sie nicht gänzlich einordnen konnte. Die Kommissarin fühlte Panik in sich aufsteigen. *Ist es jetzt wirklich vorbei?*

Sie blickte in Richtung Riccardos, der in diesem Moment geradeaus sah, scheinbar ins Nichts, und unendlich verloren wirkte.

So kann es nicht enden. Ich muss es wiedergutmachen. Irgendwie.

Die Tür fiel hinter Marchetti ins Schloss. Das Geräusch wirkte auf Diana wie ein Donnerschlag.

»Riccardo?«, sagte sie hastig. Der Commissario schaute zu ihr. »Ich muss kurz …« Sie wusste selbst nicht genau, was sie tun würde. »Ich komme später noch einmal vorbei, okay?«

In die Augen ihres Kollegen stahl sich ein Hauch von Skepsis.

»Diana?«, fragte er. »Was hast du vor?«

Die Kommissarin versuchte ihr Bestes, ruhig zu wirken.

»Keine Angst«, erwiderte sie, beschwichtigend die Hände hebend. *Sag nichts, was eine Lüge sein könnte.* »Ich werde nichts Unüberlegtes tun. Ich werde meine Koffer packen. Aber ich muss kurz noch einmal mit Marchetti reden. *Va bene?*«

Riccardo musterte sie, wirkte nicht gänzlich überzeugt, nickte aber schließlich.

»Okay.«

»A dopo!«, verabschiedete sich Diana, lächelte, verließ dann den Raum und beschleunigte unmittelbar ihre Schritte, allem Schmerz zum Trotz, sobald sie die Tür hinter sich geschlossen hatte. Sie erreichte den Polizeichef noch auf der Treppe ins Erdgeschoss.

»Questore Marchetti!«, rief sie.

Der Angesprochene drehte sich um. Diana kam auf der Stufe über ihm zum Stehen, sodass sie auf Augenhöhe waren.

»Bitte?«, erkundigte er sich kühl nach ihrem Anliegen.
Jetzt nur die richtigen Worte.

»Ich entschuldige mich«, begann Diana. »Für meinen Kommentar vorhin. Er war sehr unpassend.«

Der Questore betrachtete sie kritisch, schien sich dann aber etwas zu entspannen.

»Das war er«, entgegnete er. »Aber ich kann verstehen, dass Sie unter Stress stehen. Sie haben den Tod einer Kollegin zu beklagen. Ich weiß, wie es ist, gute Männer und Frauen zu verlieren.«

Eine persönliche Anmerkung. Ein Ansatzpunkt.

»Ich habe Sie nie gefragt, woher Sie meinen Vater genau kannten«, spann Diana den Faden weiter. Marchetti zögerte kurz, schien zu überlegen, worauf sie hinauswollte.

»Ich war ein Assistent in seinem Team«, erwiderte er. »Natürlich war ich sehr jung. Aber ich konnte das Ende der Velardis miterleben.«

»Als Teil der Squadra di Ferro?«

»Ja.«

»Ich könnte mir denken, das Prestige hat Ihrer Karriere sicher nicht geschadet.«

Marchettis Ausdruck verfinsterte sich.

»Seien Sie vorsichtig«, warnte er Diana. Aber die Kommissarin hatte schon längst entschieden, alles auf diese eine Karte zu setzen.

»Geben Sie mir einen Tag.«

Der Questore verengte die Augen zu schmalen Schlitzen und taxierte sie prüfend.

»Um was zu tun?«

»Herauszufinden, was ich übersehen habe.«

»Glauben Sie wirklich, dass es da noch etwas gibt?«

»Können Sie im Scheinwerferlicht der Öffentlichkeit riskieren, den Mörder vielleicht entwischen zu lassen? Und nicht alle Ressourcen genutzt zu haben?«

Marchetti zeigte keine Regung, aber zumindest hielt er inne und dachte nach. Noch ein Schachzug verblieb Diana.

»Nicht aus Respekt für meinen Vater«, fügte sie hinzu und überwand einmal mehr den Ekel, den sie bei dem Gedanken empfand, Adolfo Ferretti als Pfand zu gebrauchen. »Aus Dankbarkeit.«

Der Polizeichef hielt den Blickkontakt, verriet weiterhin keine Emotion, spitzte nur leicht die Lippen.

»Ich kann diese Entscheidung nicht allein treffen«, entgegnete er schließlich. »Aber ich werde ein paar Anrufe tätigen.«

Diana fühlte ungeheure Erleichterung. Selbst wenn es nur die kleinste Chance bot, war es dennoch besser als der Abgrund von Hoffnungslosigkeit, an dem sie noch Sekunden vorher gestanden hatte.

»Danke«, sagte sie ehrlich. Der Questore hob augenblicklich beschwichtigend die Hand.

»Ich kann nichts versprechen«, stellte er klar. »Und Sie werden trotzdem direkt in Ihr Apartment zurückkehren und packen. Ich melde mich dort bei Ihnen – über den Hausanschluss. Wir verstehen uns?«

Diana nickte.

»Perfettamente«, erwiderte sie.

Marchetti betrachtete die Kommissarin noch einen Moment länger.

»Sie haben viel von Ihrem Vater«, sagte er, drehte sich dann um und verließ das Gebäude. Diana blieb noch einen Moment auf der Treppe stehen, und es sagte viel über ihren Zustand aus, dass der für sie normalerweise ungemein verletzende Vergleich des Polizeichefs kaum nachhallte.

Sie hatte eine einzige, letzte Chance. Sie musste sie nutzen, um die Wahrheit zu finden, um den Mörder dingfest zu machen.

Damit all das nicht umsonst war. All die Opfer. Für Alessandra. Und für Riccardo.

Noch einmal sah sie das Bild des Commissarios vor ihren Augen, dort im Krankenhausbett, so allein, so hilflos, so gebrochen. Und wo zuvor Leere gewesen war, dominierte jetzt in ihrem Innersten die einzige Emotion, zu der Diana in diesem Moment noch fähig war: Wut.

Diana nahm zwei Pullover aus dem Kleiderschrank, streifte sie von den Bügeln ab und faltete sie auf dem Bett zusammen, bevor sie sie in den bereits halb gepackten Koffer legte. Die Kommissarin agierte automatisch, ohne ihre Tätigkeit wirklich bewusst wahrzunehmen. Vielmehr drehten sich ihre Gedanken um den Fall, um ihre Situation, um die Frage, was als Nächstes geschehen würde.

Bestenfalls gelang es Marchetti, ihr noch einen Tag Gnadenfrist zu verschaffen. Aber wozu konnte sie diese Zeit nutzen? Die Blutanalyse des Killers war kein nützlicher Ansatz, denn ohne konkrete Verdächtige würde ein DNA-Vergleich mit registrierten Straftätern lange dauern und kaum etwas bringen. Die Herkunft der Rottweiler wurde untersucht, aber auch hier würde der extrem vorsichtige Täter wohl kaum eine Spur hinterlassen haben. Und bei dem Lieferwagen aus der Arena waren ebenfalls sämtliche Seriennummern entfernt worden.

Diana ging zurück zum Schrank, holte zwei T-Shirts an ihren Bügeln heraus. Abstreifen, falten, einordnen.

Wenn es keine neuen Anhaltspunkte gab, dann blieb nur die Vergangenheit. Aber hatten sie denn tatsächlich irgendetwas Wichtiges übersehen? Die Kommissarin hatte sich schon während der Taxifahrt zurück zur Pension den Kopf zerbrochen, hatte alle erdenklichen Momente der letzten Tage vor ihrem geistigen Auge Revue passieren lassen, ohne dass ihr irgendeine Eingebung gekommen wäre.

Sie nahm eine Jeans, legte sie zusammen, bugsierte sie neben die schon gepackte Oberbekleidung. Als Nächstes vielleicht die Unterwäsche …

Diana hielt schlagartig inne und starrte auf den beinahe vollen Koffer. So viele einzelne Stücke, so eng beieinander, und am Boden …

Genau das war es, oder? Lag hier der Fehler verborgen? Es war so viel passiert, viel zu schnell, neue Ereignisse hatten zu neuen Maßnahmen geführt, neue Fragen zu neuen Theorien. Die bereits vorhandenen Unklarheiten hatten sie weggepackt, abgelegt, so lange, bis die jeweils neuesten Fragen auf den ältesten lagen und ihnen den Blick auf genau diese versperrten. Aber welche waren es? Und gab es unter ihnen die eine wirklich entscheidende?

Die Kommissarin überkam aufgeregte Erwartung. Irgendetwas war da – aber sie brauchte ein System, um es zu finden. *Genau.*

Diana schob den Koffer ein Stück zurück, warf die Bettdecke auf den Boden, sodass sich nur das leere Laken vor ihr befand. Sie nahm die gefaltete Jeans wieder aus dem Koffer und legte sie auf die freie Fläche.

Von hinten nach vorn. Was waren die jüngsten noch offenen, relevanten Fragen?

Ist der Killer ein Polizeischütze?

Diese Möglichkeit war für sie alle sehr präsent. Hier gab es kein Versäumnis, auch wenn die endgültige Antwort noch ausstand.

Diana nahm ein T-Shirt aus dem Koffer, legte es neben der Jeans ab.

Hat der Mörder Kontakt mit Tindari gehabt?

Sehr wahrscheinlich, aber im Moment war diese Verbindung eine Sackgasse. Sie konnte es nicht beweisen, und den Parteichef zu beschatten würde jetzt nichts mehr bringen.

Noch ein T-Shirt, das nächste Puzzlestück.

Wie viele Morde plant der Killer noch, und was wird er danach tun?

Nein. Falsche Richtung. Sie musste sich auf die Vergangenheit konzentrieren. Ihren Weg zurück an den Anfang finden.

Diana zog eine Bluse von ganz unten im Koffer hervor, platzierte sie neben den anderen Kleidungsstücken. Diesmal musste sie einen Moment nachdenken, doch dann fiel ihr die nächste, viel ältere offene Frage ein.

Woher hat der Killer gewusst, wann Kardinal Schorlemmer das Kinderheim besucht?

Die Kommissarin befeuchtete sich die Lippen, dachte nach. Natürlich, er hatte davon ausgehen können, dass der Termin wie gewohnt in der ersten Woche des Monats stattfinden würde. Trotzdem hätte er dann das Waisenhaus tagelang observieren müssen. Das wäre ein Risiko gewesen. Und selbst dann hätte es passieren können, dass Schorlemmer mit seinem Chauffeur gekommen wäre. Für einen seiner normalen Besuche. Nein. So viele Unsicherheiten hätte dieser Killer niemals in Kauf genommen. Er hatte gewusst …

Und da war sie, die letzte Frage, die gleichzeitig allen anderen vorausging und die sie komplett aus den Augen verloren hatten. Diana zog wahllos einen Pullover aus der untersten Lage des Koffers und warf ihn neben die Bluse.

Woher wusste der Killer überhaupt von dem Missbrauch?

Innerhalb weniger Sekunden folgte in Dianas Innerem auf einen Moment absoluter Klarheit ein Gefühl tiefster Beklemmung. Denn sie hatte in Sekundenbruchteilen mehrere der Puzzlestücke, die vor ihr lagen, miteinander verknüpft, und die Antwort, die sich daraus zu ergeben schien, war Furcht einflößend.

Das kann nicht sein.

Sie nahm den Pullover, nahm die Bluse und warf beides auf die Jeans. Ihre Gedanken überschlugen sich.

Es darf nicht sein.

Sie versuchte verzweifelt, einen Fehler in ihrer Theorie zu finden. Aber es gelang ihr nicht.

So macht es perfekten Sinn.

Die Kommissarin trat vom Bett zurück, atmete ein paarmal tief ein und aus. Was konnte sie jetzt tun? Wenn sie mit dieser Vermutung recht hatte, war Abwarten keine Alternative. Und über offizielle Polizeikanäle konnte sie ab diesem Augenblick nicht mehr gehen. Dennoch musste sie in diesem Zusammenhang ein Risiko eingehen, denn ihr fehlte die grundlegende Information, die nötig war, um in Aktion zu treten.

Diana ging im Raum auf und ab, versuchte, alle Optionen so sorgfältig wie nur denkbar abzuwägen. Gab es eine Möglichkeit, zu handeln, ohne ihr Versprechen an Riccardo zu brechen? Nicht wirklich, und das widerstrebte ihr zutiefst. Andererseits – sie war sich so sicher, dass ihre Antwort die richtige war. Aber das hieß auch, dass sie doch noch einmal eigenmächtig handeln musste.

Ich tue es für Alessandra. Ich bin es ihr schuldig, den Mörder zu finden.

Die Kommissarin zog ihr Handy hervor, wählte die Nummer der Questura. Die Zentrale meldete sich am anderen Ende der Leitung.

»Das Büro von Commissario Fiorentini, bitte«, verlangte Diana.

»Einen Moment. Ich verbinde.«

Die Kommissarin schloss kurz die Augen, versuchte, sich zu entspannen. Jetzt galt es, souverän zu agieren. Und Glück zu haben.

»Büro von Commissario Fiorentini, Assistente Giordano am Apparat«, meldete sich Michele. *Genau der richtige Mann.*

»Hallo, Michele«, erwiderte die Kommissarin. »Hier ist Diana.«

Für einen kurzen Moment herrschte Stille in der Leitung.

»Signora Commissaria«, sagte der junge Polizist schließlich, und in seiner Stimme schwangen hörbar sowohl Überraschung als auch Widerstreben mit.

»Ich muss dich um einen Gefallen bitten.«

»Sie sind nicht länger mit dem Fall betraut.«

Diana befeuchtete ihre Lippen, suchte die richtigen Worte. Ehrlichkeit schien ihr die beste Option.

»Hör zu, Michele«, sagte sie. »Ich weiß, dass ich Mitschuld trage an der Suspendierung Riccardos. Und dass du mir das vorwirfst. Ich kann es dir nicht verübeln. Aber Tatsache ist auch: Wir alle sind Polizisten. Die Suche nach der Wahrheit ist unsere oberste Priorität. Und ich habe eine letzte Spur, die dabei helfen könnte, den Fall zu lösen. Den Killer zu finden, der auch Alessandra getötet hat. Bitte – hilfst du mir?«

Wieder gab es für unendlich lang scheinende Sekunden nur das leichte Rauschen der Leitung. Diana kaute nervös auf ihrer Unterlippe. Endlich kam die erlösende Antwort.

»Also gut«, entgegnete Michele, immer noch unsicher, aber zumindest mit einer Nuance von Verständnis. »Was brauchen Sie?«

»Eine Adresse.«

Diana schloss leise die Hintertür ihrer Pension hinter sich und sah sich in dem kleinen Innenhof des Hauses um. Es standen einige Stühle um einen Tisch, links von ihr gab es einen Schuppen, zudem hatten die Eigentümer Blumen und Ziersträucher gepflanzt. Eine niedrige Steinmauer trennte den Hof von seinem zum Nachbarhaus gehörigen Gegenstück.

Die Kommissarin schaute die Häuserfront hinauf. Auf drei der Balkone konnte sie Anwohner ausmachen – gänzlich unbemerkt würde ihre Aktion also nicht ablaufen. Aber sie hatte keine andere Wahl.

Wenn sie die Pension durch den Vordereingang verließ, würden die Praetoriani ihr folgen. Irgendwo standen sie in Bereitschaft, dessen war sie sich sicher, und den ungewollten Schutz von Don Licatas Killern wollte sie ganz gewiss kein zweites Mal einfordern. Ebenso war es gut möglich, dass Questore Marchetti sie überwachen ließ – immerhin wollte er nach eigener Aussage sichergehen, dass sie in ihrem Apartment auf seinen Anruf wartete. Also galt es, das Gebäude unbemerkt zu verlassen. Zu ihrem Ziel durfte ihr niemand folgen. Michele hatte versprochen, ihre Anfrage für sich zu behalten, im Interesse des Falles, und sie konnte nur inständig hoffen, dass sie mit ihren Worten zu dem jungen Polizisten durchgedrungen war.

Diana lief zu der Steinmauer, stemmte sich auf ihr hoch und schwang sich darüber. Beim Aufkommen zuckte ein scharfer Schmerz durch ihr verletztes Bein; sie biss die Zähne zusammen, doch ein kurzes Stöhnen verließ trotzdem ihre Lippen. Die Kommissarin presste sich gegen die Hintertür des angrenzenden Hauses, um nach Möglichkeit den Blicken der Bewohner aus den oberen Etagen zu entgehen. Sie probierte die Klinke – die Tür war verschlossen. *Verdammt.*

Die Kommissarin führte die rechte Hand in ihre Jackentasche. Sie hielt kurz inne, als sie dabei die härtere Ausbuchtung unter dem Leder streifte. Ja, hören würden die Praetoriani sie noch. Die im Futter verborgene GSM-Wanze funktionierte über Mobilfunkfrequenzen und konnte über jede Distanz Gespräche übertragen, aber nicht gleichzeitig zur Fernortung genutzt werden. Zumindest nicht dieses kompakte Modell.

Die Entscheidung, von der Wanze noch einmal Gebrauch zu machen, widerte Diana an, aber sie sah keine Alternative. Falls sie ein Geständnis erhielt, brauchte sie einen Mitschnitt davon. Und solange Licatas Männer gleichzeitig den Standort der Kommissarin nicht kannten, konnten sie nicht aktiv eingreifen, und eine erneute Eskalation war ausgeschlossen. *Riccardo – es tut mir leid.*

Diana zog den Dietrich aus der Tasche, führte ihn in das Schlüsselloch ein. Für das einfache alte Schloss würde er sicherlich reichen. Und nach wenigen Augenblicken griff das Werkzeug auch tatsächlich.

Die Kommissarin drückte sich durch die Tür, durchquerte eilig den Hausflur und prüfte durch das Glas des Vordereingangs kurz ihren Standort. Gut – direkt nach links führte eine schmale Straße in Richtung der nächsten Straßenbahnhaltestelle. Und es waren genug Leute unterwegs, dass sie sich in der Menge verbergen konnte.

Sie warf sich die Kapuze ihres Hoodies über, verließ dann das Gebäude, mischte sich unter die Passanten. Sie ging zügig, aber nicht zu schnell, hielt den Kopf leicht gesenkt, ihren Blick aber aufmerksam nach vorn gerichtet. Eine Straßenbahn näherte sich im selben Moment der Haltestelle. Dort warteten lediglich eine alte Frau, ein Geschäftsmann und zwei Kinder.

Diana stieg ein, setzte sich in eine der hintersten Reihen, beobachtete angespannt die Türen. Aber außer den Leuten, die eh schon gewartet hatten, betrat niemand mehr den Wagen. Die Bahn fuhr los, und die Kommissarin entspannte sich etwas. Die erste Hürde war genommen. Jetzt galt es herauszufinden, wie nahe sie mit ihrer unheilvollen Vermutung an der Wahrheit lag.

Diana lief durch den Vorort, sah sich dabei zum wiederholten Mal um. Doch auf der geraden Landstraße war niemand sonst zu Fuß unterwegs, es herrschte wenig Verkehr, und somit war es nahezu ausgeschlossen, dass ihr jemand unbemerkt von der Bushaltestelle hätte folgen können. Wenn sie zudem mit einbezog, dass sie auf ihrem Weg in den äußersten Süden Roms zweimal umgestiegen war, konnte sie eigentlich sicher sein, dass ihr weder Praetoriani noch etwaige polizeiliche Bewacher auf der Spur geblieben waren.

Sie kramte das Blatt Papier aus ihrer Jackentasche, auf dem sie sich im Groben den Weg zu ihrer Zieladresse aufgezeichnet hatte – schließlich hatte sie kein Smartphone bei sich und musste auf einen digitalen Wegweiser verzichten. Zum Glück war dieser Teil des Municipio X sehr geradlinig gegliedert und die Orientierung somit leicht.

Es war kein mondänes Viertel, aber dennoch ein Vorort mit gehobenem Lebensstandard. Die Ein- und Mehrfamilienhäuser lagen recht weit auseinander, verfügten oft über einen Garten und breite Balkone. Einzelne Brachflächen zwischen den bebauten Grundstücken sorgten zusätzlich für Ruhe und ein ländliches Flair. In der brütenden Sommerhitze ließ es sich hier auf jeden Fall besser aushalten als mitten in der von Lärm und Smog durchfluteten Innenstadt.

Die Kommissarin passierte eine Autowerkstatt, blieb am Anfang der folgenden Nebenstraße stehen und schaute noch einmal auf den Zettel. Das Straßenschild bestätigte es – Via Francesco Bini. Hier war sie richtig. Und in der Tat befand sich das Haus, zu dem sie wollte, nur wenige Schritte weiter, das dritte Gebäude auf der rechten Seite. Es war beige verputzt, hatte große Fenster und zwei Etagen; zur Straße hin wurde es von einer Ziegelmauer abgegrenzt, in der es ein breites Tor als Autozufahrt sowie ein kleineres für Personen gab. Auf der gegenüberliegenden Seite der schmalen Straße lag eine leere, scheinbar ungenutzte Fläche, ebenfalls von einer etwa schulterhohen Mauer umgeben, in die ein paar Schritte weiter ein etwas höheres Trafohäuschen eingebettet war.

Diana nahm all diese Details im Vorbeigehen wahr, während sie auf die Eingangspforte des Privathauses zuschritt. Der Name am Klingelschild bewies ihr, dass sie die korrekte Adresse erhalten hatte. *Danke, Michele.*

Sie nahm die linke Seite ihrer Lederjacke in die Hand, führte ihren Mund so nahe wie möglich an die im Futteral verborgene Wanze.

»Scalidda«, sprach Diana den einzigen Praetorianus an, dessen Namen sie kannte. »Ich weiß, dass ihr zuhört. Zeichnet das auf, was jetzt kommt.«

Wieder ein Kompromiss, wieder ein Schritt in die falsche Richtung. Aber es muss sein.

Diana ließ die Jacke los, schloss kurz die Augen, konzentrierte sich. Jetzt galt es, keinen Fehler zu machen – und zunächst einmal zu hoffen, dass die Person, mit der sie sprechen musste, überhaupt zu Hause war.

Die Kommissarin klingelte. Bange Sekunden vergingen –

doch dann meldete sich eine bekannte Stimme aus der Gegensprechanlage.

»Ja, bitte?«

Diana atmete erleichtert aus. Sie blieb stumm stehen, denn ihr war klar, dass sie sehr wahrscheinlich abgewiesen werden würde, wenn sie sich jetzt zu erkennen gab.

»Wer ist da?«, kam die Nachfrage. Die Kommissarin schwieg weiterhin, wartete eine Weile, klingelte schließlich erneut. Und wie sie es erhofft hatte, vernahm sie einen Moment später das Geräusch der Haustür und sich nähernder Schritte. Dann öffnete sich die Pforte. Diana tat ihr Bestes, um größtmögliche Selbstsicherheit zu projizieren, und lächelte.

»*Buona sera*, Signora Bellini.«

Die Heimleiterin sah die Kommissarin zunächst mit einem Ausdruck der Überraschung an, dann mit schnell stärker werdender Ablehnung. Für einen Augenblick schien es, als würde sie die Pforte wieder zuschlagen wollen, doch dann überlegte sie es sich anders.

»Commissaria Brandt«, begrüßte sie Diana trocken. »Was kann ich für Sie tun?«

»Es haben sich noch einige Fragen ergeben«, erwiderte die Kommissarin. »Darf ich hereinkommen?«

Bellini musterte sie skeptisch.

»Ich habe auf der Questura bereits eine umfassende Aussage abgelegt«, kommentierte sie.

»Das weiß ich.« Diana blieb ruhig, aber bestimmt. »Wie ich schon sagte: Es handelt sich um zusätzliche Fragen.«

Wieder zögerte die Signora einen Moment lang, trat schließlich aber einen Schritt zurück und öffnete das Tor.

»Dann bitte«, sagte sie knapp und ohne Bemühen, ihr Widerstreben zu verbergen. Sie ging voraus ins Haus hinein, während Diana die Pforte hinter sich schloss, bevor sie folgte. Schon im Flur umfing sie die angenehme Kühle der leise summenden Klimaanlage. Bellini ging nach links ins zur Straße gelegene Wohnzimmer. Es war sehr geräumig, mit stilvollem Holzmobiliar eingerichtet, gleichzeitig nicht überladen. Durch das breite Panoramafenster fiel das goldene Licht der Abendsonne.

Im Zentrum des Raumes stand ein Tisch mit einer weißen Decke. Die Heimleiterin nahm am gegenüberliegenden Ende Platz und bedeutete Diana mit einer kurzen Geste, sich auf den Stuhl nahe der Tür zu setzen, was die Kommissarin auch tat. Auf das Angebot eines Getränkes verzichtete Bellini demonstrativ.

»Wie gehen Ihre Ermittlungen voran?«, erkundigte sie sich stattdessen. Diana wollte von vornherein so viel Vertrauen wie möglich herstellen und wählte deshalb die ehrlichste Antwort.

»Es gibt neue Erkenntnisse«, erwiderte sie. »Aber auch Rückschläge.«

Bellini betrachtete die Kommissarin einen Moment lang.

»Ich bedaure den Tod Ihrer Kollegin«, bemerkte sie schließlich. Ihr Ton war sachlich, aber die Aussage klang aufrichtig. Diana nickte.

»Danke«, sagte sie, versuchte dann, die persönliche Ebene des Gespräches noch etwas zu erweitern. »Wie geht es Ihnen?«

»Was denken Sie?« Diesmal klang die Stimme der Signora merklich harscher. »Ich bin nur deshalb hier in meinem Zuhause, weil ich eine Kaution gezahlt habe, die mich fast in den Ruin treibt. Mein Mann ist mit den Kindern in Urlaub gefahren, damit sie von alldem nichts mitbekommen. Und jetzt kann ich nichts weiter tun, als auf meinen Prozess zu warten.«

»Wie ist die Situation im Heim?« Die Kommissarin achtete sehr darauf, ihren Tonfall freundlich zu halten und sich gleichzeitig nicht auf eine potenziell konfrontative Diskussion einzulassen.

Bellini wog ihre Antwort kurz ab. »Es geht weitestgehend alles seinen normalen Gang«, entgegnete sie schließlich ausweichend.

»Soweit ich weiß, werden die betroffenen Kinder psychologisch betreut«, ergänzte Diana. »Aber wenigstens durften sie in ihrer gewohnten Umgebung bleiben.«

Die Heimleiterin nickte nur, straffte dann ihre Körperhaltung.

»Also gut«, erklärte sie. »Genug der Förmlichkeiten. Sie sind hier, weil Sie Fragen haben.«

Diana hielt den Blick ihres Gegenübers.

»Gewissermaßen«, antwortete sie.

Bellini wirkte leicht irritiert. »Wie meinen Sie das?«, hakte sie nach.

»Zunächst einmal bin ich hier, um mich zu entschuldigen.«

Die Worte der Kommissarin hatten den gewünschten Effekt. Denn mit dieser Ansage hatte die Signora offensichtlich in keinem Fall gerechnet, und entsprechend entstand in ihrer kontrollierten Fassade in diesem Moment ein klar erkennbarer Sprung.

»Wofür?«, fragte sie schließlich leise und vorsichtig.

»Für meinen Irrtum«, erwiderte Diana. »Ich dachte

wirklich, dass Sie den Weiterbestand des Heims vor die Interessen der Kinder gestellt hätten. Das Wohl aller vor das Wohl Einzelner. Aber das macht keinen Sinn.«

Sie beobachtete Bellini aufmerksam und sah in den Augen der Frau deutlich die zunehmende Unsicherheit. Die Frage, worauf die Kommissarin wohl hinauswollte und wie viel sie tatsächlich wusste.

»Sie haben dieses Heim über Jahrzehnte aufgebaut«, fuhr Diana umgehend fort. »Es ist ihr Lebenswerk. Natürlich liegt Ihnen viel an seinem Weiterbestand. Aber all das ist nur oberflächlich. Was zählt, ist das Warum. Sie haben es für die Kinder getan. Weil Ihnen die Kinder ehrlich am Herzen liegen. Und Sie würden niemals in Kauf nehmen, dass ihnen jemand wehtut.«

Die Heimleiterin rang jetzt merklich um Haltung. Aber der dünne Schleier von Feuchtigkeit, der sich über ihre Pupillen legte, verriet ihre wahren Gefühle. *Jetzt habe ich Zugang zu ihr.*

»Ich glaube, ich weiß, was passiert ist«, hielt Diana fest, ruhig, sachlich und doch betont empathisch. »Ich werde es Ihnen jetzt sagen, und am Ende sagen Sie mir, ob ich recht habe. Ein Ja oder ein Nein genügt.«

Bellini schüttelte den Kopf.

»Es ist nicht so einfach.«

»Ich weiß. Aber versuchen wir es trotzdem. Ich denke, Sie brauchen jemanden, der es versteht. Oder noch besser gesagt, Sie verdienen es. Also – Sie hören einfach zu. Einverstanden?«

Die Signora betrachtete Diana für einen langen Moment, wischte sich dabei eine Träne aus dem linken Augenwinkel. Schließlich nickte sie. Die Kommissarin fokussierte ihre

Gedanken, so gut sie konnte. Sie war überzeugt, dass sie recht hatte, aber gleichzeitig fürchtete sie die endgültige Bestätigung.

»Ich glaube, Sie haben gehandelt, sobald Sie den Missbrauch bemerkt hatten«, begann Diana. »Und Sie haben das einzig Richtige getan. Sie haben es bei der Polizei gemeldet.«

Die Angst in Bellinis Augen wurde noch offensichtlicher. Diana war sich nun vollkommen sicher, dass sie mit ihrem Verdacht richtiglag.

»Es hat sich auch ein Ermittler mit Ihnen in Verbindung gesetzt. Er hat Sie befragt … Aber nicht im Polizeirevier, oder? Nein – er ist zu Ihnen gekommen. Und dann hat er Ihnen vielleicht gesagt, dass der Fall bei einem hochrangigen Kardinal sehr delikat sei. Dass er erst Beweise sammeln müsste … durch Observation? So war es, nicht wahr? Er hat Sie aufgefordert, ihm Bescheid zu geben, wann Schorlemmer das Heim besuchen würde. Das haben Sie getan. Sie dachten, es dient polizeilichen Ermittlungen. Sie glaubten, Sie tun es zum Wohl der Kinder. Eine Weile lang ist nichts passiert, aber dann war der Kardinal plötzlich tot – und Ihnen wurde klar, dass Sie die ganze Zeit die Komplizin eines Killers waren.«

Die Hände der Heimleiterin krampften sich in den Stoff der Tischdecke. In diesem Moment tat sie Diana zutiefst leid. Bellini hatte den Mut gehabt, das Schweigen zu brechen. Doch indem sie einen Täter verriet, hatte sie sich einem noch viel schlimmeren Täter ausgeliefert. Eine zynischere Ironie konnte es kaum geben.

»Liege ich bisher richtig?«, erkundigte sich die Kommissarin. »Nur ein Ja oder Nein. Ich bitte Sie.«

Bellini schaute zu ihr, zitterte, nickte schließlich.

»Ja«, hauchte sie kaum hörbar.

Diana fiel einerseits ein Stein vom Herzen, aber andererseits schnürte ihr das Gefühl der Beklemmung fast die Kehle zu. Der Mörder war kein Polizeischütze. Es war jemand aus dem aktiven Dienst. Jemand, der genau wusste, wie sie ermitteln würden und wie er die Untersuchungen behindern konnte.

»Aber damit war der Albtraum für Sie nicht vorbei«, fuhr die Kommissarin fort, jetzt selbst zunehmend erregt. »Denn der Killer brauchte Sie ja noch. Er brauchte Sie, um uns auf die richtige Spur zu bringen. Damit Schorlemmers Vergehen öffentlich enttarnt werden. Er hat Ihnen genau gesagt, was Sie uns sagen sollen, oder? Wie Sie sich verhalten müssen, damit in uns ein Verdacht keimt, aber ohne dass es zu weit gehen würde, ohne dass es auffällt. Nur die leiseste Andeutung … Sie haben Ihre Rolle perfekt gespielt.«

»Ich musste es tun.«

»Das verstehe ich. Aber womit hat er Sie erpresst? War es allein Ihre Mitschuld oder die Androhung, dass er Sie töten würde? Ich glaube, er hat die Kinder bedroht. War es so?«

Bellini nickte stumm, wischte eine weitere Träne ab. Diana überlegte einen Moment.

»Aber dazu brauchte er einen Trumpf in der Hinterhand, nicht wahr?«, hakte sie nach, noch während sich der zusätzliche Gedanke in ihrem Geist formte. »Sie hätten trotzdem etwas sagen können, und vielleicht wäre der Killer ins Gefängnis gewandert. Dieses Risiko musste er ausschließen. Hat er damit gedroht, dass Sie auch dann nicht sicher wären, wenn er verhaftet wird?« Die Antwort stand der Kommissarin plötzlich in völliger Klarheit vor Augen. »Er hat Ihnen gesagt, dass er Kontakte zur Forza Nazionale hat, oder? Und dass im Fall seiner Festnahme einer von deren Schlägertrupps auf die Waisen aus dem Ausland angesetzt werden würde.«

Die Signora schüttelte den Kopf.

»Die Forza hat viele soziale Vereine infiltriert«, erwiderte sie mit brüchiger Stimme. »Auch die Tafeln, von denen wir manchmal Essensspenden erhalten. Er hat … Er hat mir gesagt, wie einfach es passieren könnte, dass scheinbar aus Versehen giftiges Essen an uns geliefert wird.«

Diana schüttelte nur den Kopf. In diesem Moment fühlte sie blinden, kalten Hass, nicht nur auf den Mörder selbst, sondern auch auf die skrupellosen Faschisten der Forza.

»Wer war es?«, fragte die Kommissarin direkt. »Wie ist der Name des Killers?«

Bellini betrachtete sie einen langen Moment, lächelte dann bitter.

»Verstehen Sie es denn nicht?«, entgegnete sie. »Ich kann es Ihnen nicht sagen. Die Kinder wären weiterhin in Gefahr.«

»Nein«, widersprach Diana bestimmt. »Darüber müssen Sie sich keine Sorgen mehr machen. Die Forza wird mit dem Mörder nicht länger kooperieren.«

Die Heimleiterin musterte sie skeptisch.

»Das können Sie nicht sicher wissen«, sagte sie.

»Doch.« Diana nickte, versuchte ihr Bestes, um Überzeugung zu vermitteln. »Wir haben mit Tindari persönlich gesprochen. Er weiß, dass er sich in eine Sache verstrickt hat, die ihm zum Verhängnis werden kann. Er wird kein weiteres Risiko für sich und seine Partei eingehen.«

Bellini suchte im Blick der Kommissarin nach einer Finte, die sie nicht fand. Die Signora schaute nach unten auf die Tischplatte, zog gedankenverloren die Decke wieder glatt.

»Aber selbst dann«, sagte sie schließlich. »Selbst wenn das stimmt … Was nutzt Ihnen der Name? Meine Aussage allein ist niemals Beweis genug. Und bevor Sie auch nur die Chance erhalten, mehr Beweise zu finden, werden wir beide tot sein.«

»Wir können Sie schützen.«

Die Heimleiterin lachte kurz, so leise wie sarkastisch.

»Wer ist wir? Die Polizei? Sie werden verstehen, dass ich zu diesem Schutz kein Vertrauen mehr habe.«

Diana zögerte. In diesem Augenblick fiel ihr tatsächlich kein stichhaltiges Gegenargument ein. Natürlich würde Bellini nicht bereit sein, sich der Obhut ebenjener Institution anzuvertrauen, von der sie auf so brutale Art enttäuscht worden war.

»Nicht die ganze Polizei ist korrupt«, versuchte die Kommissarin einzuwenden. »Ich habe hier viele gute Männer und Frauen kennengelernt. Gemeinsam können wir …«

Bellini schüttelte nur den Kopf, und ihre Haltung versteifte sich wieder.

»Sie wissen nicht, wer er ist. Sie wissen nicht, wozu er fähig ist.«

Diana merkte, wir ihr zunehmend die Kontrolle entglitt. Sie hatte sich eine so gute Position erarbeitet, war so kurz davor, die Identität des Killers zu erfahren. Sie durfte Bellini jetzt nicht von der Leine lassen. Aber was konnte sie der Signora anbieten? Welche Optionen hatte sie noch?

Genau eine.

Nein. Das durfte keine Alternative sein. Und doch …

Es wäre zum Schutz Bellinis. Und der Kinder.

Wenn sie die Praetoriani für einen guten Zweck benutzte, würde es nicht auch eine Art Wiedergutmachung sein? Die Ergreifung des Mörders die einzige wirkliche Sühne, die sie leisten konnte?

Für Alessandra.

»Ich habe eine andere Möglichkeit, Sie zu schützen.«

Die Worte kamen mit einer Sicherheit über Dianas Lippen, die sie selbst überraschte. Bellini schaute sie fragend an.

»Was meinen Sie?«

»Das kann ich Ihnen nicht sagen. Aber Sie können sicher sein, dass es nichts mit der Polizei zu tun hat. Und dass Sie schon heute Nacht an einem Ort sein werden, wo Sie der Killer niemals finden wird.«

In den Augen der Heimleiterin spiegelte sich ein erkennbarer innerer Kampf wider. Natürlich hatte sie Angst. Aber genauso wollte sie die Fessel, die ihr so lange aufgezwungen worden war, endlich abschütteln.

»Ich weiß, dass Sie das Richtige tun wollen«, klinkte sich Diana in den Gedankengang ihres Gegenübers ein. »Und ich weiß, dass Sie das letzte Mal, als Sie das Richtige getan haben, einen hohen Preis dafür bezahlt haben. Ich kann Sie nur darum bitten – aufrichtig darum bitten –, sich davon nicht zum Aufgeben zwingen zu lassen. Helfen Sie mir, den Mörder zu finden. Helfen Sie mir, noch mehr Leid zu verhindern. Vertrauen Sie mir.«

Bellinis Augen erforschten einmal mehr den Blick der Kommissarin, die nicht zu blinzeln wagte. *Absolute Überzeugung vermitteln. Keinen Zweifel erkennen lassen.* Und dann, endlich, nickte die Signora langsam, so unendlich langsam.

»Wie sieht dieser Schutz aus?«, fragte sie vorsichtig. Diana überlegte, holte dann ihr Handy aus der Hosentasche und hielt es für ihr Gegenüber sichtbar hoch.

»Ich mache einen Anruf«, sagte sie. »In spätestens einer halben Stunde ist jemand hier, und man bringt Sie an einen sicheren Ort. Sehr weit weg von Rom. Und dort können Sie so lange bleiben, bis der Killer verurteilt ist.«

»Bei wem werde ich mich verstecken?«

»Danach dürfen Sie niemals fragen. Aber Sie *werden* sicher sein.«

»Darauf habe ich Ihr Wort?«

»Mein Ehrenwort.«

Bellini schluckte, drückte ihre Wirbelsäule durch, und ein Ausdruck von Entschlossenheit legte sich auf ihre Züge.

»Also gut«, sagte sie. »Rufen Sie an. Sobald ich an dem sicheren Ort bin, sage ich Ihnen den Namen.«

Diana nickte, atmete erleichtert aus, drückte dann auf die Taste, unter der sie sich die Direktwahl der Taste eins von ihrem Smartphone kopiert hatte. Die Nummer Scaliddas. Sie hörte den Rufton, führte das Handy zum rechten Ohr …

Und hörte nur ganz leise das Splittern der Scheibe links von ihr. Weniger als eine Sekunde später fuhr ein glühender Schmerz in ihren linken Unterschenkel. Dann zertrümmerte die Gewehrkugel das Holz des Stuhles unter ihr, als sie ihr Bein wieder verließ und sich in die Sitzfläche bohrte.

Die Wucht des Aufpralls katapultierte die Kommissarin nach rechts zu Boden, das Telefon entglitt ihrer Hand. Diana schlug hart auf, der Schmerz brandete gleich einer Flutwelle durch ihren Körper, aber trotzdem versuchte sie zu reagieren, sah auf, auf zu Bellini, die sich am anderen Ende des Tisches in die Höhe geschraubt hatte und mit schockiertem Ausdruck auf die Kommissarin starrte.

»Runter!«, schrie Diana mit aller Kraft – aber es war schon zu spät.

Wieder feuerte der unsichtbare Schütze, wieder splitterte Glas, und nahezu im selben Augenblick spritzte eine Fontäne aus Blut und Hirnmasse aus Bellinis linker Schädelhälfte auf das Mahagoniregal neben ihr. Die Signora sackte zu Boden wie eine Marionette, deren Fäden durchtrennt worden waren.

Diana blieb keine Zeit für Mitgefühl. Sie musste …

Von wo hatte der Killer geschossen? Nachdenken war ungeheuer schwierig. Der Schmerz hämmerte in ihrem Schädel. Die Kugel hatte sie aus leicht erhöhtem Winkel getroffen … Natürlich. Er war mit seinem Gewehr auf dem Trafohäuschen in Position gegangen. Wahrscheinlich blieb ihr weniger als eine Minute.

Die Kommissarin presste eine Hand auf ihren Schenkel. Blut pulsierte aus beiden Seiten des Durchschusses, aber es sah nicht so aus, als wäre eine Arterie verletzt. *Unwichtig.* Vor allem …

Sie rollte sich ein Stück auf die Seite, suchte mit dem Blick ihr Handy. Es lag nahe der Tür, außer Reichweite. Aufstehen konnte sie nicht, also …

Erst in diesem Moment fokussierten sich Dianas vom Schmerz zerrüttete Gedanken. Sie brauchte das Telefon ja gar nicht. Es war nur Fassade für Bellini gewesen. Sie hatte die Wanze. Sie hatte die Verbindung.

»Scalidda!«, schrie die Kommissarin. »Via Francesco Bini Nummer sechs! Der Killer ist hier!«

Im selben Moment wurde die Haustür geöffnet, Diana vernahm schwere Schritte, und dann trat ein schwarzer Lederschuh hart auf ihr Handy. Die Kommissarin schaute nach oben, in die Mündung einer Pistole, und weiter von dem braunen Handschuh den Arm hinauf. Sie nahm den eleganten Anzug wahr, der nun mit Dreck verschmiert war, und sah dann ins Gesicht des Killers.

Natürlich. Sie hätte es schon vorher ahnen müssen. Darum hatte Signora Bellini solche Angst gehabt.

»Hallo, Questore«, entfuhr es Diana durch gebleckte Zähne, aber zu mehr kam sie nicht. Marchetti zog die Pistole zurück, holte eine Spritze aus seiner Jacketttasche und stach sie in ihren Hals. Die Welt verschwamm vor Dianas Augen, und dann schien sie nach vorn zu fallen in einen Strudel aus tiefster Dunkelheit.

Vielleicht erwachte Diana vom Wummern ihres Herzens, vielleicht auch vom pulsierenden Schmerz der Wunde – sie vermochte es nicht zu sagen. Beides vermengte sich in ihrem Körper und in ihrem Kopf zu einer dröhnenden Kakophonie. Zuerst nahmen ihre Augen nur Fragmente wahr, kurze Eindrücke ihrer Umgebung und ihres Zustands, zwischen denen sie kurzzeitig zurück ins Nichts glitt, in die so beglückend empfindungslose Schwärze.

Sie merkte, dass sie saß, sich aber nicht bewegen konnte. Ihre Arme waren hinter ihrem Rücken fixiert, um ihre Handgelenke wand sich kaltes Metall. Etwas schleifte über Stein; das Geräusch hallte einen Moment lang nach. Es war kühl um sie herum. Sie sah weiße Wände in blauem Licht. Holzbänke. Und einige Sekunden lang, am äußersten Rand ihres Blickfelds, einen sich bewegenden schwarzen Schatten. Für einen Moment glaubte sie sich dem dunklen Priester aus ihren Albträumen gegenüber. Doch mit dem langsam zurückkehrenden Bewusstsein wurde ihr klar, dass sie sich mit einem noch sehr viel realeren und gefährlicheren Dämon konfrontiert sah.

Diana hob den Kopf, sah sich um. Zwei in Nischen abgelegte Taschenlampen erhellten zwar nur einen Teil des Raumes, aber es reichte, dass sie erkannte, dass sie sich in einer Kirche befand. Eine relativ kleine Kirche mit weißen Wänden, etwas größer als die winzige Kirche im sizilianischen Olivenhain, und in diesem Moment ganz gewiss ohne deren Aura von Obhut und Sicherheit. Vor Diana befanden sich die Holzbänke, sie selbst musste mit dem Rücken zum Altar sitzen. Eine kleine Steinbalustrade trennte links und rechts von ihr den heiligsten Bereich des Gebäudes ab.

Die Kommissarin drehte sich leicht, versuchte erneut, ihre Arme zu bewegen, aber es war nutzlos. Die Handschellen mussten an einem Giebel der Stuhllehne fixiert sein. Also schaute sie stattdessen nach vorn auf ihren linken Unterschenkel. Marchetti hatte ihr Hosenbein abgerissen und die Wunde provisorisch abgebunden, dann die Blutung mit zwei Kompressen gestillt, jeweils einer an der Eintritts- und der Austrittswunde. Es war ein Provisorium, aber für den Moment bewahrte es sie vorm Verbluten. Falls der Killer sie töten wollte, dann offensichtlich auf eine andere Weise. Würde er auch an ihr eine römische Hinrichtungsmethode anwenden, obwohl sie doch nur zufällig in sein Visier geraten war? Und was hatte ihn dazu bewogen, sie in diese Kirche zu schaffen?

Diana blieb bei dem letzten Gedanken hängen. Wo befand sie sich genau? Wie weit entfernt von Signora Bellinis Haus? Scallida musste inzwischen dort sein, aber er konnte nicht wissen, wohin man sie verschleppt hatte. Sie konnte nur …

Erst jetzt wurde sich Diana bewusst, dass sie noch immer ihre Lederjacke trug. Zumindest ein kleiner Hoffnungsschimmer: Die Praetoriani konnten sie weiterhin hören. Es musste ihr gelingen, herauszufinden, wie diese Kirche hieß – denn in dem Moment, wo sie es erfuhr, würden auch Scalidda und seine Männer es wissen. Aber könnten sie auch diesmal noch rechtzeitig eingreifen?

Die Kommissarin spähte in das diffuse Dunkel jenseits der Lichtstrahlen der Taschenlampen. Den Eingangsbereich der Kirche konnte sie nicht sehen. Aber irgendwo dort musste Marchetti …

Und wie als Antwort auf ihre Vermutung hörte sie im selben Moment erneut das Schaben eines unsichtbaren Gegenstands auf dem Boden, unmittelbar gefolgt von Schritten, und dann trat der Questore nach vorn. In dem fahlen blauen Schein glich er einem unheilvollen Gespenst. Er trug nicht seine gewohnte Brille, sondern wahrscheinlich Kontaktlinsen, ansonsten aber weiterhin den Anzug aus dem Krankenhaus. Diana konnte sich sehr gut zusammenreimen, was passiert war. Michele hatte mit seinem Gewissen gerungen, lange genug, um ihr einen Vorsprung auf dem Weg zu Bellini zu verschaffen. Doch dann hatte er ihren Anruf Marchetti gemeldet, und der Killer an der Spitze der Questura hatte umgehend gehandelt.

Die kühlen graublauen Augen betrachteten Diana abschätzend.

»Ich muss Ihnen meinen Respekt zollen«, observierte Marchetti in neutralem Tonfall. »Dass Sie das schwächste Glied in meinem Plan erkennen und noch einmal bei Bellini nachhaken würden – damit hatte ich nicht gerechnet.«

»Es war die ganze Zeit direkt vor unserer Nase«, erwiderte die Kommissarin. »Aber Sie waren sehr gut darin, uns davon abzulenken.«

Der Questore reagierte lediglich mit einem beiläufigen Schürzen seiner Lippen.

»Nun ja«, sagte er. »Letztendlich macht es keinen Unterschied. Wir beide wären sowieso heute Abend hierhergekommen. Ich musste mein Vorgehen lediglich etwas beschleunigen.«

Diana verstand zunächst nicht, was Marchetti damit sagen wollte. Hätte sie also in jedem Fall sein Opfer werden sollen? Aber warum sie? Und warum hier?

»Was soll das heißen?«, fragte sie nach. Marchetti hob die rechte Hand.

»Eins nach dem anderen«, erwiderte er. »Zuerst sagen Sie mir, wen Sie versucht haben anzurufen.«

Diana hielt den Blick ihres Gegenübers, senkte ihn dann aber leicht in einer Geste des scheinbaren Aufgebens.

»Riccardo«, log sie, in dem Wissen, dass der Questore nichts anderes erwarten würde.

»Und, haben Sie ihn erreicht?«

Die Kommissarin schwieg. Marchetti musterte sie einen Moment lang, schnalzte dann mit der Zunge.

»Wie auch immer«, kommentierte er. »Selbst wenn Sie Fiorentini zu Bellini dirigieren konnten – niemand weiß, wo Sie jetzt sind. Niemand wird kommen, um Ihnen zu helfen.«

Marchetti drehte sich um, ging kurz zurück in die Schatten. Als er wieder ins Licht trat, hielt er einen großen Behälter in der rechten Hand. Diana brauchte einen Moment, um den Schemen zu identifizieren, doch dann traf sie die Erinnerung an die Nacht in der Strandbar mit voller Härte.

Nein. Bitte nicht das.

Es war ein Benzinkanister. So also sollte sie sterben. Die letzte verbleibende Hinrichtungsmethode – Tod durch Verbrennung. Diana spürte Furcht in sich aufsteigen; sie musste mit aller Kraft darum kämpfen, die Fassung zu wahren. Der Questore stellte den Kanister vor der Balustrade ab, musterte Diana mit grausamer, abwartender Neugier.

Bleib ruhig. Zeig keine Angst, keine Schwäche.

»Also wieder nach römischem Vorbild«, hielt die Kommissarin so neutral wie möglich fest.

»Natürlich«, erwiderte Marchetti mit ebenso kühler Sachlichkeit.

Jetzt rette dich. Locke ihn in die Falle.

»Aber warum hier?«, stellte sie die Folgefrage. »Das ist keine antike Ruine.«

»Auf gewisse Weise schon«, entgegnete der Polizeichef, ließ dabei seinen Blick durch das Kirchenschiff schweifen. »Früher stand an dieser Stelle ein Tempel, der Rediculus geweiht war – dem Gott der Wiederkehr. Reisende opferten hier, um Sicherheit für ihren Weg zu erbitten. In Anbetracht der Reise, auf die ich mich zu begeben gedenke, ist der Ort schon allein deshalb passend.«

Instinktiv hätte die Kommissarin bei der letzten Aussage des Killers ansetzen wollen, doch sie durfte auf keinen Fall ihr wichtigstes Ziel aus den Augen verlieren. Scalidda musste hören können, wo sie war.

»Doch jetzt ist es eine Kirche«, hakte sie vorsichtig nach.

»Wohl wahr«, erwiderte der Questore. »Santa Maria in Palmis, auch genannt die Chiesa del Domine Quo Vadis.«

Danke, du Scheißkerl.

»Wissen Sie, wie der letztere Name zustande kommt?«

Diana schüttelte den Kopf.

»Laut der Legende floh der heilige Petrus aus Rom, um den Schergen Neros zu entkommen. Und genau hier soll ihm Christus erschienen sein. Petrus fragte ihn: *»Quo vadis, domine?«* – »Wohin gehst du, Herr?« Und Jesus erwiderte: »Nach Rom, um ein zweites Mal gekreuzigt zu werden.« Daraufhin kehrte der Heilige um, obwohl er wusste, dass er in seinen sicheren Tod ging.«

Ein kalter Schauer legte sich auf Dianas Haut. In diesem Augenblick hatte auch sie das Gefühl, dass ihr Schicksal besiegelt war. Denn sie kannte die Legende und wusste, wo die Erscheinung stattgefunden haben sollte. Vor den Toren des antiken Roms, an den Ausläufern der Via Appia. Sie mussten sich ganz in der Nähe des dritten Tatorts befinden – und damit ein beträchtliches Stück nördlich von Signora Bellinis Wohnung. Selbst wenn die Praetoriani jetzt sofort losfuhren, würden sie niemals rechtzeitig hier eintreffen. Das hieß, Diana war auf sich allein gestellt.

Was konnte sie tun? Marchetti hinhalten. Aber das allein würde nicht ausreichen. Und sich zu befreien und sich physisch zu wehren war keine Option – selbst wenn sie nicht gefesselt gewesen wäre, ihre Verwundung machte jede freie Bewegung unmöglich. Welche Alternativen blieben darüber hinaus? *So kann es nicht enden.*

»Auch ich werde heute Nacht zurückgehen«, fuhr Marchetti fort. »In die Arme meiner Häscher. Aber sie werden mich nicht hinrichten, denn sie haben kein Konzept von Gerechtigkeit.«

Diana horchte auf.

»Sie wollen sich stellen?«, fragte sie. Und im selben Moment erinnerte sie sich, dass Alessandra genau diese Möglichkeit in ihrer Einschätzung des Täters erwähnt hatte.

Der Questore nickte.

»Mein Werk wird getan sein. Leider nicht perfekt – durch Ihre Schuld. Aber mit diesem Makel muss ich leben.«

Diana widerte es an, wie der Mörder über die Geschehnisse in der Arena und den Tod Alessandras sprach, und beinahe wäre ihr ein zynischer Kommentar entfahren. Aber sie hielt sich zurück und versuchte stattdessen, weiterhin Interesse zu zeigen, ihn sich erklären zu lassen.

»Was ist mit der Justiz?«, hakte sie nach. »Sie haben mit Ihren Taten die Korruption aller wesentlichen Machtinhaber des Landes aufgezeigt. Und eine der wichtigsten Institutionen wollen Sie außer Acht lassen?«

Marchetti formte sein übliches humorloses Lächeln, das in diesem Kontext äußerst sinister wirkte.

»Natürlich nicht«, erwiderte er. »Aber die Gerichte werden ihre Nutzlosigkeit im Laufe meines Prozesses von selbst enttarnen. Sie wissen ja, durch wie viele Instanzen ein Verfahren hier in Italien gehen kann. Und ich weiß, welche der Richter bestechlich sind. Ich gedenke, ihre Ineffizienz und Korruption vor die Augen aller zu bringen. Dieser schwache Staat wird mir eine Plattform geben, mein ganz eigenes Rostrum, um meine Botschaft der ganzen Welt zu vermitteln.«

Alessandra hatte recht gehabt. Die Morde waren nur der erste Teil von Marchettis Plan – genauso wichtig war ihm die Aufmerksamkeit, derer er sich nun sicher sein konnte, wenn er vor Gericht seine Philosophie des Hasses propagierte. Und in exakt diesem Moment wurde der Kommissarin ihr einziger Ausweg klar. Sie konnte den Killer ausschließlich mit Worten besiegen. Ihn dazu bringen, sie gehen zu lassen. In den nächsten Minuten musste sie um ihr Leben argumentieren.

Diana spielte im Zeitraffer alle möglichen Ansätze durch. List und Lügen schieden aus. Es mussten klug gewählte Fakten sein. Nur welche? Der direkteste Weg würde sie den denkbar höchsten Preis kosten. Ließ er sich vermeiden? Konnte sie vielleicht stattdessen die moralische Rechtfertigung des Mörders untergraben?

»Und was ist Ihre Botschaft?«, fragte sie nach.

Der Questore musterte die Kommissarin einen Moment lang, zeigte dann mit der Hand auf die Wände der Kirche um sie herum.

»Ich habe diesen Ort nicht umsonst ausgewählt. *Quo vadis?* Das ist die Frage, die ich stelle. Wohin wollen wir gehen?«

Diana entschied sich für eine leicht kritische Reaktion. Marchetti durfte nicht den Eindruck erhalten, dass sie ihm nur das sagte, was er hören wollte.

»Zurück in den Faschismus? Darin sehen Sie die Lösung aller Probleme?«

Der Questore legte den Kopf schief, dachte kurz nach.

»Nun, keine Regierungsform ist perfekt. Aber die Stärke des römischen Imperiums neu erstehen zu lassen, mit Führern, die handlungsfähig sind – das muss ein Schritt in die richtige Richtung sein. Ich habe jahrelang gute Polizisten sinnlos sterben sehen, bis ich begriffen habe, dass dieses System nicht zu retten ist. Gerade Sie sollten mich verstehen. Sie wissen, wie hart es ist, Gerechtigkeit zu schaffen im Rahmen von liberalen Gesetzen, die korrupte Politiker geschrieben haben.«

Diana konterte schnell mit einer Wahrheit, derer sie sich im Lauf der letzten Tage nur zu bitter bewusst geworden war.

»Selbstjustiz ist keine Gerechtigkeit. Sie wiegt Gesetzlosigkeit mit Gesetzlosigkeit auf.«

»Richtig. Und genau darum brauchen wir andere Gesetze.« Marchetti reagierte schlagfertig. »Härtere Gesetze, bei denen Schuldige nicht ungestraft davonkommen. Die all den Schmutz und das Verbrechen und die Bestechlichkeit hinwegfegen. Die Geschichtsbücher lehren uns, wie wenig Kriminalität es zu Zeiten Mussolinis gab. Und Sie haben die Umfragen gesehen. Sie wissen, wie viele Bürger meine Taten schon jetzt für gut befinden. Die Menschen wollen einen Wandel. Die Demokratie hat versagt.«

Die Kommissarin entschied sich erneut für die Konfrontation.

»Sie glauben, in einem faschistischen Italien würde es keine Korruption und kein Verbrechen mehr geben?«, hielt sie dagegen. »Vielleicht nicht mehr im Kleinen, aber dafür im Großen, denn der Staat hätte das Monopol darauf. Im Faschismus werden Korruption und Verbrechen institutionalisiert. Jeder Polizist, der solche Gesetze durchsetzt, wird zum Täter. Und nichts davon wäre Gerechtigkeit. Wenn Ihnen das nicht klar ist, Marchetti, dann sind Sie mehr als naiv.«

Der Questore versteifte sich. Seine Augen verengten sich zu schmalen Schlitzen.

»Sie sind genauso schwach wie alle anderen«, zischte er. Und beugte sich unmittelbar hinunter zu dem Benzinkanister, begann, den Verschluss aufzuschrauben. Panik durchfuhr die Kommissarin. Sie war zu weit gegangen.

»Warum ich?«, reagierte sie gedankenschnell mit der ihr eigentlich wichtigsten Frage. Und hatte Glück, denn Marchetti hielt inne und sah zu ihr.

»Die Antwort sollten Sie kennen«, erwiderte er knapp.

»Ich bin nicht korrupt. Das wissen Sie.«

»Mag sein. Aber Sie sind die Tochter Ihres Vaters. Sie werden für ihn büßen.«

Er weiß es.

Plötzlich schien es in der ohnehin schon kühlen Kirche noch kälter zu werden.

»Wie haben Sie es herausgefunden?«, fragte Diana, in diesem Moment ehrlich wissbegierig.

Marchetti richtete sich wieder auf, und bei seiner Antwort war sein Lächeln von selbstzufriedener Arroganz geprägt. »Ich war aufmerksam. Als Orsino Licata unmittelbar die Lücke füllte, die die Velardis hinterlassen hatten – es schien der natürliche Lauf der Dinge. Aber für mich war es zu perfekt. Und es gab offene Fragen über die plötzlichen Erfolge Ihres Vaters, die niemand zu stellen wagte. Ich hingegen hatte schon früh verstanden, wie gierig Menschen sind. Also habe ich Adolfo Ferretti beschattet. Und schließlich kam es zu einem Treffen mit Licatas Leuten, das meinen Verdacht bestätigte.«

»Warum haben Sie es nicht gemeldet?«

Der Questore breitete leicht die Arme aus, in einer Geste, die die Überflüssigkeit von Dianas Frage unterstreichen sollte.

»Mit den Fotos, die ich machte, hatte ich Ferretti in der Hand. Aber letztendlich … habe ich sie für meine Karriere nicht gebraucht.«

»Was passierte?«

Marchetti zuckte mit den Schultern.

»Ich wurde Leiter der Scharfschützen, verhinderte ein geplantes Mafia-Attentat, und das brachte mich nach Rom. Als Ihr Vater dann starb, glaubte ich, mein Wissen über ihn würde ungenutzt bleiben. Bis ich meinen Plan erarbeitete – und dann dank Bellini auf Schorlemmer stieß. Ein deutscher Kardinal. Die Puzzlestücke hätten sich nicht perfekter zusammenfügen können.«

Die Wahrheit traf Diana mit schneidender Härte.

»Sie haben mich angefordert.«

»Es war nicht viel nötig, Ulbricht zu überzeugen. Er hält große Stücke auf Sie.«

»Warum kein korrupter römischer Polizist?«

Marchetti zog leicht die Augenbrauen hoch.

»Ich bitte Sie«, kommentierte er abschätzig. »Das wäre für niemanden überraschend. Kein würdiger Höhepunkt meines Werkes. Aber wenn ich Adolfo Ferretti enttarne – den Helden, die Legende –, das wird ein weithin sichtbares Fanal sein.«

In diesem Moment sprach der Polizeichef sein Todesurteil aus. Denn schließlich hörten die Praetoriani seine Worte mit. Und Diana hatte die Gewissheit, dass Marchetti niemals davonkommen würde, selbst wenn er sie …

Aber genau das darf nicht passieren. Nicht noch einmal.

Es wäre erneut die Urteilsfindung des Verbrechens. Ein weiteres blutiges Stigma, das sie für immer zeichnen würde, ob nun im Leben oder posthum. Nein. Sie musste anders, besser handeln. Aber das bedeutete, dass sie nicht nur sich selbst vor Marchetti, sondern auch Marchetti vor den Killern der Mafia retten musste.

Wie konnte sie das erreichen? Plötzlich lief ihr noch drastischer als zuvor die Zeit davon. Die Praetoriani waren auf dem Weg hierher, und ihre Ankunft konnte die Rettung für ihren Körper bedeuten, aber den Untergang für ihre Seele.

Doch trotz dieses Druckes war sie noch immer nicht bereit, ihren letzten Trumpf auszuspielen, ihr letztes Geheimnis preiszugeben. Vielleicht … Eine Möglichkeit gab es noch. *Schnell jetzt, schnell.*

»Sie wollen mich dafür richten, was mein Vater getan hat«, wandte sie ein. »Inwieweit ist das, was Sie tun, denn anders?«

Der Questore betrachtete sie ungläubig.

»Wie können Sie diesen Vergleich ziehen?«, empörte er sich. »Ich bediene mich vielleicht Methoden, die nach den heutigen Gesetzen illegal sind. Aber ich tue es für das Wohl der Nation, nicht mein eigenes. Ich folge meinen Idealen. Mich kann niemand kaufen.«

Natürlich. Er weiß einen Teil, aber längst nicht alles.

»Sie denken, es war Korruption«, hielt die Kommissarin fest. »Dass Orsino Licata meinen Vater bezahlt hat, damit er seine Drecksarbeit macht.«

»Was hätte es sonst sein sollen?«

»Ein Kompromiss.«

Marchetti sah sie fragend an.

»Wie meinen Sie das?«, erkundigte er sich, und Diana gab ihm die Antwort nur zu gerne.

»Mein Vater wollte die Velardis für ihre Verbrechen büßen lassen. Aber er musste jahrelang mit ansehen, wie sie der Justiz entkamen. Er fühlte genau die Frustration, die auch Sie antreibt, Marchetti. Also hat er die einzige verbleibende Chance ergriffen und sich von Licata Informationen liefern lassen. Es war nicht Korruption. Es war Gerechtigkeit um jeden Preis. So wie bei Ihnen. Wenn Sie mich dafür töten, delegitimieren Sie sich selbst.«

Der Questore hielt inne, wirkte zum ersten Mal leicht unsicher. Aber dann schüttelte er den Kopf.

»Nein«, sagte er. »Das heißt nicht, dass Ferretti dafür kein Geld erhalten hat. Licata hatte die Mittel – also warum hätte Ihr Vater nicht davon profitieren sollen?«

»Weil sie Freunde waren!«, entfuhr es Diana mit einer Inbrunst, über die sie erschrak. Die Emotionen hatten sich unbemerkt in ihr ausgebreitet, schon während ihrer letzten Sätze, und brachen jetzt mit der Wucht jahrelanger Unterdrückung an die Oberfläche.

»Adolfo und Orsino kannten sich aus ihrer Jugendzeit. Sie vertrauten sich. Sie *wollten* einander helfen! Das macht es nicht richtig, das macht es nicht moralisch, aber …«

Sosehr sie es auch zu unterdrücken suchte, in ihren Augen wallten Tränen auf.

»Mein Vater war kein böser Mensch. Er hat einen Fehler gemacht. Fehler machen wir alle. Es war nicht genug, ihn dafür zu verdammen. Das war es nicht für mich …«

Sie hielt inne, schaute auf zu Marchetti, und ihr Blick musste ihn treffen wie ein Pfeil aus kaltem Stahl.

»Und wenn es für mich nicht ausreichend Grund war, dann ganz bestimmt nicht für Sie!«

In Diana wallte tosende Wut, auf den Questore, auf Adolfo Ferretti, aber vor allem auf sich selbst. Der Polizeichef sah sie konsterniert an. *Ich habe ihn. Jetzt nicht nachlassen.*

»Wenn Sie mich töten, töten Sie eine Unschuldige«, fuhr die Kommissarin fort, bemühte sich, ihre persönliche Erregung zu unterdrücken und mit der Logik des Killers zu argumentieren. »Wenn Sie mich töten, korrumpieren Sie Ihr großes Werk. Sie begehen eine Ungerechtigkeit, die unvereinbar ist mit der Botschaft, die Sie der Welt vor Gericht erklären wollen. Sollen alle Ihre Mühen dadurch zunichtegemacht werden? Tun Sie das einzig Richtige, Marchetti. Lassen Sie mich gehen.«

Der Questore sah zu Boden, dachte nach. *Er zieht es in Betracht. Vielleicht funktioniert es. Vielleicht muss ich auch diesmal nicht …*

»Nein.« Die barsche Antwort des Killers hallte durch die Kirche wie das Geräusch eines Fallbeils. Er schaute wieder in Dianas Augen und schüttelte den Kopf.

»Nein«, wiederholte er. »Ich bin schon zu weit gegangen. Und Sie haben mich dort in der Arena bereits eine Facette meines Gemäldes gekostet. Was Sie über Ihren Vater sagen – vielleicht stimmt es. Vielleicht nicht. Aber sehr wahrscheinlich sind Sie die Einzige außer Licata, die heute noch davon weiß. Wenn Sie tot sind, wird meine Version der Geschichte Bestand haben. Meine Botschaft wird unbefleckt sein.«

Er kniete sich hin und begann erneut, den Kanister aufzuschrauben. Das Kartenhaus der Hoffnung in Dianas Gedanken kollabierte. Jetzt hatte sie endgültig keine Wahl mehr. Ihr letztes Druckmittel war jene Wahrheit, die sie am meisten fürchtete. Sie atmete aus, und in ihrem Inneren wurden die heißen Emotionen der Minuten zuvor ersetzt von eisiger Kälte.

Marchetti warf den Verschluss auf den steinernen Boden, stand auf, den Benzinkanister in der Hand. Und stoppte abrupt, als sein Blick auf den der Kommissarin traf. Der Polizeichef war klug und erfahren genug, um Menschen lesen zu können, und entsprechend befremdet, als sie ihn in dieser Situation größter Wehrlosigkeit mit einem Ausdruck vollkommener Kontrolle ansah.

»Es gibt noch ein paar wichtige Dinge, die Sie nicht wissen«, hielt Diana kühl fest.

Marchetti zögerte einen weiteren Moment, schüttelte dann aber den Kopf.

»Hören Sie auf, Zeit zu schinden«, erwiderte er, machte einen Schritt nach vorn und begann, den Kanister über Diana zu entleeren. Benzin tränkte ihre Haare und ihre Kleidung, stach in ihren Augen, der beißende Gestank schraubte sich in ihre Lungen. Als die Flüssigkeit ihre offene Wunde berührte, schrie die Kommissarin vor Schmerz, und kurz drohte sie eine Ohnmacht zu übermannen. Doch dann formte sie ihren Schrei in die Worte um, von denen sie wusste, dass sie Marchetti aufhalten würden.

»Wenn Sie mich töten, werden Sie niemals lebendig vor Gericht erscheinen!«

Es funktionierte. Der Questore stoppte in der Bewegung, fing den Schwung ab, und nur noch einige einzelne Tropfen Benzin benetzten Dianas Körper. Jetzt hatte sie den Mörder an seiner größten Schwachstelle – der Tatsache, dass er überleben wollte. Die Kommissarin schaute auf, und irgendwie gelang es ihr, die Augen offen zu halten, trotz der ätzenden Tropfen, die von ihren Brauen und Haaren hinabströmten. Marchetti taxierte sie, suchte nach einer Lüge, die es nicht gab. Misstrauen stahl sich in den Blick des Polizeichefs.

»Wieso sollte ich nicht?«, fragte er.

»Wer, denken Sie, hat die Serranos ermordet?«

Der Questore war von der Frage sichtbar überrascht.

»Es kann nur die Camorra gewesen sein«, entgegnete er.

»Falsch. Es waren die Praetoriani.«

Marchetti starrte sie ungläubig an, versuchte dann ein höhnisches Lächeln, das ihm aber vollkommen missglückte.

»Was wollen Sie mir hier erzählen?«, hielt er dagegen. »Warum sollten Licatas Männer die Serranos töten?«

»Weil die Serranos mich und Riccardo umbringen wollten. Das haben die Praetoriani verhindert.«

»Die Serranos hatten sie ...«

»Ja. Wir wollten herausfinden, woher der Killer wohl das Versteck de Lucas kannte. Und sind in Ostia in eine Falle getappt.«

Der Questore legte die Stirn in Falten, überlegte angestrengt.

»Aber warum sollte Licata Sie schützen?«, fragte er. »Wegen der Hilfe Ihres Vaters irgendwann vor vielen Jahren? Wollen Sie mir das erzählen?«

Nein. Diese Notlüge war gut genug für Riccardo gewesen. In diesem Moment konnte sie nur die Wahrheit retten. Diana hielt Marchettis Blick, begrub ihre Gefühle, ihre Vergangenheit und vielleicht auch ihre Zukunft.

»Sie wissen nicht, wer ich bin.«

Der Polizeichef wollte etwas sagen, doch sie ließ ihn zu keiner weiteren Erwiderung kommen.

»Kurz nach Don Licatas Machtergreifung – Sie erinnern sich an das Attentat auf sein Auto?«

»Natürlich.«

»Wie viele Leben wurden an diesem Tag ausgelöscht?«

Marchetti wog die Frage kurz ab.

»Zwei.«

»Falsch. Eines.«

Für einige Sekunden hörte man in der Kirche nur das Geräusch der Benzintropfen, die aus Dianas Haar auf den Steinboden fielen. *Platsch, platsch, platsch*. Der Questore brauchte diese Zeit, um den Sinn der Antwort zu begreifen. Doch dann erstarrte er und betrachtete sein mutmaßliches Opfer plötzlich mit schockiertem Unglauben.

»Jetzt verstehen Sie es«, kommentierte Diana kalt, und blieb auch in ihrem Herzen ohne jede Regung.

»Wenn Sie mich töten«, fuhr sie fort. »Wie lange, denken Sie, wird es dauern, bis die Praetoriani Sie finden? Es wird egal sein, wo Sie sind. In welchem Gefängnis, hinter wie vielen Mauern. Die Praetoriani *werden* Sie finden. Das wissen Sie. Und mit Ihrem Tod wird es nicht aufhören. Licata wird Ihre Familie auslöschen. Er wird Ihre Kinder umbringen, Ihre Eltern, Ihre Geschwister. Sie werden nicht nur die Bühne des Gerichtssaals verlieren, sondern jeden Menschen, den Sie je geliebt haben.«

Die Worte waren unendlich grausam und kamen dennoch so leicht über ihre Lippen. Sie konnte sich einreden, dass sie nötig waren. Dass sie nur so ihr Leben retten konnte, nur so den Mörder tatsächlich der Gerechtigkeit zuführen. Aber all das waren Phrasen, mit denen sie nicht die elementare Wahrheit verleugnen konnte, die sich ihr in diesem Moment offenbarte: dass sie den Triumph über Marchetti genoss und die Macht, die sie über ihn hatte. Die Macht ihres Erbes. Die Macht der Mafia.

»Sie haben genau eine Wahl«, schloss Diana. »Sie lassen mich frei, hier und jetzt. Ich verhafte Sie und bringe Sie persönlich zur Questura. Das ist Ihre einzige Chance, es lebendig in einen Gerichtssaal zu schaffen.«

Es war eine Halbwahrheit, aber zumindest eine letzte Chance für Gerechtigkeit, eine Chance, an die sie selbst glauben musste. Sofern es die Zeit noch erlaubte.

Marchetti betrachtete sie mit einem Ausdruck fiebriger Aufgewühltheit.

»Welchen Beweis haben Sie für diese Behauptung?«, fragte er mit unsteter Stimme. »Woher weiß ich, dass Sie nicht lügen, um Ihr Leben zu retten?«

Auch auf diese Reaktion war Diana vorbereitet.

»Fassen Sie in meine linke Jackentasche«, forderte sie den Polizeichef auf. »Ganz hinten in meiner Geldbörse finden Sie ein altes Foto.«

Marchetti zögerte kurz, stellte dann den Benzinkanister ab und folgte ihrer Anweisung. Er durchsuchte das Portemonnaie, zog schließlich die verblichene Aufnahme hervor, die Diana selbst nicht mehr betrachtet hatte, seit man sie ihr im Alter von fünfzehn Jahren gegeben und damit ihre Welt zerstört hatte.

Denselben destruktiven Effekt konnte die Kommissarin auch in den Augen des Questores sehen, in denen im Angesicht der Wahrheit der letzte Widerstand brach. Marchetti steckte das Foto zurück, sank merklich in sich zusammen.

Sein Blick flackerte. Er fuhr sich über den Nasenrücken, so als wolle er die Brille zurechtrücken, die er nicht trug. Seine Hände hatten angefangen zu zittern.

»Ich habe Ihr Wort für freies Geleit?«, fragte er schließlich, und in diesem Moment wusste Diana, dass sie gewonnen hatte. Zumindest für den Augenblick.

»Ja«, erwiderte sie so bestimmt, wie sie konnte. »Bis zur Questura stehen Sie unter meinem Schutz.«

»Woher soll ich wissen, dass Sie mich nicht erschießen?«

»Ich bin Polizistin. Sie sind ein Mörder. Ich bringe Sie ins Gefängnis. Das ist meine Aufgabe. *Das* ist Gerechtigkeit.«

Dianas Stimme war klar und fest. Jetzt wusste sie, dass Marchetti ihr nichts mehr tun würde. Alessandra hatte es von Anfang an verstanden – er war ein pragmatischer Killer, und seine Botschaft bedeutete ihm mehr als alles andere.

Der Questore betrachtete die Kommissarin, drückte dann seinen Rücken durch, schluckte einmal.

»Also gut«, sagte er. »Ich ergebe mich in Ihren Gewahrsam.«

Er kam auf sie zu, ging um den Stuhl herum, und einen Moment später hörte Diana, wie ein Schlüssel ins Schloss der Handschellen eingeführt wurde. Dann löste sich die Umklammerung der Ringe. Sie führte ihre Arme langsam nach vorn, stützte sich ab und stand vorsichtig auf, nur das rechte Bein belastend. Der Schmerz, den sie in der Anspannung der letzten Minuten nahezu ausgeblendet hatte, brandete erneut durch ihren Körper. Trotzdem gelang es der Kommissarin, sich umzudrehen, indem sie sich auf der Stuhllehne abstützte.

»Geben Sie mir die Handschellen«, wies sie Marchetti an. »Und meine Geldbörse.«

Der Polizeichef gehorchte. Die Kommissarin führte das Portemonnaie in den nassen Stoff ihrer Innentasche, platzierte dann die Fesseln an Marchettis Gelenken, fixierte die Arme des Questores allerdings vor seinem Körper. Danach nahm sie die Pistole aus seinem Schulterholster. Diana hielt sich mit der Linken an der Altarbrüstung fest, zog ihren Körper einen Schritt rückwärts, entsicherte die Waffe und richtete sie auf den Killer. Dann deutete sie mit der Pistole kurz auf einen der beiden Kerzenständer, die den Altar flankierten.

»Geben Sie ihn mir«, forderte sie Marchetti auf. Dieser verstand, entfernte die Kerze und reichte ihr vorsichtig den silbernen Ständer. Diana stützte sich mit ihrer linken Hand darauf, fand erneut ihre Balance.

»Jetzt gehen Sie langsam mit mir zum Ausgang«, fuhr die Kommissarin fort. »Ich nehme an, Ihr Auto parkt vor der Kirche?«

»Gleich um die Ecke.«

»Ist es Ihr Dienstwagen?«

»Ja.«

»Gut. Ich werde hinten einsteigen, Sie fahren. Verstanden?«

Marchetti nickte.

»Dann los.«

Der Questore ging bedachtsam an ihr vorbei. Diana folgte ihm, den Kerzenständer provisorisch als Krücke benutzend. Es war schwer, das Gleichgewicht zu halten, den Schmerz zu ertragen. Und obwohl sie es vermied, das linke Bein zu belasten, spürte sie schon nach zwei Schritten Blut über ihre Haut laufen. Aber all das war egal. Es galt, nur wenige Meter zu schaffen. Loszufahren, solange sie noch Zeit hatten.

Das Geräusch des Silbers auf dem Steinboden hallte bei jedem von Dianas Schritten gleich dem Schlag einer Uhr durch das Kirchenschiff. Weiterhin tropften Reste von Benzin aus ihrem Haar und ihrer Kleidung. Der im unbekannten Dunkel liegende Ausgang schien nur unendlich langsam näher zu kommen. Doch schließlich, endlich, erreichten sie die Pforte.

»Machen Sie auf, und gehen Sie vor«, wies die Kommissarin Marchetti an. Dieser folgte ihrem Befehl.

Die Tür knarrte, und fahles Mondlicht strömte der Kommissarin entgegen. Sie sah den Schatten des Questores vor sich auf die Straße treten – und dann abrupt innehalten und die Hände heben. In diesem Moment wusste Diana, dass ihre Hoffnung vergebens gewesen war.

»Diana?«, hörte sie von draußen die Stimme Scaliddas. Ihre Gedanken irrlichterten im Takt der Verzweiflung. *Nein. So darf es nicht enden. Nicht noch einmal.*

»Ich komme.«

Diana straffte sich, umklammerte mit der Linken fest das kühle Silber, mit der Rechten den kalten Stahl. Und trat aus der Kirche hinaus in die Nacht.

Vor ihr lag eine Kreuzung, von der drei Straßen abzweigten. Neben einem Tor direkt gegenüber hatten sich zwei Praetoriani postiert, ihre Maschinenpistolen im Anschlag. Links von sich sah sie zwei der Männer Licatas, mit Pistolen bewaffnet – und zu ihrer Rechten Scalidda.

Der Mafioso ließ seinen Blick über Dianas Körper schweifen.

»Du musst ins Krankenhaus«, hielt er knapp und sachlich fest. »Ich bringe dich hin. Die anderen kümmern sich um Marchetti.«

Dianas Blick traf den des Polizeichefs. In dessen Augen standen Fragen, die zu beantworten keinen Sinn gemacht hätte. Aber gleichzeitig sah sie auch eine Wertung, die ihr unerträglich war.

Die Kommissarin drehte sich zurück zu Scalidda.

»Nein«, sagte sie. »Marchetti ist mein Gefangener. Ich bringe ihn zur Questura.«

Der Mafioso musterte sie einen Moment lang. Es war unmöglich, in seinem Gesicht abzulesen, was er dachte.

»Du weißt, dass das keine Option ist«, erwiderte er schließlich ruhig und kalt. Es war ein unumstößlicher Fakt, daran ließ seine Stimme keinen Zweifel. Aber es war Diana unmöglich, dies widerspruchslos geschehen zu lassen. Also tat sie das Einzige, was sie tun konnte, und richtete ihre Waffe auf Scalidda.

Diesmal war der Praetorianus tatsächlich überrascht. Aber nur für den kürzesten Augenblick, und schon war jeder Muskel seines Körpers wieder gestrafft und perfekt unter Kontrolle. Seine Männer sahen fragend zu ihm. Scalidda bedeutete ihnen mit einer knappen Handgeste, die Waffen zu senken, und sie folgten seiner Anweisung. Dann fixierte er Diana mit seinem Blick.

»Was hoffst du damit zu erreichen?«, fragte er. Der Kommissarin war klar, wie schwach ihre Antwort klingen musste, aber der Mut der Verzweiflung gab ihr die Kraft, sie trotzdem mit Überzeugung auszusprechen.

»Ihr könnt mir nichts tun«, erwiderte sie. »Also werde ich jetzt gehen, genauso wie beim letzten Mal mit Riccardo.«

Scalidda schüttelte den Kopf.

»Der Commissario ist ein kalkulierbares Risiko. Ihn konnte ich in deine Verantwortung geben. Marchetti weiß viel mehr, und er wird nicht schweigen. Das hat er selbst gesagt.«

Der Praetorianus machte einen Schritt nach vorn, auf Diana zu. Die Hand der Kommissarin zitterte, ihr fiel es zunehmend schwer, die Balance zu halten.

»Du kannst mich erschießen«, hielt Scalidda fest, weiterhin mit völlig ruhiger Stimme. »Ich darf mich nicht wehren. Auch die anderen werden dir nichts tun. Aber danach werden wir Marchetti töten. Wie auch immer du jetzt handelst – der Ausgang wird der gleiche sein.«

Diana war klar, dass der Mafioso recht hatte. Ihr Widerstand diente einzig und allein dem Herauszögern des Unvermeidlichen. Sie suchte verzweifelt nach weiteren Worten, anderen Argumenten, aber es gab keine mehr.

Scalidda betrachtete Diana mit einer gewissen Neugierde.

»Dieser Mann ist ein Killer«, sagte er. »Er hat deine Kollegin getötet. Warum willst du ihn retten?«

»Weil ich nicht so bin wie er. Oder wie ihr.«

In den blauen Augen des Mafiosos brach sich das Mondlicht, und für einen Moment schienen sie zu leuchten wie die eines Wolfes.

»Denkst du wirklich, wir haben das Haar nicht gesehen?«, fragte er plötzlich.

Diana verstand nicht, was er meinte.

»Das Haar im Spalt deiner Schlafzimmertür«, ergänzte der Praetorianus.

Diana wusste jetzt, wovon er redete, aber verstehen konnte sie ihn dennoch nicht.

»Warum habt ihr es dann nicht wieder zurückgesteckt?«, fragte sie.

»Weil es hier immer darum ging, dir eine Wahl zu geben. So wollte es Don Licata.«

Ein kaltes Messer schien sich in Dianas Herz zu bohren. Scalidda las in ihr wie in einem offenen Buch. Der Mafioso machte einen weiteren Schritt auf die Kommissarin zu, blieb unmittelbar vor dem Lauf der Pistole stehen und sah ihr direkt in die Augen.

»Ich verstehe, dass dir dieser Weg nicht gefällt«, fuhr er fort, und für einen flüchtigen Augenblick glaubte sie, Mitgefühl in seiner Stimme zu hören. »Aber erzähl mir nicht, du hättest ihn nicht selbst gewählt.«

Die bittere Wahrheit brach Dianas Widerstand endgültig. Sie senkte die Waffe, drehte den Griff und reichte sie dem Mafioso, der sie ihr wortlos abnahm. Die Kommissarin stützte sich mit beiden Händen auf den Kerzenständer, drehte sich zurück zu Marchetti.

»Es tut mir leid«, sagte sie mit brüchiger Stimme. »Ich kann sie nicht stoppen. Wenn ich es könnte, würde ich es tun.«

Der Polizeichef betrachtete sie einen Moment lang, lächelte dann zynisch.

»Sie machen sich etwas vor«, entgegnete er. »In Wahrheit haben auch Sie verstanden, welche Art von Gerechtigkeit diese Welt braucht. Im Grunde sind Sie genau wie ich.«

Diana musste dagegen ankämpfen, sich zu übergeben. Sie drehte sich um, stützte sich gegen die Mauer der Kirche und ließ sich dann langsam daran nach unten gleiten, bis sie saß und ihr Bein auf dem Pflaster ruhte. Sie war müde. Einfach nur noch müde.

Scalidda sah zu ihr, nickte dann nur kurz. Er hob Marchettis Pistole.

»Hier stirbt ein …«, begann der Questore, aber der Mafioso ließ ihm keine Zeit für letzte Worte. Er schoss Marchetti in die Schläfe, und eine Sekunde später schlug der leblose Körper des Polizeichefs auf die Steine der Via Appia. Er würde nirgendwo mehr hingehen, und niemand würde seine Botschaft hören.

Scalidda reinigte den Griff der Waffe, warf sie dann neben den Leichnam auf den Boden. Er schaute zu Diana, schien etwas sagen zu wollen, aber die Kommissarin hatte genug gehört.

»Ruft einen Krankenwagen«, wies sie den Mafioso an. »Und die Polizei. Dann verschwindet ihr. Und kommt mir nie wieder unter die Augen.«

Scalidda musterte sie, gab dann seinen Männern mit einer Geste das Signal zum Abzug. Die Praetoriani sicherten ihre Waffen und gingen die linke äußere Straße hinab, wo in einigem Abstand ihre Autos parkten. Ihr Anführer verweilte noch, holte dann sein Handy hervor und wählte eine Nummer. Diana war klar, wen er anrief.

»Es geht ihr gut«, machte der Praetorianus Meldung an Don Licata. Danach hörte er einen Moment lang zu, streckte anschließend die Hand mit dem Telefon in Richtung der Kommissarin. Diana zögerte für den Bruchteil einer Sekunde, in der sie spontan an das Gesicht Riccardos denken musste, dort in der Gasse neben der Bar, als er seinen Anruf tätigte. Doch dann schüttelte sie einmal entschieden den Kopf.

Der Mafioso zog seine Hand zurück und führte das Handy noch einmal an sein Ohr.

»Sie sagt Nein«, vermeldete er, wartete die Antwort ab und steckte das Telefon anschließend weg.

»Don Licata lässt dich grüßen«, sagte er zu Diana. Die Kommissarin wollte es nicht hören. *Einfach nur schlafen, im Schoß der Dunkelheit.*

Scalidda betrachtete sie noch einen Moment lang, drehte sich dann um und folgte seinen Männern. Diana blieb allein zurück, unter dem Zelt der Sterne, mit der Leiche Marchettis zu ihren Füßen. Aber sie konnte, wollte nichts mehr sehen. Nichts mehr denken, nichts mehr fühlen.

Die Kommissarin schloss die Augen, presste einen Finger in das rohe Fleisch der Wunde und ließ sich von dem flammenden Schmerz in die willkommene Bewusstlosigkeit reißen.

PROTOKOLL DES DEBRIEFINGS

Aussage von Kommissarin Diana Brandt, Kriminalpolizei Berlin
Untersuchungsführender: Commissario Paolo Lombardi, Questura di Roma

Frage: Wie konnten Sie Questore Marchetti davon überzeugen, Sie freizulassen?
Antwort: Er hatte sich spontan zu dem Mord an mir entschieden, weil ich ihm auf die Spur gekommen war. Ursprünglich wollte er einen korrupten örtlichen Polizisten töten.

Frage: Hat er den Namen dieses potenziellen Opfers erwähnt?
Antwort: Nein. Aber hier bot sich mir ein Ansatz. Alle anderen Opfer Marchettis waren tatsächlich eines Vergehens schuldig. Ich konnte argumentieren, dass der Mord an einer nicht korrupten Polizistin die Reinheit seiner Agenda beflecken würde.
Frage: Das allein bewegte ihn, von seinem Vorhaben Abstand zu nehmen?
Antwort: Ja. Denn seine Botschaft ging ihm über alles. Er hatte vor, die Gerichtsverhandlung als Plattform zu nutzen, um sich der ganzen Welt im Detail zu erklären.
Frage: Sie nahmen also eine Verhaftung vor?
Antwort: Ich legte dem Questore Handschellen an und nahm seine Waffe an mich.
Frage: Was geschah dann?
Antwort: Ich geleitete ihn aus der Kirche. Doch draußen lauerten uns bereits fünf Männer auf.
Frage: Können Sie diese Männer beschreiben?
Antwort: Nein. Sie waren maskiert. Alle trugen schwarze Kleidung ohne individuelle Merkmale.
Frage: Waren die Männer bewaffnet?
Antwort: Zwei von ihnen hatten automatische Waffen. Die anderen drei je eine Pistole.
Frage: Was geschah dann?
Antwort: Einer der Männer befahl mir, ihm meine Waffe auszuhändigen. Da Widerstand unmöglich war, folgte ich der Anweisung.
Frage: Hatte der Mann einen erkennbaren Akzent?
Antwort: Ich bin nicht geübt darin, italienische Dia-

lekte zu unterscheiden. Aber ich konnte keinen Unterschied zu dem Sprachgebrauch hier in Rom erkennen.
Frage: Was tat der betreffende Mann mit der Waffe?
Antwort: Er richtete sie auf den Kopf von Questore Marchetti und exekutierte ihn.
Frage: Bedrohte er danach auch Sie, Commissaria?
Antwort: Nein. Er warf die Waffe auf den Boden und sagte, mit mir hätten sie keine Rechnung offen. Sie würden einen Krankenwagen rufen, sobald sie genügend Distanz zum Tatort hätten. Nach dieser Ansage gingen sie.
Frage: Haben Sie einen Verdacht, wer die unbekannten Männer waren?
Antwort: Es ist nur eine Theorie. Ich kann sie nicht beweisen.
Frage: Wir werden es entsprechend vermerken. Bitte erläutern Sie Ihre Hypothese.
Antwort: Im Zuge unserer Untersuchungen hatten wir den Verdacht entwickelt, dass der Killer eine ideologische oder persönliche Verbindung zur Forza Nazionale haben könnte. Questore Marchetti untersagte uns jedoch weitere Ermittlungen in dieser Richtung.
Frage: Laut den Akten hatten Sie und Commissario Fiorentini trotzdem zwei Unterredungen mit Pietro Tindari.
Antwort: Das ist richtig. Das zweite Treffen fand auf Initiative Signor Tindaris statt. Darin brachte er zum Ausdruck, dass er und seine Partei die Taten des Killers in Zukunft verurteilen würden.
Frage: Was veranlasste ihn Ihrer Meinung nach zu dieser Kehrtwende?

Antwort: Es ist Spekulation. Aber ich würde vermuten, das Massaker an den Serranos.
Frage: Inwiefern?
Antwort: In Folge des Massakers formulierten wir die These, dass der Killer den Aufenthaltsort Ettore de Lucas von den Serranos erfahren haben könnte – mit Tindari als Vermittler.
Frage: Warum findet sich diese These nicht in Ihren Berichten?
Antwort: Sie erschien uns zum damaligen Zeitpunkt nicht stichhaltig genug. Und Sie dürfen nicht vergessen, dass Marchetti weitere Nachforschungen bezüglich der Forza Nazionale verboten hatte.
Frage: Sie glauben, er wollte einen möglichen Kontakt zwischen sich selbst und Tindari verschleiern?
Antwort: Es wäre zumindest denkbar, oder? Doch dann ließ Tindari Marchetti fallen – wohl aus Angst vor der Rache der Camorra. Aber falls er wusste, dass Marchetti lebend gefasst werden wollte, muss ihm auch klar gewesen sein, dass die Aussagen des Questores weiterhin ein Risiko darstellen würden.
Frage: Also waren es Ihrer Meinung nach Männer mit Verbindungen zu Tindari oder zur Forza Nazionale, die Marchetti getötet haben, bevor er eine belastende Aussage machen konnte?
Antwort: Ich weiß es nicht. Wie gesagt: Es ist nur eine Theorie.

Riccardo schloss den Ausdruck des Berichts und legte ihn auf den Beistelltisch neben seinem Krankenbett. Dann schaute er auf zu Diana und betrachtete sie für einen langen Moment.

»Das muss ich dir lassen«, sagte er schließlich mit durchweg neutraler Stimme. »Deine Aussage ist eine Meisterleistung. Du legst ihnen eine alternative Erklärung in den Mund, und mit etwas Glück rollen auch bei der Forza noch ein paar Köpfe.«

»Es war die einzige Variante, die Sinn machte«, erwiderte Diana. »Es wird kein Unschuldiger verurteilt, denn natürlich gibt es keine Beweise. Aber wenn Tindari noch etwas länger fürchten muss, dass ihm seine Verbindung mit Marchetti auf die Füße fallen könnte, ist das sicher keine schlechte Sache.«

»Gerechtigkeit allerorten«, kommentierte Riccardo mit härterem, zynischerem Tonfall. »Keine halben Sachen, richtig?«

»Was hätte ich deiner Meinung nach tun sollen?« Auch Dianas Stimme war jetzt kühler, fordernder. »Die Wahrheit sagen? Die Wahrheit, die dich endgültig deinen Job kosten und in Lebensgefahr bringen würde?«

»Tu nicht so, als hättest du das für mich getan.«

»Das behaupte ich nicht. Aber ich habe es *auch* für dich getan.«

Der Commissario sah zur Seite, beruhigte einen Moment lang seinen Atem.

»Ich hatte dich gebeten, es ruhen zu lassen«, sagte er dann mit eher resignierter Stimme. »War es dir wirklich unmöglich, meine Bitte zu erfüllen?«

»Ich hatte die entscheidende Eingebung«, erwiderte die Kommissarin. »Hätte ich sie ignorieren sollen und den

Täter entkommen lassen? Außerdem habe ich dir gesagt, was Marchetti vorhatte. Er wollte mich von vornherein ermorden. Diese Situation wäre auf jeden Fall entstanden.«

»Auch mit dem Eingreifen der Praetoriani?«

»Wäre es dir lieber gewesen, wenn Marchetti mich getötet hätte?«

Riccardos Blick war schneidend.

»Was redest du da?«, entgegnete er aufgebracht. »Natürlich nicht! Aber ich rede davon, dass du es wieder auf deine Art machen musstest. Wieder allein ... Oder besser gesagt, zusammen mit deinen Freunden aus Sizilien.«

Diana starrte den Commissario entrüstet an.

»Ich kann nicht glauben, dass du sie so nennst.«

»Und ich glaube nicht, was du in dem Bericht erzählst«, kam die umgehende Antwort. »Zumindest nicht den Teil, wo du Marchetti allein damit zum Aufgeben bringen konntest, dass du den Mord an dir als unlogisch dargestellt hast. Was hast du ihm tatsächlich gesagt?«

Diana schwieg. Riccardo schüttelte enttäuscht den Kopf.

»Dann lass mich raten«, sagte er. »Du hast ihm davon erzählt, dass du unter dem Schutz Orsino Licatas stehst, wegen deines Vaters. Und dass Marchetti es niemals bis vor Gericht schaffen würde, wenn er dich tötet. War es nicht so?«

»Würdest du nicht auch alles sagen, was nötig ist, um dein Leben zu retten?«

»Gut möglich.« Der Commissario atmete aus. »Ich bin weiß Gott nicht perfekt. Und für all das – dafür, dass du gegen meinen Rat gehandelt hast, die Praetoriani benutzt, meine Kollegen belogen –, für all das werde ich dich nicht verurteilen.«

Diana brauchte einen langen Moment, bis sie die Frage zu stellen wagte.

»Wofür dann?«

»Ich möchte, dass du mir eine Sache sagst. Und diese eine Sache vollkommen ehrlich.«

»Welche?«

In diesem Moment drang Riccardos Blick tief in Dianas Seele, und sie wurde noch einmal daran erinnert, wie gut er in seinem Beruf war.

»Ob du es genossen hast, Marchetti mit der Macht der Mafia zu drohen.«

Diana hielt den Blick des Commissarios, aber sie konnte nicht antworten, zumindest nicht mit Worten. Sie war des Lügens so unendlich müde und der Wahrheit nicht gewachsen. Genauso wenig wie der tiefen Enttäuschung in Riccardos Augen.

Der Commissario schaute nach unten, auf die Decke seines Bettes. Und unter all den furchtbaren Dingen, die Diana im Verlauf der letzten Tage hatte hören müssen, waren seine folgenden Worte die schlimmsten.

»Meine Familie kommt jeden Moment zu Besuch«, sagte er leise. »Ich möchte nicht, dass du noch hier bist, wenn sie eintreffen.«

Diana schaute ihn an, aber er sah nicht noch einmal zu ihr auf. Sein Urteil nahm ihr die letzte Hoffnung, und die Kälte in ihrem Inneren schien jetzt absolut. Diana stützte sich auf ihre Krücke, drehte sich um und verließ den Raum, ging den Flur entlang zum Fahrstuhl, hinaus aus dem Krankenhaus auf die Straße, lief weiter und weiter geradeaus, ohne sich noch einmal umzusehen.

Draußen zogen die Konturen Roms vorbei, die Straßen, Häuser und Ruinen der Ewigen Stadt, die nun für Diana mit meist unheilvollen Erinnerungen gefüllt waren. Aber die Kommissarin nahm ihre Umgebung nur schemenhaft wahr, und auch die Phantome der jüngsten Ereignisse hatte sie, so weit es nur ging, von sich geschoben.

Sie saß auf der Rückbank des Taxis, verloren in bruchstückhaften Gedanken daran, was die unmittelbare Zukunft bringen würde. Zunächst die Rückkehr nach Berlin, per Direktflug. Trento würde auf ewig ein Wunschtraum bleiben. Dann mussten ihre Wunden verheilen, vielleicht stand eine Nachoperation an, auf jeden Fall längere Physiotherapie. Es würde eine Weile dauern, bis sie in den aktiven Dienst zurückkehren konnte. Aber die Möglichkeit bestand. Ulbricht würde ihr dieses Mal noch den Rücken freihalten. Diana hatte keine Vorstellung, wie eine Rückkehr in die berufliche Normalität aussehen sollte. Nicht heute, nicht morgen und auch nicht in mehreren Monaten.

Die Kommissarin versuchte, der bedrückenden Reflexion auszuweichen, und zwang ihre Gedanken zurück auf die Eindrücke um sie herum. Nur graduell drang die Stimme des *tassista* an ihre Ohren, der sich über irgendeine politische Entscheidung der Regierung beschwerte, und erst in diesem Moment wurde ihr überhaupt bewusst, dass es sich um denselben Fahrer handelte, der sie nach ihrer Ankunft in Rom in die Questura gebracht hatte. Was für ein seltsamer Zufall.

Dianas Blick streifte durch das Auto und blieb einmal

mehr an dem alten, vergilbten Bild neben dem Rückspiegel hängen. Dem Foto der geheimnisvollen Frau aus der Vergangenheit, vor den Pyramiden von Gizeh, mit ihrem charismatischen Lächeln.

Was hatte es mit diesem Bild auf sich? Warum hatte der Fahrer es in seinem Wagen angebracht? Es war …

Diana hielt inne und hatte das Gefühl, dass ein gewisser Fokus in ihr Denken und Fühlen zurückkehrte. Natürlich war es für sie keine wirklich relevante Frage. Natürlich verband sie und den *tassista* in diesem Moment rein gar nichts. Aber wenn die Möglichkeit bestand, das zu ändern, zumindest im geringsten Umfang – was war falsch daran?

Vor ihr saß ein unbekannter Mensch mit Gefühlen, Geheimnissen, Enttäuschungen, Träumen. Sie musste ihn nicht näher kennenlernen, ihm nicht vertrauen, ihm nichts offenbaren. Nur … Ein klein wenig neugierig sein. Wie ein Kind. Wie damals, als die Welt noch so voller Fragen war und die Suche nach Antworten in ihr so viel Faszination und Erwartung weckte.

Dahinter lag eine fundamentale Wahrheit, die Diana in diesem Moment nicht genau benennen konnte, aber von der sie wusste, dass sie ihr durch die Finger geglitten war – spätestens seit letztem Jahr, seit Sabine, aber vielleicht auch schon an jenem Abend, als sie noch fünfzehn war.

Diana fuhr mit der Hand in ihre Jackentasche, holte erst ihre Geldbörse hervor und dann aus deren letztem Fach das alte, verblichene Foto. Sie betrachtete es für Momente, die ihr wie Stunden schienen, nachdenklich, reumütig. Das Bild von ihr als Kind, umgeben von den beiden Männern, die zu den dunklen Priestern ihrer Albträume geworden waren. Ferretti und Licata. *In nomine patris.*

Sie konnte die Vergangenheit nicht ändern, die gemachten Fehler nicht mehr korrigieren. Sie konnte nicht ändern, wer sie war. Aber zumindest hier, in diesem Augenblick, konnte sie handeln wie der Mensch, der sie sein wollte.

Diana steckte das Portemonnaie wieder ein, beugte sich dann vor in Richtung des Taxifahrers. Sie lächelte, deutete auf das Foto über der Frontscheibe und stellte die Frage.

»Warum …?«

DANKSAGUNG DES AUTORS

Ich möchte mich herzlich bei den folgenden lieben Menschen bedanken, die mich auf verschiedenste Art und Weise beim Verfassen dieses Buches unterstützt haben:

Für ihre Anregungen und konstruktive Kritik:

Franziska Becker
Dina Bergmann
Marlon Esmeyer
Neja Hrovat
Alexander Schulz
Clara Wöhl
Franziska Wöllner

Für ihre fachliche und praktische Unterstützung:

Don Gino Amicarelli
Thorben Buttke
Kristina Langenbuch
André Richter
Sascha Rockstroh
Katharina Sonntag
Gesa Weiß

Für ihre Gastfreundlichkeit:

Elisa Dreger
Christian Höhnel
James »Köddel« James
Johannes Marhoffer
Karo Muster
Kristin Reddel

sowie bei allen anderen Bewohnern des Wagenplatzes Schotter und Gleise